> 我步入丛林
> 因为我希望生活有意义
> 我希望活得深刻
> 汲取生命中所有的精华
> 把非生命的一切都击溃
> 以免当我生命终结时
> 发现自己从没有活过
>
> ——亨利·戴维·梭罗《瓦尔登湖》

黄河漂流　齐海亮　齐六一

赖敏
丁丹

闪米特

周㭎

罗静

杨柳

柳青

曹晏家

奇记，奇迹

湘君 著

北京出版集团公司
北京出版社

图书在版编目（CIP）数据

奇记，奇迹 / 湘君著. — 北京：北京出版社，2019.8
ISBN 978-7-200-15051-3

Ⅰ. ①奇… Ⅱ. ①湘… Ⅲ. ①纪实文学—中国—当代 Ⅳ. ①I25

中国版本图书馆 CIP 数据核字（2019）第 137988 号

奇记，奇迹
QIJI, QIJI
湘君 著
*
北京出版集团公司
北京出版社 出版
（北京北三环中路 6 号）
邮政编码：100120

网　　址：www.bph.com.cn
北京出版集团公司总发行
新 华 书 店 经 销
天津联城印刷有限公司印刷
*
787 毫米 × 1092 毫米　16 开本　19 印张　450 千字
2019 年 8 月第 1 版　2019 年 8 月第 1 次印刷
ISBN 978-7-200-15051-3
定价：59.00 元
如有印装质量问题，由本社负责调换
质量监督电话：010-58572393

序

心路

两条路。

人们说，这条路是充满荆棘、寂寞、艰苦的路。

那条路：高楼大厦，皮裘锦纱，没有酷暑，没有严寒，大概是理想的伊甸园。

然而，我选择了这条路。于是——

遥远的35年前，在新疆家中写下以上这篇聊以自勉的《路》，我孤身上路，希望世界上第一个走完万里长城的，能是中国人。

一腔热血，但其实，最初对户外、徒步相当陌生。直到1985年走到宁夏，在大学做报告，一个白发老教授对我说，这叫探险——这是我生平第一次听说这个词。那时还很自卑，觉得这只是外国人或贵族们的专利。我们也能吗？太过遥远。

但种子就此种下。长城向前，我心思省：要不是外国人的挑战，我会来这里吗？什么叫主体失落？什么是真正的自己？人的一生到底该怎样度过？

认知在变，脚步也不禁在变，似乎从挑战者成了一个朝圣者。进而想要徒步丝绸之路，心中更暗下了一个近乎天真的决定：想把自己一生献给旅行和探险。

但那时没想到，自己这一生，竟真的只身闯大漠、穿戈壁、攀高山、涉大河……经历无数磨难，越走越远。而最难走的路，是"心路"。

在20世纪80年代的中国，选择探险，无异于痴人说梦。塔克拉玛干沙漠遇险归来，被单位除名，满城风雨：这人疯了。要坚持下去，需要的不仅是勇气。如何承受住代价，排除外界干扰去走自己的路，这很难。

也曾内心争战，空前孤单，一个我说："你是对的。"另一个我说："错了。"

也曾在星光下、篝火旁，特别是一次次身临绝境时，忍不住自问，并偶尔会想起另一条路——那一条本该走一生的路。到处海市蜃楼般魅人的梦幻，化作一张张讥笑的脸："傻瓜——殉道者。"

只是，我生性迂腐，痴心难改。纵然失去一切，也不曾后悔，因为这是我的选择；并心存感激：作为生命，作为存在，在大自然的教导下，得以这样活过。

风风雨雨，生生死死，斗转星移，竟三十五载。回望漫漫长路，有人说是奇迹。但奇迹是什么滋味，就是你自己的眼泪。

近年让我又尝到眼泪滋味的，有两件小事。一次是受邀参加徒步活动，忽然有人喊出"徒步万岁"。年轻人一时兴起的一句话，却让我这77岁的老古董，一时间悲欣交集。

理在天上，路在脚下。30多年来，多少人的脚步，才换来户外在中国的日渐壮大。只是，从青丝到白发，从壮年到暮年，光阴似箭，我已坐在箭尾，但有幸能见到这个奇迹在一点点到来。

另一次是湘君来访。我已远离红尘多年，这姑娘却带着上百个问题，白衣飘飘，千里寻来。不成想，隔辈的我们，会一见如故，一直聊到凌晨4点。更没想到，天亮醒来，见她竟还在翻阅成堆的探险日记，埋头做着笔记……隔窗望着这个彻夜未眠的年轻身影，我落泪了。

后来才知，这样的敬业，只是湘君这4年上百次采访中的一次。而她敬的这个"业"，也一样是发自内心的选择。名校毕业，十多年前已是两会一线记者，美丽聪慧的她，该有更好走的路，却也选择了一条孤独、清苦，甚至没收入回报的路。

问她为什么，湘君说：因为对远方的爱，因为在路上这么多可歌可泣的人与事还缺乏系统性记录，她想尽力做好这事。所以，也有了我们跨时代的相遇。

这片赤诚，打破了我长年的沉默。提笔作序，是希望新一代涌现出更多这样真心做事的人。真正的探险，不仅在户外。真正的道路，更在人生选择。

翻看《奇记，奇迹》，就像走上作者心血的长城。一个个在路上的传奇行者，竟如群英荟萃。有的是我久违老友，有的虽素昧平生，也透过湘君至情至深的笔端，栩栩如生，姗姗朝我走来。天地自然间，一一对坐，每一个故事，荡气回肠，也催人泪下，都是用生命换来的。

志在巅峰的执着，跋涉荒野的寂寞，江河漂流的热血，生死相依的柔情……性情迥异的人物，难得湘君妙人妙笔，运筹帷幄；并精选出这样一本书，仿佛在岁月激流中栽下一根细木桩，让这些在路上的往事，不致风云流散。不同时空、不同道路上的一个个个体追求，奇妙交会，也共同折射了中国户外30多年的时代变迁。

更引人共鸣的是，湘君超出年龄的人生体察，让她没有停留于表象，而是透过一个个奇人之"奇"，呈现出了一段段追求深层之"迹"。以她独有的读心术，潜入冰山之下，将笔触深入到一个个人物复杂的内心世界中，更难的选择与心路。

谁不是血肉之躯？再桀骜不驯的人，也渴望能被理解。再勇往直前的人，也会纠结动摇，甚至内心充满伤痛。跟随湘君的文字，卸下一个个孤傲铠甲，看到梦想，更看到迷茫、挣扎。那些曾走过的曲折心路，我能感同身受。希望也带给更多人理解，共同推动社会观念的改变。

一样朴素平凡，摸爬滚打在各自路上，才是更真实的人、更真实的人生探险。从中提炼出的"在路上"精神，也让读者在各自生活、各行各业，亦有可循之迹。

只是，30余年风起云涌，在路上多少传奇故事，每一个都足以独立成书。有限篇幅之内，对一些人物及情节，湘君不得不做出取舍，多少留下些意犹未尽，也给未来留下了拓展空间。但现在，起码序幕正在拉开。

35年前，拉开自己人生新序幕时，我在日记扉页还曾写下一句话：感觉生命，地平线上，站起一个人来。

走过一个个未知的地平线，愈发深味：人生只是个过程，苦难和欢乐都是生命的组成。在生命面前，没有平凡和伟大，人生贵在选择。

愿湘君的奇记，再传更多生命的奇迹。

愿诸君勇于选择，从中汲取更多力量上路。

奇迹就在各自脚下，在路上。

是为序。

刘雨田

于北京九松山

2019年3月7日

自序

一念起，遇见这些在路上的奇迹

"一念起，千山万水的辽阔。一念灭，沧海桑田的寂寞。"

4年前夏夜，我在日记里这样写道。那时的自己，站在人生十字路口，想和远方说再见。因为身边正熟睡的婴孩，一个女人结束十年漫游，陷于生活之网，感觉快飞不动了。

一生中，我们都有被现实围困的时刻。这一刻，一念之间，往往潜伏着道路转折。例如，一时受困的我，在一次次眺望中，目光越过长路，偶然落在了在路上的人——当代中国，有一群人正日渐壮大，他们一次次走向远方，生命飞扬在山川林野、江河湖海。其中，更有人走出奇迹般旅程，犹如流传于江湖的传说。相比这些人，真正的苦难与顽强，我们其实从未见过。

然而，他们究竟是怎样的人，为什么如此活着？相关资料，面目模糊。更真实的追求，有血有肉的心魂，正走向被遗忘的时光。曾为人物记者，对故事的敏感；多年旅行，对同类的共情——犹如两根绳索，在自我茫然之际，奇妙地把我引向一条全新的路——去遇见一个个在路上的奇迹，去记录一段段远方的极致人生。

迈出第一步，我不知这条路能走多远。毕竟非虚构题材，最难的不是写作，而是抵达人心。

每一篇文章，都是一次相遇。每一段文字，都来自真实世界。这是一场对他人心灵的探索，唯有进入一个人，理解一个人，捕捉到一个个关键的一念之间……真正触及人物之魂，书写才有可能开始。然而，人心深不可测，一个自由写作者，单枪匹马，试图打破社会藩篱，探究他人内心，甚至痛苦、脆弱，凭什么？

敲响一个个陌生人心扉，我只能相信真心，及一个记者的自我修养。每写一人，就像沉入一场热恋，地毯式翻遍对方所有资料，抓住一切内心线索，通过亲友多侧面理解……当交流真正开始，仿佛已是知音，对方也才可能袒露内心最深处。

人物写作，险阻在此，魅力也在此。欣慰的是，一颗真心，终换一份份真情。我会记得一个个采访对象如冰山消融的瞬间，情难自抑的泪水……那个心意相通的时刻，我们不是一个在问，一个在答，而是回望漫漫长路，在面对共同生命困惑：究竟怎样活，才真正不枉此生呢？

感谢一路遇见一颗颗真心，曾分享的生命精华。这些馈赠，理应以同等真诚的语言去留存。于是，有了这一本大家的故事。而我只是传递者、说书人，或一个心灵旅行者。

写作，是另一场心灵之旅。要如何在万字篇幅内，穿过万里长路，串起漫漫岁月，最大限度呈现一段段人生的密度、深度与温度，抵达更多人心灵……一个个夜晚，一个人面对无数记忆碎片，划着文字孤舟，我试着一次次回溯他们曾走过的心路。

就像一个好演员，既要入戏不分，也需克制自我。书写中，作者和笔下之人，要能一起哭，一起笑，一起在人生激流中颠沛；又要跳得出来，审视他人浮沉，才可能刻画那些困顿时的人性，绝境处的光辉，生死间的领悟……

一个演员的幸运，是在千变万化的角色中，体验到百态人生。我的幸运，是4年前的"一念"，经由上百位行者谈心，上千夜伏案画心，竟真得以重回

"千山万水的辽阔",并看见了人生更深更广处。

那些荒野里的独行,浪涛中的搏击,雪山上的跋涉……犹如一簇簇生命之火,跳动文字里,多少次将熄灭,多少次又摇曳着燃烧。一点点被照亮的,首先是自己。相信也会照亮更多黑暗中摸索的人,于是,聚拢在路上的光芒,我和编辑一起精选出这一本书。

奇迹,多美好的两个字,意味着极难做到的事、几乎不可能的梦。但,请相信它真实存在,在书里,在世间,在路上。

只是,生而为人,各有束缚。每一个不平凡的奇迹,其实皆是平凡人在创造。极致的另一面,一样充满矛盾、挣扎,甚至风险与死亡……穿过与众不同的旅程,我在记录传奇,也在解构传奇。更聚焦于长路前后的寻常人生,如你如我,却如何走向不一样的路?

希望这一段段人生电流,经由文字,也会流向你。在某一刹那,击中也正眺望远方的心。但,生命千姿百态,我不主张盲目效仿,而是试图提炼某种共通的精神。道路千差万别,更重要的是探明同一种生命驱动:渴望真正活过。

文字内外,皆是人生。

一念生灭,不同活法。

人生远途,你可曾踏上自己的路?

湘君

于上海浦江畔

2019年4月11日

目录

家国 — 激情燃烧的岁月

刘雨田
生死 30 年，一个人的时代探险记 / 17
奇记说　一个人面对一个世界 / 38

黄河漂流
黄河黄河，血性 1987 / 41
奇记说　大河上的青春 / 64

真我 — 回到内心的原点

闪米特
一舟，两人，万里相随的漂流 / 69
奇记说　守护生命那一份真 / 88

罗静
14 座 8000 米，一个女人的圆满未圆满 / 91
奇记说　眼望高处，心中那一座山 / 110

命运 — 超越苦难的力量

夏伯渝
无腿登珠峰，一生一座山 / 115
奇记说　人生如登山 / 134

曹晟康
盲旅十年，从自杀开始到走遍世界 / 137
奇记说　黑暗独行，更要自己发光 / 150

赖敏、丁一舟
与死神赛跑，带着绝症女友去走心 / 155
奇记说　路途遥远，爱有奇迹 / 174

六一、齐海亮
带着女儿环中国，爱与童年在路上 / 177
奇记说　你的背影，我的长路 / 194

情感　去远方，带上爱

严冬冬、周鹏
自由之魂，冰封裂缝 / 199
奇记说　存少年之心，怀自由之魂 / 218

杨春风
枪声之后，8000米之上的雪山梦 / 221
奇记说　念念不忘，春风回响 / 236

生命　这世界，我来过

梅里山难
消失的登山队，17条人命和一座神山 / 241
奇记说　山，也在看着我们 / 262

珠峰雪崩
一场大地震，5个女人的珠峰梦 / 265

自然　人与山的不了情

我们的奇迹 / 293

平凡之路　我们的奇迹

后记
究竟怎么走，才是真正的在路上？ / 299

家国

激情燃烧的岁月

那是一个社会的精神青春期
一群最热血的年轻人,冲出被拧死在流水线的人生
仿佛青春的必然,投奔向大自然母亲

本篇供图：刘雨田、宗同昌等

刘雨田

生死30年，
一个人的时代探险记

遥远地平线上，站起一个人来。一头长发，披冰肩雪，沿万里长城走来——这个神似夸父的形象，在尚不知探险为何物的1984年出现，一度万众瞩目。

从为国争光到自我选择，从红极一时到孤绝遁世……这个男人，30年间曾上百次深入荒野，穿过塔克拉玛干沙漠、罗布泊等众多险域，成为中国第一位职业探险家。有人说他是英雄、超人、当代夸父，有人说他是怪人、骗子、精神病……

剥开一段段神话般经历，这究竟是怎样一个人？这30余年，到底走过怎样的心路？走在探险家今日幽居的乡野，我看到的却是一个人面对一个世界的深深孤独。

◎ 以国之名

多少年后，水龙头滴答答的水声，还是会让刘雨田一阵透心凉。那是30多年前，他一个人被困在塔克拉玛干沙漠，断水缺粮，8天7夜中，做梦都渴望的声音。

死亡之海，火一样燃烧的沙漠腹地，寸草不生，地表温度最高蹿到88摄氏度。彼时45岁的刘雨田，双眼凹陷，浑身干裂，埋在沙坑里，在躲避炙烤，也像在自掘坟墓。

他就快渴死了，快被荒漠还原成野兽。2条蜥蜴，2只蜘蛛，5只蚂蚁，1只蚊子，6只苍蝇，还有每天4片胡杨叶……疯走8天，这是能找到的全部食物。更无法承受的是，没有水。

整个世界，除了沙还是沙。想水，想得发疯。想到102年前，曾在此死里逃生的瑞典探险家斯文·赫定，是否像他这样绝望？想到3个月后，上有飞机、下有越野车的法国探险队，就将"征服"中国最大的沙漠……如果不是这些外国人刺激，他一个人，在"一无所有"的1987年，会不会就这样贸然踏入这片无边大漠？

"怎么又是这个法国人？"塔克拉玛干沙漠遇险前2个月，刘雨田才从另一片沙漠中死里逃生。正躺在病床上养伤，朋友递来的一张报纸，却让他一骨碌蹦了起来。"法国作家雅克·朗兹曼将于1987年秋，首次率队前往塔克拉玛干沙漠探险"，看着这则新闻，他的手忍不住抖了："这真是冤家路窄……"

事实上，塔克拉玛干沙漠已是他与朗兹曼第二次"交手"。5年前，在《人民日报》上，看到这个法国人最大梦想，竟是"到中国去，从长城的这一端徒步到另一端"，当时的刘雨田坐不住了："长城是中华民族的象征，怎能让外国人走在前面，我得先走！"

这近乎荒诞的热血，源于那个特殊时代。受够了"落后挨打"的中国人，刚重新开放，渴望认可，民族自尊心强烈到遍及各个领域，尤其是力量偾张的运动。1984年洛杉矶奥运会，许海峰夺得首枚奥运金牌。这个零的突破，举国狂欢。《中国青年报》甚至发表社论："半个世纪来，背负'东亚病夫'耻辱的中国人，从此可以扬眉吐气了！"

国门重开，也将迎来对大好河山觊觎已久的各国探险队。外国人将徒步长城、首漂长江的计划，却像一枚枚炸弹，炸裂了无数敏感的爱国心。"那感觉，就像外国人大皮靴子又要踩在母亲胸膛上了，如何能忍……"远在新疆的刘雨田也是热血青年之一，甚至极度超前。在探险还像天方夜谭的1984年，他竟一个人拄着木棍，率先走向了万里长城，尽管还不知什么是"徒步"。更不知，自己沿着万里长城这一走，个人脚步会卷入时代浪潮，从此再不可回头。

"长江、长城、黄山、黄河，在我心中重千钧……"在他身后，张明敏一曲《我的中国心》，正随1984年春晚风靡全国。紧接着，长江、黄河等母亲河，因为美国探险者的到来，在1985年至1987年，也掀起了近乎荒诞的"尊严保卫战"……这一个个体偶然，或血性或莽撞，其实都暗藏时代必然，并推动了潮流。在"爱国情"猛烈催化下，西方发展数百年的户外探险，这才在中国民间应运而生。

但爱国热血，并非迈出去的唯一动因。直到42岁，刘雨田一直还是个书不离手的书呆子。这是80年代又一特殊气质。正值思想重新启蒙，人们最渴求的莫过于精神。文化一度热得不像话，书店排长队，连中学生书包里，都能翻出几本尼采、萨特的畅销书。刘雨田也不例外，家里连地上都堆满了书。"那时，我常在被窝里偷看西方思想著作，总想把社会'问号'捋直。但新的问号也出现了：人究竟为什么而活呢？"

1978年，无意间看到长城学者罗哲文在一篇文章中的慨叹："是否有人能全部走完长城，尚有待来者……"，刘雨田第一次被深深诱惑了。"这个'来者'是谁？反正不可能是我。"那时的他自视还挺"正常"，父亲是一手创办新疆中医院的西域名医，自己已在最吃香的铁路局。一身中山装，风纪扣扣得严实，在同事眼里，这个人规矩谦逊得就像契诃夫笔下的小科长。

"但罗先生的设想太诱人了。"从此，长城像颗磁石吸引住了刘雨田。他忍不住研究了好几年，法国人也想走长城的消息，却猛然成了一枚深水炸弹。时不我待，被从天而降的"假想敌"猛推一把，刘雨田这才赶忙开始训练。零下30多摄氏度严冬，顶着妻子讶异眼光，他一个人咬牙睡在滴水成冰的阳台，仿佛前方等着的，已是千关万壑。但更难闯的三关是：单位关、家庭关、心理关。

那是人还不敢离开单位的年代，"单位"就是一个人的身份归属。就为一个异想天开的想法，丢下家庭和铁饭碗……"那以后可怎么活？"患得患失之间，刘雨田也纠结了两年，还没迈出一步，心病都熬成了突发心脏病。才被送进医院，他就听见隔壁病房传来哭喊，另一个病友已经撒手人寰。"人生苦短，即使不能战死疆场，难道一辈子躺在病榻上？"当死神第一次悬于头顶，他不再犹豫了："万病皆为心病。长城不走，何有宁日？"第二天吊针一拔，刘雨田悄然上路。

◎ 我是自由的人了

"好啊！我是一个自由的人了。""终于摆脱两根让人感到桎梏的铁路钢轨，这是我生命的庆典……"逞着爱国热忱上路那天，刘雨田在日记里写下最多的却是"自由"二字，仅扉页就反复提及11次。

"大我"之下，对自由的渴望，是那个年代还不敢说出口的"小我"。但隔着时光，时代潮流与个人意志的重合，或许才是更真实的心路。而路的起头，是个近乎滑稽的开场。一穷二白的1984年，压根还不知帐篷、睡袋为何物，甚至买不起刚流行的旅游鞋，刘雨田竟穿着三节头白皮鞋，一身中山装，梳着油光锃亮的背头，像个革命干部，背着武装袋，拎着大饼，从嘉峪关出发了。

雄赳赳，气昂昂，内心却还是忍不住交战。那是全社会按部就班的年代，从没人像他这样"疯"过。这一走，人生究竟会变成怎样？一个自己说："你是对的。"另一个自己却说："这是大错特错……"更糟的是，第一天脚就被皮鞋硌破，第二天红肿发炎，第三天迷路加崴脚……就这样，雄心万丈的万里路，刘雨田不到5天就灰溜溜败北了。

万里路，自然多磨难。2个月后，穿着14元买的旅游鞋，怀揣积攒许久的280元小金库，刘雨田再次东进。没想到才到巴丹吉林沙漠，霎时间昏天黑地，数百股沙旋风拔地而起。还来不及跑，他就像张纸片整个被掀下沙崖，直到第二天上午，才被酒泉基地巡逻兵救起，还一度被当成特务。

"那时我还太嫩，一场大沙暴就吓得魂飞魄散了。还好两次都是秘密行动，夹尾巴回去也不丢人。"一度发誓永不再来，可回新疆列车上，在对座乘客遗落的杂志上，他竟无意间看到美国退休将军史格达也想走一遍长城，甚至给中国驻美国大使馆写了200多封信……"冤家路窄！"仿佛宿命，刘雨田才熄火的心，又被另一个外国人给点燃。"长城只有一个。第一个徒步长城的人，绝不能是黄头发蓝眼睛的外国人。"

走向长城的第三回合，万不能再半路折返了。他决定公开行动，再不给自己留侥幸、两全的退路。消息一传开，大家果然都当他疯了。领导上门规劝，同事背地议论，妻子走哪儿跟哪儿；一双儿女不到10岁，一人抱他一条大腿："爸爸，你不要我们了……"迈不动步之际，没想到，一向不苟言笑的父亲给了他最大的鼓励。刘雨田心里其实隐隐有过自卑，总觉得父亲眼里的自己是"没出息的"。可老人听完他的心愿，一脸严肃转过身去，却是热泪盈眶，最终长叹一口气："要大家，不要小家。要国家，不要自家。孩子，你是对的。去吧！"

同样因爱国而支边新疆医疗的父亲，那一刻，简直成了他的精神领袖。哪怕所有人不理解，刘雨田也不再彷徨，他再没有回头，第三次上路。

万里河山，就此卷轴般脚下延展。一路风餐露宿，烽火台、山洞、羊圈皆成栖身之所。挨冻、遭劫、摔伤都是家常便饭。风霜一点点写在脸上，以至于沿路村民把他当成逃犯，提着铁镐、棍棒，放狗来咬……但再往前，媒体终于为他"平反"，开始有人

20世纪80年代，爱国情催化下的长城万里行

兴奋地手举报纸："真是在走长城啊，了不起，真了不起！"

而身后，越来越远的新疆，才9岁的儿子刘莹是看着地图长大的。在报纸、收音机里，他才能知道爸爸走到哪儿了。为给刘雨田寄盘缠，家里肉都吃不上，孩子不懂这么苦是为什么。最初极力劝阻的妈妈，轻拍他的脸："你爸爸是真汉子，不仅在为自己，更是为了一种精神，咱们要支持他。"

两年后，1986年4月5日，刘雨田抵达长城终点山海关。消息从收音机里传来，已经11岁的刘莹忍不住哭了，"连陌生人都哭了，那个年代的人血液中都流淌着潜在的激情。"

但孩子那时不知的是，万里之外，终于第一个走完长城的刘雨田，居然会被戏剧性地打倒。山海关上，一边是秦皇岛市委组织的上千人欢迎，一边是万里赶来的铁路局领导。穿过两年风霜雪雨，他还来不及兴奋，却见领导两手叉腰，活像在唱样板戏："我现在代表乌鲁木齐铁路局宣布，刘雨田同志走长城的行为是严重错误的！现在就回去抓生产。"

"这个当众羞辱，太突然了。"刘雨田简直不记得是怎么面对满脸尴尬的记者，还有拉着迎接横幅的小学生。一道长城，两种截然不同的态度，让他不知是喜是悲。坐在临海山崖上，怎么也想不通，委屈、愤懑之下，他接连3天跳海。"我们民族这是怎么了？索性就做个彻底的殉道者吧。"本能求生欲，却又一次次把他重拉回岸上。

但好在那个时代的大多数，没有否定刘雨田的惊世之举。爱国光环笼罩之下，一个人的万里路，竟获得从首长到学生前所未有的盛赞。国学大师季羡林为他题字："万里投荒第二人"。第一人是谁？玄奘。

告别数十年压抑，"人"的太阳，此时也正升起。这样一个沿长城走来的英雄形象，恰好吻合了时代激情。北京外国语学院（现北京外国语大学），刘雨田坐的车不是开进去的，是被狂热大学生们簇拥着抬进去的。北京大学，做梦都想不到会站在最高学府讲台上，刘雨田觉得一直以来的辩解词"为了母亲的微笑"，似乎不够用了。他即兴加上一句："这'人'呐，活了一辈子，到墓地竟然还不知道自己是个人呐！"这反倒真正迎来了如潮掌声。

热烈之中，也有理性的声音。一位北京大学的学生提问："哪国人先走长城，真有那么大区别吗？这种爱国观是不是太狭隘了？"这微弱的质疑，迅速被狂热的民族主义掩盖。但此时的刘雨田，心底何尝没有怀疑："要不是外国人挑战，我会走上长城吗？"其实走到中途，他就忍不住在日记里反省："这只是被动应战。一代人活在'主体失落'之中，自己也不能例外。那今后，究竟什么才是自己想选择的呢？"

◎ 骤冷的探险热

无论热血还是反思，1986年走完长城，成了刘雨田人生的高光时刻。紧接着，数支队伍在长江、黄河上掀起的生死漂流，让探险在中国一诞生就被直推向高潮，一度被奉为"振奋民族精神壮举"。

但探险终究只是探险，怎载得动那么重的家国大义？长漂、黄漂17条人命的代价，1987年对黄漂一纸"不提倡、不支持、不宣传"的禁令，让刚兴起一年的探险热，转瞬跌回冰点。

黄河入海口，曾耀眼的漂流英雄，转眼成了被误解、嘲讽的"狗熊"。遥远的新疆，刘雨田却依然在做更惊世骇俗的梦——穿越塔克拉玛干沙漠，走完丝绸之路，真正走向世界……

如果只为和外国人竞争，他本该顺势而为，就此停步。但此时，一颗真正的探险种子已在心底萌芽。1984年底，走长城途经宁夏时，一个老教授送的探险书，让他生平第一次知道"探险"这个词。原来西方数百年来，早有哥伦布、斯文·赫定等许多人在毕生探险。更打动他的是，书里一位外国探险家，给自己一生设定了100个探险项目，至今还在追求。

"我也能吗？"效仿之心一起，他自己都吓了一跳。不敢想，又忍不住想。在保守的年代，这实在太离经叛道。走完长城，他还想回去好好过日子呢。但探险人生，这个比长城更大的诱惑，就此迷住了刘雨田。1985年春，他甚至暂时中断长城徒步，突然改变方向，南下黄土高原。这一次，再没有外国"假想敌"，他却比长城出发时更兴奋，因为"这才是第一次真正意义上只属于自己的选择"。

历时又3月，直走到西安。借宿在作家路遥办公室里，一夜夜长谈中，他赠给路遥一个"路"字，路遥回以的"这才叫真正的人生！"更坚定了他"不敢想"的人生选择。

告别西安后，路遥前往铜川，下基层写作，一年后《平凡的世界》面世。刘雨田则一路西行，走向了更漫长的古丝绸之路。出发日记里，他甚至将此视为人生分水岭："这是生命中一次重大选择。是从这一天起，我下决心要把这一生都献给探险了。"

然而，丝路上的更大雄心，西行至罗布泊时，第一次遭遇挫败。刀刃般的盐碱地，硌破鞋底，寸步难行；彭加木遇难的历史，更加重心理阴影……面对罗布泊凶险，刘雨田还是谨慎退回了长城。长城归来后，他也想过收心克己，重回正轨。乖乖被下放到老战士协会工作，可眼看老干部一天天打牌的无聊生活，年轻人则像个螺丝钉被拧紧在流水线上……难道自己也这样一天天等老等死？曾见识过大山大海、被人山人海簇拥过的心，再关不住了。

"如果把塔克拉玛干沙漠比作一个西瓜，罗布泊只是一个鸡蛋。"被罗布泊挡住西行去路，但更吸引刘雨田的，却是方圆33万平方公里的塔克拉玛干沙漠，这个古丝绸之路上最大的拦路虎。早在1895年，瑞典探险家斯文·赫定的探险队，就曾在此遭遇生死劫难。迷路、断水7天，驼死人亡，几近全军覆没，他在《亚洲腹地旅行记》中，心有余悸地回忆："这是任何生物都不能插足的地方……""死亡之海"从此威震世界。

可越是难，越吸引了刘雨田。毕竟此时的他，已决意去走探险人生。世界级探险空白，就在家门口，这实在是莫大诱惑。势在必行，但他也心里没底。1986年冬，他先试走了中国第二大沙漠——古尔班通古特沙漠，希望借此多一些沙漠经验，却差点送了半条命。

零下36摄氏度的寒流，一堵堵白墙般"白毛风暴"排山倒海，他一度被逼得只能雪中爬行。好不容易撑到兵站，已是多处冻伤。军医诊断："败血症，腿保不住了，得锯。"吓得他立马坐了起来，不顾阻拦，一个人重回雪原。

"我还要走一辈子路，怎能没有腿？"祭着意念大旗，刘雨田都不知怎么走出了

30年前，超前时代的沙漠个人探险

那片冰天雪地。撑回乌鲁木齐，在医院还没躺多久，法国人朗兹曼将率队穿越塔克拉玛干沙漠的消息，又把他从病床上硬生生震了起来。

"走长城就缘于他，难道又是他……"和外国人较劲的情绪，不禁又涌了上来。一年前，走完长城时所受的万千赞誉，更推波助澜着个人英雄主义，"不行，先走出沙漠的，必须是中国人。"再一次坐不住的刘雨田，又吊针一拔，在1987年4月，直奔大漠。却没想到，自己从古尔班通古特的冰原，跳进了更可怕的火海。

◎ 生死大漠

"事后反省，那确实是个狂热到昏了头的决定。"这是个更"堂吉诃德"式的开场。炎炎烈日，坚持单人徒步的刘雨田，肩上用麻绳搭着两个塑料大水桶，胸前6个水壶哐当作响。全身背负71公斤，仅水就45公升。没走几步，他就一下失去平衡，稀里哗啦倒在地上。于是，他不得不把行李分成3组，往返两个半程往北拖。别人走一遍的路，他等于要走5遍，艰难得像一只蜗牛，一点点爬向大漠深处。

从没有一个人，像他这样赤手空拳走向塔克拉玛干沙漠。甚至无比理想主义，极限负重下，刘雨田还夹带了一本尼采的《快乐的科学》。然而在1987年，谁又能真正告诉他，什么才是"科学"呢？无论百年前的斯文·赫定，还是将要到来的法国探险队，都带着庞大驼队，团队行进，补给装备精良。路线选择上，法国队将走的是和田河故道，一路不时有水草。一心要赢过法国人的刘雨田，却选了更难的"直切"——直穿塔克拉玛干沙漠的中轴线。

那是真正的沙漠腹地。大河沿再往前，彻底无水无人。法国人朗兹曼事后闻讯，都不可思议，像刘雨田那样走，简直无法想象。所有人都劝他："塔克拉玛干沙漠，进得去，出不来啊……"无人区最后一个放牧点，眼看劝阻不下，一位牧民含着泪说："这是我家最好的一只骆驼，送给你。放心吧，不要钱。"

"要吗？真想要。但这骆驼是人家半个家产。"婉谢告别牧民，刘雨田一个人面对的无边大漠，地表温度已超70摄氏度，一脚下去一个热窝儿，每迈一步都难。他也心底发怵，但箭已在弦上。

"俯瞰沙海，这是战场。我虽不是战士，但决不能临阵脱逃。"走向沙漠20余日的深夜，篝火旁，刘雨田在日记里这样写道。醒来的冲天火光，却把他惊呆了。篝火烧了一夜，竟烧着了近旁一株胡杨。千年不死的胡杨，因为自己，竟遭遇这样的灭顶之灾。仿佛闯了大祸，他本能拎起水桶去救，倒到第二桶，火灭了，他却跪地傻了。

水，这是每一滴都救命的水……"我是不是真像别人说的精神错乱了？"抱头纠结了不知多久，刘雨田赶忙起身，决定折返最后一个牧民点，还一心盘算着："回去就带那只骆驼继续上路吧，相信祖国人民不会怪我的。"

塔克拉玛干沙漠的恐怖，却远超预想。猛一阵飓风骤起，天地一片混沌，再起身时，来时的驼印，全不见了……这一回，刘雨田彻底蒙了。颤抖着掏出地图，一片空茫的沙漠腹地，他甚至不知自己在哪儿。一种前所未有的恐惧袭上心头。塔克拉玛干沙漠成了一张大网，将他一下罩住。哪里逃？

危难之际，理智重新主宰大脑。八匹马拉不回的刘雨田，第一次180度大转弯了。"退！沿着西南25度，拼命走，沙漠南缘的克里雅河，是唯一生命线。"所有东西精简到不能再简，只留指北针、地图、500克压缩饼干、80克军刀，还有13颗糖。连日记本都想扔，但感觉比命还重要。还有国旗，这是信物，不能扔……

那时那刻，每一件都成了生命不能承受之重。唯一希望尽可能多的水，却是一滴都没了。大漠像个性急收尸的魔鬼，吸干仅有的一点湿气，旋即铺上红铁板。干渴之下，刘雨田不得不咬牙接了自己的尿。刚端到嘴边，就忍不住泼了，"还是人吗？"

然而，死亡面前，没有选择。第二天，他只能两眼一闭，咕咚咚喝了下去。第三天，连尿也没了。烈日灼灼下，只能采几片胡杨叶子，像个牲口勉强咽下。第五天，遇见一条沙蜥蜴，他几乎是生吞活剥，感觉自己快成了野兽。再后来，什么也没有了，连苍蝇也成了"肉"……回去的路，却像在原地打转。茫茫沙海，几乎失去时空感，自己也渺小得像一粒沙。唯一寄托，是地图和指北针。所有能量，都集中在脚下。一双脚捣木头般向前挪动，甚至不知脚步，一切全成了下意识行为——西南25度，天变，地变，方向不能变。

直走到第七天，两株胡杨涌出地平线。一见到绿色，哪怕是坟墓，刘雨田也不想走了，也再走不动了。倒在胡杨树下，他只想要一杯水，哪怕一小口。"到底为了什么？接受法国人挑战？即使走过又如何？走在前面，地球就会停转，你就会摘去疯子的'桂冠'？如今却是一点水都没了……"

接近死亡的日记里，百般情绪登场，无情鞭挞曾狂妄的灵魂。你是谁，你的爱憎，你是英雄狗熊，都再没有意义。恍惚间，刘雨田甚至渴盼，如果迎面能走来个人，哪怕是死敌，他也会冲上去拥抱的。

然而，天地悠悠，大漠深处，只有他一缕孤魂。撑着最后一点气力，用快被热风吹干的墨水，他想给一双儿女写遗嘱了："孩子啊，将来长大，能够自己选择人生道路，可千万不要走爸爸的路……"人们在他的追悼会上，又将如何指指点点？逃兵、胆小鬼、神经病？视尊严如命的刘雨田，再不敢想下去，却竟凭空又生出一丝气力，又倔强爬起来，继续向前走去。

"爬，我也要活着爬出去。我的悼词，我要亲自去写，亲自去念……"仿佛回光返照，却也终于出现奇迹，断水第八天，视线里竟出现稀疏芦苇，还有肉苁蓉……用手拼命挖下去，出水了！直径半米的小眼儿，慢慢渗出的黄汤，那一刻，比黄金更珍贵耀眼。这个喝过尿的鬼，终于又成了人。

◎ 超出时代的孤独

"人呐，就是一口气。"断水8天7夜之后，刘雨田被当地牧民救起时，已经腿都挪不动了，全身浮肿，体重从71公斤骤降到52公斤，全身只剩两本日记、一瓶风油精，

20世纪90年代，阿尔金山无人区的风餐露宿

但万幸捡回一条命。

生死大漠，深深冲击了刘雨田。一头长发，从此一生不剪，被他当作"死亡的证明"。回到乌鲁木齐，人们的劝诫、讥讽夹杂着，更让他有一种说不出的滋味。这已不再是为国争光，更似乎成了"为自己争气"的事。

半年后，1987年底，倔强的刘雨田从于田出发，第二次迎向了死亡之海。总结教训，这一次他选择冬季进入，并带上了6峰骆驼。历时40余日，近500公里，从南向北，刘雨田沿着中轴线终抵塔里木河河岸，完成了人类首次单人无后援纵穿塔克拉玛干沙漠。

他和死亡之海的故事，却还没有完。1988年底，刘雨田沿着和田故道，又一次南北纵穿大漠。一而再，再而三，只因他心底藏着一个更宏伟的目标——单人无后援横穿塔克拉玛干沙漠。这条横贯沙漠1500公里的路，是从无人实现的探险空白。

经验在不断积攒，脚步却再难深入，困住刘雨田的除了资金，更是时代。直到2010年，讲述横穿羌塘无人区的《北方的空地》面世，中国人才惊觉原来还有这样一种探险方式，竟有人敢于将自己暴露于茫茫荒野去试炼，并纷纷视之为户外启蒙。却不知，早在20世纪80年代，就已经有人执着于这样的世界级探险。

但相比今天探险者的备受推崇，太超前的刘雨田，30年前要面对的却是所有人的不理解，和一个个迎头痛击。1988年，原本美满的婚姻解体。"我看着她可怜，她看着我也可怜……"去民政局离婚时，他还紧紧牵着她的手。

紧接着1989年，他被铁路局正式除名，从此成了没有身份的人。更难忍受的，是舆论环境。身边人都在指指点点：好好的单位、公务员工作都没了，老婆离了，一个正常男人生活都给毁了，脑子没病才怪……

当爱国光环熄灭，为什么还要探险？80年代的人，依然不明白。刘雨田也试过解释，挤出笑脸迎上去，老同事却避瘟疫般绕弯走了……

"人群里，我反而孤独到了极致，好像一个人面对一个世界。"那段日子，刘雨田哪怕在屋里，也要躲进帐篷才睡得着。从窗帘到帐篷拉链，都拉得紧紧，仿佛有人正举着望远镜在窥探，在议论他会怎么疯掉。"三人成虎，我虽不信，然而要面对的不是一人三人，不是一句三句，而是百人百句，甚至千人千句……弄得我也困惑了，甚至怀疑：我就是疯了？"

偶尔望见镜子，短短5年，原本白净斯文的干部，何时变成长发黝黑的野人？有时午夜梦回，一想自己竟什么都没了，也不禁悲从心起。"这一切，是真实还是做梦？原本循规蹈矩，怎么就走向长城，甚至要一生探险？原本怯懦依赖，怎么就把自己交给了荒漠……"

"我很怪,大家都说我是疯子。"面对当时的新疆记者刘湘晨,这是刘雨田说的第一句话。

"这样一个人,生活在周遭环境里,就注定了悲剧。"在刘湘晨眼里,一头长发的刘雨田,从大街上昂首走过,看似高傲,实际上却像在溜墙脚。大自然的极致体验和终极追问,让他再难安于世俗生活,甚至失去了自己的位置。"他是踏入了他不能踏入之地,也从此引来了不能承受之重。"

最孤独时,被他视为精神领袖的父亲,也离他而去。"孩子啊,你爱国爱来爱去,怎么爱到最后,什么都没了呢?"老人到死都想不通。

1989年10月,父亲追悼会后第二天,刘雨田擦干眼泪,告别活了半辈子的新疆。火车终点是曾给予他人生最大肯定的北京,他带着父亲的临终遗愿:"你要是能出本书,记下走过的路,我心里也安慰了。"然而,那时的北京,再没了他长城归来时的激情澎湃。80年代的理想热血,戛然而止。90年代的市场大潮,已奔涌而来。

媒体追捧的英雄,换作腰缠万贯的财富新贵。曾畅销的新思想,迅速被言情、武侠、成功学等取代。大家开始忙下海、经商,甚至怀疑:读书有用吗?探险这样冷僻的题材,想出版,只能斥巨资自费,可那时的他已几乎身无分文。

退,无可退。进,刘雨田还是想继续探险,这件已让他一无所有的事。"你这样究竟为了什么?"东方电视台主持人袁鸣在节目中追问。他一时语塞:"不再为啥。"坐在身边的嘉宾学者余秋雨一拍桌子,"说得好!不再为什么,才是为什么。"可余秋雨侃侃而谈的哲学,能代替生活吗?

知名华裔羽西女士采访他时,一脸兴奋,"要是在美国,你肯定能成百万富翁。"却不知分别后,刘雨田去一家报社领稿酬,好不容易刊登3篇,仅拿到15元。不舍得花一分的他,紧接着要饭花子一样,眼巴巴盯着别人盘里剩菜,硬是蹭了一顿终生难忘的饱饭。

"你想继续探险,只能寻求社会赞助。"在朋友劝说下,最初只知自费的个人探险,进入90年代,也不得不学着和新兴市场经济"握手"了。

◎ 从人缝里挤出去

"住我家那3个月,成天除了记者,就是来谈合作的公司,一拨接一拨,但一家没成。"北京市民邹兰东，回忆起1992年热心收留过的刘雨田，"一头大长头发，冬天还穿着短袖裤衩儿，走在那时北京街头，他也是被人指指点点，格格不入的。"

眼看不善言辞的刘雨田，明明有"赞助恐惧症"，却不得不一遍遍接受记者和各种公司盘问，邹兰东也忍不住问："你都50岁了，难道不考虑养老？""在城市里待不住，就想凑够钱，好继续往外走，我还有好多探险项目呢。至于老了，走到哪儿，死在哪儿吧。"

邹兰东至今无法理解刘雨田在追求什么，却发自内心佩服，毕竟在探险者寥寥无几的年代，这是常人无法理解的路。他的邻居，则代表当时更大众的态度："你怎么把这么个野人招家里来了？"最后，在邻居非议声中，刘雨田黯然搬走。

北漂生涯，刘雨田足足搬了30多次家。仓库、地下室、没暖气的小平房，哪都住过。尽管一些人给他冠以骗子又一"殊荣"，猜测他靠着那些神话般的经历，是不是赚了很多资助。而真正见过他的朋友，印象最深的却是他有多穷。为省钱，他常年一天只吃一顿饭；最困难时，甚至搬到京郊山野，采野果、挖野菜度日。

作为中国最早期探险者，赶上百业待兴的历史窗口，刘雨田何尝没有过好机会？可面对愿意出资百万开公司的朋友，他却难以应答，一一错过。"谁不需要钱？可我变成这样，是为了探险，不是下海捞钱。已经付出那么大代价，路更不能走偏了。"

疯狂发财的年代，伴随的也是乱象丛生。一次有人拉他的旗号搞赞助，自己竟是最后才知情的人，这让他不寒而栗。想到当年老山战斗英雄徐良，收3000元演出费，就被扣上"英雄也爱钱"的帽子；想到昔日楷模们，因为一点错误，就被舆论踩进尘土……"我更怕的是，万一有个闪失，辱没了自己和'探险'二字。"

社会比自然更陌生，人心比荒野更莫测。面对新时代经济浪潮，刘雨田自认无心、无力，甚至无能去掺和。从新疆的"入世无门"，到北京虽"入世有门"，他却不敢入了。

"只要能让我从人缝儿里挤出去，尚能喘口气儿，就行。"在北京，靠着一天一个馒头填饱肚子，1993年秋，刘雨田带着曾拿到的最大一笔赞助——一个上海地产商赠予的6万元，第四次前往塔克拉玛干沙漠。

人世一番辗转，是为了横穿塔克拉玛干沙漠的梦想。然而，这又是一次"堂吉诃德大战风车"式的探险。横穿起点麦盖提县，连只骆驼都没了，全被将同期出发的中英联合探险队扫荡一空。相比不关心探险的中国人，英国人却是极度重视。英国前首相希思出任名誉主席，誓要实现人类首次横穿塔克拉玛干沙漠，足足投入186万美元，队伍雇上100余峰骆驼，浩浩荡荡，装备武装到牙齿。

让刘雨田魂牵梦萦的沙漠

令人唏嘘的是，最具沙漠经验的刘雨田，原是该活动中方队长，最初穿越路线都是他设计的。巨额投资背后，复杂的人际关系，最终却让他黯然出局。愤懑之下，更不能让外国人走在前面，单枪匹马的刘雨田，竟带着已18岁的儿子，赶着6头小毛驴，又一次上路了。

无异于"以卵击石"的旅程，几天后，就遭遇了小毛驴集体叛逃。更可怕的是儿子去找毛驴，13小时未归的恐惧。彻夜燃着篝火，终于等到儿子归来那刻，父子俩都吓得血色全无。原想培养儿子探险兴趣的刘雨田，再没有带儿子上路。他终究只能一个人面对这个世界。

死亡之海没能再接纳他，神秘西藏却成了刘雨田的第二心灵故乡。90年代，他开始了10余次探秘。隔绝于世的高原，新时代商业大潮还未到来。人们不关心现世，生命就是朝圣，这让刘雨田仿佛第一次遇见同类。

"大自然是唯一让他感到慰藉的去处。大概只有不断走下去，他才能不断重回一种英雄的心境。只有和天地交融，才不再困惑于生命的无意义。"已是多年老友的刘湘晨眼里，刘雨田会一直走，痴迷在路上，像个"大写的人"。

"在我看来，红尘与荒野能出入自如，才是最佳状态。"刘湘晨为此多次规劝过老友："不要走得回不来了。"却不知，一直在路上的刘雨田，其实也想过放弃，甚至想过死。5月才适合攀登的珠穆朗玛峰，1992年元旦，他就一个人去了，这是无异于自杀的行为。在抵达6000多米时，大头靴子踩在晶莹白雪上，嘎吱一声，却好像踩到了心里。"那么干净的雪，我不该来。"

更印在心上的是，4年后，再次来到珠峰。夕阳之下，旗云飘动，望向黄金般金字塔形山体，珠峰无言，他心头却突然刀刻斧砍出4个大字：岿然不动。那来自天外的神韵，一次次和大自然的对话，成了一种精神支柱，让他始终走了下去。但断水求生的8天7夜，早让他不信神灵，只信自己。而自己选择的信仰，就是探险。朝圣与自我实现的方式，则是冰雪中，执杖前行，走向昆仑山、雅鲁藏布江大峡谷等当时还神秘的一个一个地域，去尝试填补一个个探险空白。

"感觉生命，地平线上站起一个人来。"1984年踏上长城那天，还天真的刘雨田，曾在日记中这样憧憬。越走越远之后，他终于知道，选择了探险，无论出世入世，要走向的都将是一个又一个未知的地平线。

◎ 不可思议的路

全民奔小康浪潮中，1996年余纯顺在罗布泊遇难的新闻，让这一群"在路上的流浪者"再次重回社会视线。或赞叹或抨击的声浪过后一年，刘雨田走到余纯顺墓前，默默祭上一杯酒，终于完成了更漫长的罗布泊南北纵穿。

富起来的中国人，在20世纪末，也终于开始认识探险这一新鲜事物。最早走出去的刘雨田却已走过10余年，并以已完成的近百次探险，被视为中国第一位职业探险家。

"如果长城是里程碑，我很想在塔克拉玛干沙漠画一个句号，但没想到它竟成了惊叹号……"走遍千山万水，最让刘雨田念念不忘的，依然还是那片死亡之海。但困住他的，依然是资金。为支持他横穿塔克拉玛干沙漠，摇滚歌手崔健二话不说掏的1万元，转身却被搬家的人偷走。一位女教师热心赞助他4万元，但得知这是她下岗积蓄，刘雨田赶忙把存折还给了对方……就这样辗转反复到2002年，朋友甚至为他成立探险组委会。没想到的是，从几十万到几百万的赞助还没谈下来，一家德国公司允诺的4辆宝马车，就引来利益纷争。

"眼看大家谁都想把车往自家开，我情绪化的老毛病上来：啥也不要，不搞赞助了。我自己走，定要穿越。"一副"视死如归"倔劲，让朋友急了，纷纷劝阻。

"为了什么呢？因为有许多眼睛盯着你，媒体盯着你？你是为了他们去探险的吗？"和崔健一起为刘雨田饯行时，哲学家周国平不禁责问。"不想对不起支持我的人，算是原因之一。我的心性也有虚荣，可谁不需要认可与关爱？"并且，痴心已15年的塔克拉玛干沙漠，"像鬼打墙，让我鬼迷心窍。走向它，已成了一种生命需要。"这一年，刘雨田60岁了，他没法再等。

也许是天意留人，才出发，刘雨田特地花几百元买的GPS，却由于过于劣质，和地图偏差几十公里。也许是内心也有了惧意，曾凭指北针也能走出大漠的他，还是折返乌鲁木齐维修器材去了。一鼓作气，再鼓竭，尤其回城和老友们一重聚，绷紧待发的弦，一下松了。60岁的他，和塔克拉玛干沙漠再一次擦肩而过了。

昔日老友，多年不见，都已一官半职。喊着老总、部长们的小名，看着眼前一张张岁月沧桑的脸，恍惚间，刘雨田想到1984年自己沿着长城，曾遇见的美国马可·波罗探险队。那时也是高朋满座，他就像个叫花子，可美国探险队队长却在白绢上，给他留下一段终生难忘的话："人人都在路上，有人走的是艰难的路，有人走在平常的路。但，Mr. Liu，你走的是一条不可思议的路……"

塔克拉玛干沙漠,他的梦还未完成

"我受命运驱使爱上探险,虽然它给了我太多灾难,但依然庆幸,毕竟这样活过。"面对升官发财的老友,刘雨田没有后悔。但重回离婚14年的家楼下,却不能不感到深深亏欠。

"我在世界飘荡十多年,遇到过许多女人,但没遇到比你妈妈更善良更好的女人。"刘雨田曾在给儿女的信中这样写道。在那个特殊年代,因为他,前妻的所有先进称号,也跟着被一剥到底。选择彼此放手后,她终生未改嫁,总是跟着报纸新闻,在地图上寻找他在哪儿,总是念叨:"等有一天,雨田走不动了,不管好歹,这里还是他家……"

但她不知道的是,四海漂泊的刘雨田,路过乌鲁木齐时,也曾默默在楼下,久久望向3楼昏黄的灯光,忍不住落泪。那一扇小窗里是他的前半生,"想象她一个人如何撑着一个家,一双儿女听妈妈话吗?我是多么想念他们。但也深知我感情的脆弱,如果一见他们,我还能走出门吗?"

她终究没等到他走不动那天,2005年,前妻因病去世,刘雨田特地赶回了新疆。一双儿女终于长大,也陆续来到北京,这才给了他一个久违的家。眼看父亲幽居凤凰岭,过着挖野菜的日子,儿子刘莹几乎是跪着把他求下了山。"妈妈去世时千叮万嘱,不惜一切代价,也要照顾好父亲。"从事IT行业的刘莹,走着和父亲截然不同的人生路。工作兢兢业业,只愿尽力让老人安度一个有尊严的晚年。

很多人以为，和儿子同住，刘雨田这是要隐退，和世俗生活和解了。已近七旬的他，却还是坚持着每年几个探险项目，过年都很少和儿女一起。在2009年春节后，他更是给儿子留了遗言，第六次走向了死亡之海。

"每个人都有自己的选择，理解和尊重之余，心情却变得格外焦躁。毕竟年纪不饶人啊。"刘莹仿佛又回到少年时地图中长大的日子，不知父亲在哪儿。脑海里一次次浮现的，是母亲最常和他相互鼓励的话——"微笑着面对每一天的日出"，还有海明威笔下的"老人与海"……

和塔克拉玛干沙漠超过20年的纠缠，却还是没能画上句号。横穿途中，刘雨田携带的2峰骆驼，不但集体叛逃，甚至卷走GPS、照相机等，物资几乎丧尽。

"梦想又成泡影，塔克拉玛干沙漠成了我生命永恒的怪圈。但我一定还会再来。"67岁的刘雨田，拖着再遭重创的身心回京，依然内心倔强。更惦记的，还有最初另一梦想：整理近30年探险记录，结集出版曾走过的路。

"那是我父亲的另一个孩子。"刘莹义不容辞，着手帮忙整理。可足足两三百本探险日记，30年七八百万字记录，数万张褪色老照片……一个人面对这座"大山"，才发觉简直无从下手。但一想到父亲毕生追求，压力也成了动力，必须跟着"愚公移山"。

"某种意义上，这是在拯救，甚至一份社会人文责任。"刘莹并不知道，如此庞大资料的未公开，让父亲一度引人非议，不时被奚落成"一没文字，二没图片，光凭一张嘴的骗子"。他只能固执地相信："在这个领域，父亲所承受并为之努力的一切，终有一天，会在历史长河中留有一份尊严的。"

儿子苦心整理出的部分资料，在2014年"刘雨田探险30年展"上，终于露出冰山一角。30年一弹指，刘雨田做梦没想到，一度让他被当成疯子的户外探险，有一天会成时尚，参与人数超过千万。而这位最初走出去的人，却已远离外界多年，鲜少出现在媒体及正兴起的户外圈，不太被年轻人知晓了。

大家对他的认知，大多还停留在曾爱国走长城的脸谱化形象。围观者拥到他身边，一知半解，听着72岁的刘雨田讲述。人们好奇：这个老人居然整整探险30年？玩户外，不是这十来年才有的事吗？

生死30年的探险路，却还没有完。5月展览结束后一个多月，刘莹就坐上赶往昆仑山的车，心急如焚："超过一周失去联络，让我开始怀疑老人是否按照说好的线路去西藏……"他的忧虑，果然成真。怕儿子担心，刘雨田又一次秘密行动，独自一人走向了阿尔金无人区。

"阿尔金深处有个死亡谷，30年之际，我想再做一次'死亡之问'，也算'收官之作'吧。"1993年以来,他曾4次考察阿尔金山。可那片高寒干旱的无人区,野兽横行,还能接纳已经72岁的他吗?

"就是下跪,我也要请老人下山。跪父母不丢人,跪昆仑不丢人。要的是活着,活着才有念想……"直追到昆仑山腹地保护站,刘莹不知等了多久,终于拦截住失踪多日的父亲。一张晒得变形的脸,浑身布满裂口,作为儿子,刘莹简直不忍心看。

"在这一带,我遇到了狼,两次撕扯我的背包。转身又看到好几只,以为它们会集合起来向我进攻。还算好,现在,我还活着……"茫茫荒原,老人沧桑的声音沙哑自述,听着视频里的阵阵狼嚎,已近40岁的刘莹,忍不住痛哭了一场。我没忍心问他,那时因为什么被触动。但想起刘莹11岁那年,他母亲曾轻拍孩子的脸说:"你爸爸是真汉子,不仅是为自己,更是为了一种精神。咱们要支持他。"

◎ 路,还没有走完

"孩子,谢谢你来陪我说说话,不然我快孤独成神经病了。"8月炎夏,北京密云,当我辗转找到刘雨田幽居乡野的住处,76岁老人忽然流露的脆弱,让我心头一震。来之前,我曾听他的老友抱怨,说想探望他却被多次婉拒。不少人也和我打过"预防针":古怪、隔绝、不爱说话、神神道道,年轻人估计没法和他交流。

洒满阳光的小院,相差40余岁的我们,初相逢,却不知喝了多少酒,从白日直聊到凌晨4点,还说不完。"今天真是太例外,或许因为你是懂得的人,或许我又孤独到极致了。"

诚然,一眼看去,他太不一样。一张风沙刻出的古铜色脸,皱纹丛生,长发垂肩,半幽半仙。不时就双手合十,念着"阿拉门"等含混咒语。烟雾缭绕中,眼神游离天外,随时和周遭划开界限。但其实,这座看似沉默的冰山,内心柔软,比谁都渴望被理解。只是漫长年代,习惯了世人的不理解,日渐互不相认,分道扬镳。

"我从没想到,自己能过上这样安稳的晚年。"执意搬到密云独居的刘雨田,冰箱里塞满美食,抽的烟从廉价的"大前门"变成"中华""玉溪",都是儿子每周特地孝敬来的。他喜欢这样一抬头能见山野的地方,再不用颠沛流离,但内心渴望依然没被岁月和生活招安。最让他惦记的是那些日记,长达30余年的各地考察记录。七八百万个方块字,密密匝匝,垒成一座文字长城,依然围困着自己,担忧会不会到死都写不完,只能永远湮没进微尘？

"哈雷彗星76年一周期，一眨眼，我也76岁了。时间不多了，我只怕生前看不见它们出版。"在这个旅行书泛滥的年代，作为在路上的先驱，其实早有不少出版社上门，可刘雨田却至今未出版一本。他总怕写不好，会对不住自己想留下的探险文化，并不时怀疑："已是网络时代，谁会看我那些陈芝麻烂谷子的事呢？"

"这年头，还有人会这样认真对待所爱吗？"当我翻阅已誊出的数十万字文稿，意外于他的思想远比想象的复杂深邃。更惊讶的是，许多篇文章，他竟手写了七八个版本，还反反复复在改。倘若他能挪出一点心思去经营现实，或尽早发表，何至被误解成骗子，生活被推到如此边缘……

"你曾说'历史选择我，我选择苦难'。可这份选择，要'见众生'才圆满。你却把自己封闭起来，至今隐而不发，这样对吗？"漫步在午夜乡间，我忍不住问。刘雨田默默走着，没有回答，却在那一日日记里写道："这是生命中重要的一天。一个孩子的到来，竟忽然改变了我的许多观念。"

第二天，他就成了一个老小孩，向我虚心请教起出版规划，微信怎么用，什么是新媒体。旧时代早已结束，面对陌生新世界，这个最早走出去的人，却似乎没自信到达。至今自命"为探险护旗"，却不知自己是否已被新时代遗忘。

离开之前，我收拾好凌乱的厨房，特地为老人做了一碗雪菜肉丝面。因为前夜，谈到家庭温暖，他眼神流过一丝复杂，直言"太渴望了"。"能晚点再走吗？"捧着热腾腾的面碗，他低垂着眼，说起上一个不舍告别的，是今年刚登顶珠峰的无腿老人夏伯渝。夏老来看他的那天，刘雨田也是喝到大醉，为夏老43年终圆的珠峰梦高兴。更不禁想起，遥远西域，和自己纠缠30余年的死亡之海，梦却还未完……

我们告别之后，他也将动身，再赴新疆。"我还想悄悄去一个残酷的地方，万一回不来……孩子，这便是我们最后一面了。"老人半开玩笑半认真的告别，让我在回城路上，久久回不过神。想起月光下的小院，76岁的刘雨田借着醉意，朗朗读起自己早在1982年写的诗句：假如你是一枚白玉，就要熠熠发光。假如你是一座钟，就要把它敲响。假如你是一团火，就要熊熊燃烧……

又一天黄昏将至，这个依然激情燃烧的老人，又会沿着玫瑰花盛开的小路，独自走去密云水库大坝上遛弯。30多年前，生命本能驱使他，不知疲倦地走啊走，渴望摆脱死亡之海，扑向希望的绿洲。而今，面向绿洲水泽，大漠风声却依然萦绕耳旁。

生命必有终点，而灵魂的脚步，能横穿过死亡之海，继续走向未来吗？谁也没有答案。

一个人面对一个世界

30多年前,刘雨田走向沙漠,带着尼采的书。走进他今天幽居的小院,吸引我目光的,则是案头另一本书:凡·高传记《渴望生活》。

想象中癫狂的画家,其实柔软、脆弱,始终渴望生活。最大悲哀却是,不被身处环境所容,只能将生命倾注于绘画,在贫穷里画,在痛苦里画……直到死后,才获得渴望的理解。

走近刘雨田,最触动我的,也不是那些遥遥领先的探险经历,而是作为一个领域先行者,必须一个人面对一个世界的孤独——这是更艰难的探险,要突破的是时代局限、固有观念,以及另一个想从众的自我。

在落后的80年代,一个人走出封闭社会,想一生探险,太超出大众认知,一度风靡一时,转眼又被视为疯子、异类。

在精致利己的当下,想为国争光,想做大写的人,对于年轻人,又显得荒诞可笑、不够现代。

看似古怪孤僻,只因长久被误解与嘲讽包围。

选择远离红尘,更像被现实剥夺归属的无奈。

超前的探险行为,最后的理想主义,让他和哪个时代都难相容。但最感慨的是,无论时代怎么变,他却没变。

30年沧海桑田,所有人都不可避免被浪潮推动着,浮浮沉沉,日新月异之下,几乎记不起当年的自己。唯独他,穿越过一个个时代变迁,依然在做30多年前的梦,无论领先还是落伍,无论瞩目还是冷落,无论面对怎样的险境、误解、落魄与自我斗争。

从青丝到白发,从壮年到暮年,一生只做一件事。一步步,走了这样远,竟还走在他最初为自己选择的路。

"我感到空前孤单,现实让我备受磨难。但基于一种信念:我属于未来。"刘雨田在30年前,和另一个"疯子"——诗人食指抱头痛哭后,在日记中写下这样一段话。

走向生命的黄昏

作为朦胧诗先驱，在没有诗的动乱年代，同样孤独的食指，曾写下名篇《相信未来》："我坚信人们对于我们的脊骨，那无数次的探索、迷途、失败和成功，一定会给予热情、客观、公正的评定……"

他们曾期冀的未来，或许就是今天，或许还要等到更远的明天。

而今天的我们，穿过前人走过的漫漫长路，走向各自的人生，也必然要经历失败与迷途，甚至误解和嘲讽……

眼看着时代浪潮，正加速度奔涌向前，是随波逐流，还是坚持走自己的路？

哪怕一个人面对一个世界，唯愿初心不改。

本篇供图：中国黄河漂流探险队

黄河漂流

黄河黄河，
血性1987

故事的缘起，是一位漂流前辈寄来两本30年前的日记。日记的两位主人雷建生、郎保洛，20世纪80年代曾大红大紫，被无数年轻人追捧为"长漂王子"；1987年6月，却同乘一舟，一起殒命黄河。"漂流王子，梦断黄河"的新闻，在那一年轰动社会。

带着泛黄的日记和报纸，我辗转了4000公里直至黄河水上，却在20余位亲历者讲述中，发现这不仅是2位王子的故事，更是关于1条大河、3支队伍、7位队长、近百个黄河赤裸的儿子，与波涛、与时代、与自己的生死搏击。

30年前，这群正值"精神青春期"的热血青年，前无古人地漂流了黄河全程，也付出7条性命的惨烈代价，一度和中国女排并称为当时中华民族的两支精神催化剂；却最终在"不提倡、不支持、不宣传"的局势大扭转下，孤寂划完最后一桨，迅速被淹没进了时代洪流。

◎ 煽火的美国人

轰天巨浪中,一个光着下身的男青年被困危崖,命悬一线——这一来自长江虎跳峡的生猛画面,在1986年9月中旬闯进《新闻联播》黄金时段,迅速吸引亿万人目光。新闻中的青年,就是1986年洛阳长江漂流队的发起者郎保洛。由于所乘密封船被中虎跳激流打碎,他被困整整5天4夜,直至队友雷建生腰系绳索,攀下悬崖,才终获生路。

那之前,中国人几乎还不知漂流为何物。这一场生死救援,却破例在中央电视台多日滚动播出。一时间,两位洛阳青年,和万里长江上一场堪称"中美对决"的漂流,被推向举国皆知的地步。

一切还得从一个美国人说起。1985年,偶然获知美国探险家肯·沃伦要以30万美元向我国购买长江漂流权,西南交通大学35岁的职员尧茂书拍案而起:"中国的长江,要让美国人来首漂?"1985年6月,他踏上了长江源头姜古迪如冰川,单人驾一只被命名为"龙的传人"的孤舟,第一个抢先开漂。34天后,尧的遗体在距源头1200余公里的通伽峡被发现。这"以卵击石"的壮烈,被写成一篇长篇报道《长歌祭壮士》,当年引发上百家媒体转载。

"龙的传人,难道只有一个尧茂书?"在那个资讯匮乏的年代,一篇文章,可以是一枚炸弹。许多压根没见过橡皮筏的热血青年,跟着"炸"了。这其中就有30岁的郎保洛,他看完连夜就去找好友王茂军:"我们去当首漂长江第一队,怎么样?"

1986年6月,说干就干的8个洛阳青年,自带干粮踏上了长江源头。紧随其后是中国长江科学考察漂流探险队40余人。所有人都没漂流过,却抱着同一个目的:"死也要抢在美国人前面。"

热血澎湃之际,没人去留意肯·沃伦此行协议的附加条件:长漂结束后,授权肯·沃伦户外公司第一个来中国开展商业漂流。一边是成熟的商业探险,一边是"落后挨打"的脆弱民族自尊心。围绕长江,这根本是两个时代在竞争。最终"赛果"是:郎保洛被救起的前3天,深感险峻的肯·沃伦宣布撤离:"我对长江的了解还不够,还要与她认真谈一谈。"

肯·沃伦视为对手的,是河流,我们的对手却是人。"美国人退缩了,我们决不退缩,宁可不要命也要完成漂流!"刚实现人类第一次闯过虎跳峡的洛阳队更沸腾了。和漂流队员一样沸腾的,是举国热情。

那是一个怎样的时代?1986年,《西游记》首播,崔健吼出《一无所有》,中国城镇居民可支配收入刚接近900元，邓小平提出"让一部分人、一部分地区先富起来"……那时一无所有的中国人，迫切渴望甩掉"东亚病夫"的帽子，再"输不起"。竞技类运动超出运动本身，一时成了振奋民族精神的强心剂。女排赢一场比赛，就能引发全国多地大学生狂欢游行。而女排队员对长漂，也是充满敬仰："你们不仅是不怕苦、不怕累，还要加一个不怕死。我们要向你们学习。"

两个月后，当不怕死的漂流队员带着10人遇难的惨烈，漂抵长江入海口，党政机关、社会各界上万人迎接，雷建生带头高呼"中国人万岁"。荣归最初偷偷上路的洛阳火车站，郎保洛和雷建生这两位最耀眼的"长漂王子"，更被无数热烈的手抛向空中。

轰轰烈烈漂过长江，烧不完的爱国热情，很自然就燃向了更悠久的母亲河——黄河。在那个举国狂热的年代，一位黄漂重要发起者甚至发出这样的呼吁："黄河作为华夏文明发祥地，中国热血青年不能首漂，何颜以对列祖列宗？"

当热切目光刚转向黄河，来自北京的建筑工人桑永利，却早在1986年洛阳大汉们正激战长江上游时，已经率先踏上了黄河源。这个曾闯中俄边境的探险者，和尧茂书一样，有着自己的黄河梦。32天后，一样势单力薄的黄河首漂，也在巨浪中倾覆。6个橡皮筏毁坏殆尽，万幸保住一条命。

彼时，正为黄漂梦付诸行动的北京人，包括来自北京公交公司修理厂的于忠元，求赞助的电话一度找去联合国教科文组织。一听需要18万赞助，中方工作人员的一句嘲讽，又戳火了一个热血青年的敏感自尊，也坚定了他誓要黄漂的决心。然而，愿出一切费用的美国万宝路烟草公司，要求队名叫"万宝路黄河漂流队"；态度积极的全日本电视广播网，愿出30万美元合漂，但提出最后资料归他们所有；甚有法国船舶公司已拟好"将征服中国黄河"新闻标题……面对这一切，复员军人出身的于忠元，又不敢答应了："这可别成通敌卖国吧？"

因着共同的黄漂梦，桑永利和于忠元这两员猛将，最终被北京市青年联合会秘书长吴泉民拢到一起，并在1986年底通过《北京晚报》向全社会公开招募队员。一时间，报名者多达上千人。哪怕长漂吞噬了10条性命，哪怕黄漂初步草案中，人员要求第一条就写着"有志于献身黄河探险事业，死而无憾者"，也挡不住全国青年汹涌热情。激烈竞争中，甚至有人通过中央首长批条才得以加入。更有许多人戳破手指写血书、递生死状，殷殷红字写着"愿意牺牲""生死自负""誓要继承烈士遗志，为国争光"……

◎ 80年代的社会缩影

"那时候简直狂热得有点像'圣战',就觉着我为这个世界牺牲了,我是无上光荣。"面对这种非理性狂热,于忠元作为发起人,都有点被震住了。几乎所有人都还不懂漂流,全凭一腔热情。至于选人标准——必须像条汉子,有血性。

"如果只是漂流,而非国家需要,我肯定不会去。"31岁女队员舒辉,海军复员,正是1岁孩子的母亲。最终入选27名队员,军人出身的有13人,一半以上都有家室,家属也得在"生死状"上签字。后来遇难的队员杨浩上路时,妻子还有一个月就要生了。

1987年2月,当费翔《冬天里的一把火》刚通过春晚火遍全国,立誓要实现"千古

黄河第一漂"的北京队，也在北京电视台风风火火亮相。相比还想和长江再"谈一谈"的肯·沃伦，他们的口号却是：征服黄河巨龙，振奋民族精神。

架势才拉开，不料风云骤变——有人传来消息，雷建生、郎保洛也组队漂流黄河，并且先遣队已去青海。对于北京队，这简直是兜头一盆冰水。特制的"黄河第一漂"纪念封都已开始全国发行，这可如何是好？慑于"长漂王子"威名，于忠元带着新华社记者马挥赶忙奔赴洛阳，并带去一个诚意十足的"三同方案"：两队同上源头，同闯壶口瀑布，同抵入海口。

3月，在雷建生家中，他们终于见到了这群传说中"冲天的河南人"。彼此礼貌试探中，马挥感觉就像到威虎山，来拜码头了。两位"当家的"，则是名不虚传。历史老师出身的雷建生，温文如敦厚兄长。一脸络腮胡的郎保洛，几乎没说话，却也沉静得让

4月黄河源头正冰封，为了"一寸不落"，他们执意拖船前行

人服气。但意外的是，这两位传奇人物居然还没组好队。于是，北京队的"求联合"，最后变成了"你们先联合，我们再联合……"

漂流黄河，是早在长江漂流时，雷建生和郎保洛就有的想法。只是谁也不愿甘于人后，长漂中生死相助过的两人，此时声名鹊起，旗鼓相当。一支漂流队，似乎已经太小。

由谁担任队长，另一个人都不能接受。迟迟卡壳在队长人选的他们，面对北京队突然来访，也坐不住了。经由支持他们的"后台"——《河南日报》记者多方磋商，这才达成折中方案：实行双队长制，不分正副，双方人数对等。

这一回，换雷建生和郎保洛诚意北上，想谈"三同"。一心抢先的北京队，却准备提前半个月就走，不等他们了。对此，雷建生保持一贯沉静，郎保洛有些火了，"我就知道会这样。行！你们先漂。是骡子是马，河上翻几次船就知道。"

而终于成形的河南队，相比北京队的根正苗红，更具民间江湖气。队员大部分来自雷、郎各自的朋友圈。雷、郎是成长在同一个市委大院、性情却迥异的两个漂流者。雷父曾是全国最大玻璃厂的厂长，郎父曾任湖南邵阳市市长，但留给他们的却是残酷命运。雷建生16岁报考飞行员，所有考试过了，却被拦在了政审一关，梦想破灭。他对此感叹："一腔报国热情无处发泄，最令人伤感。"但好友眼里，雷最突出的特点是"没有因此看破红尘，始终在追求一种像是唱高调的人生境界，并且默默做到了"，他甚至给女儿起名雷醒——民族觉醒的意思。基于此，雷建生选的队友，多是一同研究过马列理论的知识分子，一样有着家国情怀。

郎保洛随父一路下放到洛阳，和那个年代许多年轻人一样，或被欺负，或用拳头回击。1985年遇人挑衅，郎还了手，反遭拘留十余日。他在拘留所满心幽愤，写下诗句："坎坷多灾忧人生，夜入铁栏叹零丁。"

"他是英雄不问出身的人，选人只要敢干，能干，胆够壮。"所以，当追求志同道合的雷建生，看到名单上劳教过的石峰等人的名字，而提出异议时，郎保洛却不以为然。他最烦人光看过去，也不爱唱高调。等漂完黄河，他打算去考法律研究生，漂流日记第一页半页都是英文。雷建生出发前的日记，却充满忧虑："此次队伍庞大、派系繁多，有刑余之人、摊贩商贾，亦有文雅高洁之士……可以说比上次要复杂得多……"

相比一年前长漂的默默启程，黄漂的出发则是风光无限。敲锣打鼓的郑州火车站，当女播音员自豪宣布"长漂英雄就在我们车上！"，围观者、求签名者顿时挤得水泄不通。蜂拥人潮里还有几个特殊身影，例如雷建生执意赶来的妻子。不肯让妻子送行的雷建生，几乎不敢看她。害怕牵挂的，亦有郎保洛。为了黄漂，他推迟了原定春节的婚事，"说不定我会死在黄河上，岂不是害人家姑娘一辈子。"

还有一个狂热身影，是郑州砂轮厂工人朱磊。他是众多渴望参与黄漂的青年之一，也是最执着的一个。队伍不肯再加人，他就追上火车，又半夜钻进后勤卡车里；荒茫源区，更一个人租匹马，顶着刀子般暴风雪，追了5天5夜；最后两眼一黑，从马背上，一头栽在河南队队员面前的雪窝里。再晚一刻，就没命了。

"我必须去，必须去……"黄漂像一道咒语，让24岁的朱磊近乎魔怔。他受够了平乏生活，"只有这些轰轰烈烈的事才能吸引我。"

"黄漂在那时，简直就是你能在地球上做的最好的事。"来自中国农业大学的丁凯，甚至未满17岁，为入围不惜谎报年龄。好在讲究"成分"的北京队，一心要凑齐"工商农学兵"，就差他这个"学"了。

"那时的漂流更是社会活动，不是体育运动。"正如河南队一位组织者所言，"这支小小漂流队，实际上是正在急剧变动的80年代社会一个缩影。"在爱国主义大旗之下，除了少数思想者、冒险家，更多人还带着各自的"小我"。

那是一个社会的青春期，正值青春的人们心里正憋着一股劲，却被计划经济、工作分配，焊在一个点上，动弹不得。长漂让人看到活生生的英雄史诗，于是，黄漂就成了下一个轰轰烈烈的青春出口。

◎ 竞逐"第一漂"

豁出命的朱磊，最终打动了郎保洛，撂下一句洛阳话："这货是条汉子，叫他跟住吧！"朱磊激动得一颗心跳出嗓子眼，他本已死心，想着大不了自己漂，"感觉黄河就那么回事，温吞吞像个没牙老太太。"

80年代，人们对黄河的了解，匮乏得近乎无知。即便誓要"征服黄河巨龙"的几支漂流队，光寻找黄河两个源头，就分别折腾近半个月。几度弹尽粮绝的队员，在源头立碑仪式上高唱国歌，个个心潮澎湃，有的失声痛哭。更难的是，为了竞逐"黄河第一漂"，他们都提前出发，4月的黄河源却还大雪冰封。面对1米多厚冰层，怎么漂？郎保洛等两队都很顽固："哪怕是拖着在冰上走，也要在冰上留下漂流痕迹。"

但其实，现代漂流中少有长距离冰面拖船，而是寻找能放船的河道开漂。这又是中国首创——海拔4500米以上，一群硬汉在冰天雪地里，忍饥挨饿，拉着带物资超400

迎向黄河峡谷激流

斤的橡皮船，纤夫一样拖行10余日，时而陷进冰窟窿，时而累得走着都能睡着，就为了践行当时又一口号：一寸不落漂完黄河全程。这群汉子不懂什么国际惯例，就天真觉得："我们既然要战胜自然，就要一寸不落。有地方跳过去，岂不是被打败了？"

郎保洛收下朱磊，大概正因在源头饱尝爬冰卧雪的罪。开漂才3天，他自己就一度迷路，风雪旷野上硬撑了一夜。除了虎跳峡，"这几乎是我一生中最艰苦的一夜"，死也愿轰轰烈烈的他在日记中写："某种意义上这比长江遇险还糟，因为没有任何人知道。"

河南队玩命拖船赶路，更因头顶竞争压力。精明的北京队，提前17天就出发了。当两队在源头第一城玛多县首次会合，河南队还没上源头，北京队已经在两曲汇合处立好碑了。带着17万元赞助的北京队，为河南队慷慨送来电台等物资。老资历的河南队也不吝分享漂流技巧。两队既是友军又是劲敌，表面上客客气气合影，雷建生在日记里却暗暗铆劲："务必尽早追上北京队，在全国人民面前，展示长漂勇士和河南黄漂队的风采。"

而20天前的玛多，还有一支突然杀出的安徽马鞍山队伍，打得北京队措手不及。8个彪悍大汉骑着马，凌晨2点就来造访："谁说桑永利去年7月漂了黄河上游？我们已经去了源头，怎么没找到他的签名？"才到玛多的北京队，顿时傻了眼。长漂英雄风靡全国，也让马鞍山小青年们蠢蠢欲动，催生了这一支平均年龄仅22岁的"娃娃敢死队"——他们没有任何支持和后援，竟然先发制人，第一个登上了源头。队员全是光棍，出发前都写了遗书。看似大无畏，队长之一张大波心里也犯嘀咕："我查遍资料，才发现这条河太危险。但没敢告诉大家，怕大家害怕。"

最年轻的马鞍山队，也最缺钱。上完源头，钱已成负数。但他们愣是想出了一门独门秘技——文艺表演。组队时就要求每人要会一两项特长表演，以备一路义演筹钱。边筹边漂，总之，誓要漂到入海口。

一条大河，三支队伍，围绕诱人的"第一漂"，暗暗较劲的竞逐伴随开冻河水，就这样冲出源区。

当河南队从源头回到玛多时，一山难容二虎的问题，也有了一次激化。5月25日，河南队的连夜会议，争执于雷、郎两个分队待遇是否不公。深感委屈的郎保洛，当天就下漂先走了。原定的雷、郎两分队"合漂"，成了泡影。

"只有先赶上北京队，成为真正的黄河第一漂，我们才能转身整顿队伍。"河南队队委的无奈，让第一漂成了更迫切的任务。冲出源区，踏上九曲黄河第一曲的S形大转折，黄河也仿佛进入它的青春期，嗓门陡然变粗，而其中最凶险的地段是拉加峡。

"它得名于玛沁县军功乡对岸的拉加寺，为这一段黄河干流上一系列峡谷总称，全长216公里,是全河仅次于晋陕大峡谷的第二长峡,上下之间落差588米"——这是1987年能查到的所有黄河资料中对拉加峡的全部描述,加标点一共69字。没人知道这216公里深谷,究竟藏着怎样的狂涛?人与自然的较量,真正开始了。

◎ 肯定会有人死

6月6日,连续几昼夜追赶,终于让郎保洛在峡谷区入口追上了北京队。江河上有峡必有滩,有滩必有跌水。当河底出现断层,水流随断层猛然下切,跌落1~8米,形成无数漩涡与卷皮浪,极易翻船。而拉加峡正是黄河从青藏高原向黄土高原跌落的第一台阶。

"弟兄们,动真格的来了!"初入峡谷的队员们,却还初生牛犊不怕虎。闯滩!闯滩!一开始遇见滩,不是去躲,而是故意冲到浪尖找刺激。但短暂新奇之后,险滩越来越多,警惕心终于上来了。朱磊的桨被冲走,郎保洛的桨被打断,第二天抬船,只听哧哧作响,船底已经被利石划开几个大口子,船都废了。

怎么办?求助北京队,让郎保洛上北京队的船继续闯滩。虽然都铆准"第一漂",但激流面前,两队终于开始放下门户之见。也就在这时,落在最后的雷建生终于驾到。"北京队,我们追上了!"历时44天,两队4个队长终于会师在黄河第一个特级险滩前。

"第一次和北京队相遇,来个漂亮的让他们看看。"郎保洛和北京队还在踟蹰时,雷建生一声"加桨",船已离弦之箭般,划出一道弧线闯了过去。不愧是长漂王子,岸上一片欢呼。雷建生也颇为自负,当晚日记中写道:"不自吹,我这冲滩技术确实还是比较过硬的,多亏去年跟金沙江水运队师傅们大聊一阵。"

"保洛,咱河南队两条船过,何必?我看,明天咱们合成一船,咋样?"也在这一天,雷建生主动示好,两位长漂王子踏上了同一只船。此时,全队全部口粮只剩最后10粒蚕豆。5名上船队员,一个个七尺大汉,各分2粒蚕豆充饥。险关面前,个人纷争退场,河南队终于第一次抱成了一团。

被人拿了下马威的北京队,却不甘示弱了。当遇见更大险滩时,北京队竟故意放着支流不走,直取最危险的中流。结果才入险滩十几秒,大浪打来,船上5人几乎是天女散花般飞了出去。"快找人!"雷建生大呼,郎保洛带人朝下游狂奔。

"一入水,就感觉这辈子交代了",下身唰一下被撸光裤子,洗衣机般大漩涡使劲把人往下拽，直拽进地狱般恐惧。落水得救的于忠元，后来给女儿写了封信："淼淼，爸爸差点永远见不到你了……这个信封已湿，就是随我同在浪里转了，湿的水痕是黄河水。"但让他感动的是，救了北京队队员的郎保洛，特地送来了一件皮大衣和睡袋。上百公里无人峡谷，把衣服睡袋给别人，意味着自己受冻。虽然两队一直暗中较劲，但此刻的患难与共，让于忠元感慨："漂流真正的对手，更是眼前的这条大河。"

被激流打得七零八落，他们抵达军功乡，迎面却是一个个更沉重的消息。老乡说，下面的水更凶。军功以上，每公里落差2.8米，而军功以下的拉加峡，还要多1倍，每公里落差5.5米，还有一个8米高的大跌水。

一到军功，整个气氛截然变了。当真正和大自然交锋，最初一腔热情写下血书的队伍，终于弥漫开一丝丝压抑与恐慌。"8米大跌水"在队员中口口相传，却无法证实真伪，因为从没人闯过。当地只流传传说，曾有几个闯滩娃乘木筏漂下去，没一个活着回来……

北京队开始出现两派意见。一派主张采用密封船——长江漂流时，中国人就是用这个"独家发明"闯过了虎跳峡，尽管外国人说"这不是漂流"。桑永利则坚持敞篷船，"放密封船，那不把北京人的脸丢尽了？河南队就没用密封船。"反复争执之下，北京队不得不决定推迟下漂。河南队也随之中止原计划，等北京队。这一回，谁也没心思去抢"第一漂"了。

而河南队此时除了水情，更大焦虑是队情。几天前在达日县，队内竟发生流血事件：郎保洛分组的石峰、程旭东醉后提刀，重伤后勤队员周念军，拉架的记者也被捅了一刀。按同船队员说法，事出"周念军在源区没接应到我们，却上了雷建生的船。大家为此挨饿好多天，抱怨过上岸要找周算账。他们都是郎保洛发小，郎劝过'别太过分'，谁也没想到……"

尤其当传言四起，说"到了龙羊峡要整顿走一些人，甚至包括郎保洛"，郎开始失眠了。日记里连续几天写着"一夜脑子反复翻腾，没睡着""一夜又没睡好，脑子太乱"……河南队开会，左等右等没等来郎保洛。反倒是北京队随队记者马挥，被郎保洛约到河滩去散步。昔日铁铮铮汉子，一脸愁容，说到队里出了很多事，说到物资困难，更说到"再漂下去，出事可能性非常大了"，并把个人重要物品，托付遗物般交给了马挥，其中甚至有一本英语学习辞典。

6月13日，连降暴雨后的黄河畔，雷建生、郎保洛和桑永利、于忠元2队4船同时出发。难言的赴难感笼罩下，心第一次特别齐的两队队员在军功大桥下合影，其中不少人又写了一遍遗书。"肯定会有人死，不知道是谁。"没有人敢说出这个想法，但这想法在每个人的心头隐隐笼罩。

面对前方凶险,即将下漂的队员们在军功大桥前合影

◎ 喋血拉加峡

让人望而生畏的拉加峡,终于展现它真正的凶险。出发1小时,第一个大滩就有足足3个大跌水、3个小跌水。技术最过硬的雷建生,第一个冲滩,却在第一个跌水就翻了船。眼看几个黑点就卷入骇浪,郎保洛二话不说跳上船,直下险滩冲去营救。桑永利的船很快也在险滩中倾覆……

"北京队、河南队军功翻船,9人失踪……"被于忠元冒死攀缘绝壁带回的消息,迅速通过报纸、电视台传开。在北京队求援下,当地军区派出骑兵,甚至直升机搜救,各种指示源源不断传来。前方焦虑万分,后方家属们也快踏破北京市青联的门槛:"你们快告诉我出什么事了,我能正确对待……"

黄漂第一次风雨飘摇，身陷拉加峡深处的雷建生、郎保洛，却还与世隔绝着，不知他们失踪的消息已传遍全国。"昨夜又是一夜雨，河水可能大涨……今天闯滩计划又要泡汤了。陆上接应人员在龙羊峡可能等急了……"这是雷建生最后一段日记。此时的河南队，正处于万里黄河第二大拐弯处。连日大雨，河水暴涨如猛兽，前方却是"白花花一直连到峡谷尽头，像沸水翻腾"。

"都是一个大院，干的是大事，为了首漂黄河，其他事都放一放。"最后的出发前夜，雷建生好友袁世俊特地找郎保洛谈了一晚。生死攸关时刻，河南队终于呈现出一种空前团结。郎保洛在日记上最后写道："今天是6月18日，是个纪念日。去年今日我们从姜古迪如冰川开漂，在长江上的漂流开始了！"

6月19日，仿佛一个轮回，两位从长江源头一路漂来的王子，一起踏上了最后一程黄河漂流。本应上船的队员赵红斌或许预感到什么，迟迟不来，并从此失踪。原本被安排接应的26岁队员朱红军，在船将离岸时跳上了船："船上少一个人，我算一个！"这一次自告奋勇，也成了他的最后一程。

不到5分钟，可怕的大跌水就来了。小船像过山车猛跌入深水，紧接着又一个大跌水，无数大浪铺天盖地。"还好，人都在"，身手矫健的雷建生一度爬上船，想把其他人拉上去。无奈一排排浪，直把雷也打下水中。5人只能死拽住船绳，随船翻腾于激流，无法上船，更无法靠岸。

比翻船更可怕的是水温，黄河在此汇入阿尼玛卿雪山融水，低至5~6摄氏度。这样的水温，常人坚持15分钟就会麻木。每个人都开始冻得牙齿咯咯作响，一小时左右，又一排浪打过来，先是郎保洛手臂从船绳中滑脱，面朝上，随波而去，紧接着是朱红军、张宁生……

一叶孤舟，却还裹挟在无情洪流中，急速往下冲去。"建生，注意石头！"眼看船身紧擦着石头而过，队员袁世俊昏了过去。再醒过来时，"建生，我们靠岸啦！"却任凭袁怎么哭喊、人工呼吸，头部撞击岩石的雷建生再也没有醒来。

5人登船，4人遇难，其中2人还是旗帜性人物，这是长江黄河漂流中最惨烈的一幕。6月20日，郎保洛、朱红军、张宁生的遗体一个个顺水漂下来，对杳无音信中等了一周的人们，简直晴天霹雳。

3天后清晨6点，载着雷建生遗体的黑色橡皮筏也从上游漂来。曾立志要漂完世界所有大江大河的他，双目紧闭，胸前别着队员献上的野花，完成了今生最后一段漂流。灵船靠岸那刻，天空突然暴雨如注，所有人脸上交织着雨水泪水。队委举起冲锋枪致哀，代表雷建生36岁终年的36发子弹，嗒嗒嗒撕裂长空。

无限沉痛中，却没有人意识到现代漂流中必备头盔等血淋淋的教训。"当时我们没有这种设备，也没这个知识。"悲剧就这样降临在了中国最优秀的桨手身上。遗体火化那天，河南队队员相约着"谁都不许哭，别让人看到咱没出息的样子"。一走进吊唁大厅，映入眼帘的挽联上，雷建生6岁女儿雷醒歪歪扭扭几个字——"爸爸，女儿想你……"，却让这群汉子再无法压抑，纷纷掩面，别过头去。

比悲痛更冲击人心的，是恐惧。哪怕出发时再豪言壮语，但当死亡真的突如其来，那打击几乎无法用震撼来形容。有人见水发怵，有人不敢出屋去运遗体，有人从此不敢提"翻船"二字……而此时，万里黄河才刚刚漂了不到1/3。

河南队队员刘毅的烟瘾，就是那时开始的。恐惧加焦虑，他只能拼命吸烟，甚至给家里写了封信想退出，"那时真有点怕了"。没想到，曾阻止他黄漂、扬言要断绝关系的父亲，却回信说："你不干则已，干就要干到底！"父亲是老兵，最见不得逃兵。一句话，让刘毅咬牙坚持了下来。

群龙无首的队伍，开始出现两种不同情绪，一种是不能冒死再上船，另一种是誓死也要漂完黄河。河南省漂指委也传来上头精神：以后还漂不漂，由队里定。每个队员均可自行选择是否离队。通过自由投票，唯一幸存的袁世俊以压倒性票数当选新队长。"我捡回一条命。不漂到黄河入海口，咱对不起死去的弟兄。"受命于危难的袁，全没了往日斯文："愿意留下的，必须上船，轮着漂。不愿上船的，走，队里欢送。"最终10余人离队，剩下17人的新河南队成立。

此时的北京队也有两种声音。有人想趁河南队出事，抓紧时间往前漂；于忠元却坚持带队伍主力去西宁吊唁，为此耽误了7天。"一块儿生死的，不去，没法交代，世人骂。"但他没想到，7天后，会等来又一场追悼会——北京队自己的队员杨浩，竟在一处不算汹涌的河段遇难。遗体火化前，千里赶来的妻子费力掰开杨浩手指，把女儿第一回剪下的头发和指甲放入他掌心，他到死还没看到刚出生的女儿一眼。

于忠元蹲在火化炉旁看了整整40分钟。作为发起人之一，他更没有退路了："没死人以前，我总嘀咕谁要死。真有人死了，反而不怕了。打红眼了。"

更沉重的是，前方又传来新的噩耗，马鞍山队在龙羊峡遇难2人。24天，黄河就收走了7条人命。面对当地撒拉族年轻人的追问——"千古没人漂过，这到底为漂啥子用？"一位老人捋着山羊胡子，叹道："还记得我们村那个放排子最好的尕娃？他也跑去冲下面那个峡子。因为从没人活着冲出去啊。他虽然再没回来，咱们全村人，到现在不都一直念着他？"身旁听着这段对话的记者，当场哭了："当时没人意识到漂流探险本身的魅力与意义，包括媒体也没这个视野。"

当时选人标准：必须像条汉子，有血性

◎ 为了死去的弟兄

听闻北京队新的噩耗，才重漂的河南队也不禁再次沉默。"无所畏惧的勇气固然值得钦佩，但代价未免太惨痛了……"而前方等待全体黄漂队的，还有比死亡更想不到的社会性"大跌水"。

"漂流热该降温了""我国目前需要务实，这种纯属冒险性质的漂流，根本不宜提倡"……曾被奉为"振奋民族精神壮举"的漂流，此时风云突变，正遭遇舆论前所未有的批评甚至否定。7月19日，当河南队漂抵龙羊峡，大喇叭里女播音员正在大谈漂流的危害。

队员都听蒙了，紧接着电话传来，国务院突然下发通知，青海省政府紧接着推出新规定：从此，"对群众自发组织的漂流探险考察活动，不提倡，不支持，不接待""对未经批准的漂流探险活动，各新闻单位不得采访和宣传报道"……出发前被捧上天，一夜之间，却被打成了"黑户""非法漂民"？而此时，黄河还没漂出上游。记者纷纷撤回，甚至传言"到兰州要解散队伍"……一时间，才重整旗鼓的河南队又不禁人心浮动。

又一轮全体会议，袁世俊再次喊话："国家不会再给支持了，死了也不会追认烈士。希望大家明确，再往下漂，不是为什么荣誉，完全是为自己，为死去的弟兄。"愿意继续的，都写了决心书："无论发生什么，也要完成黄河漂流。"

猛跌进最低谷，一股悲壮的血性反倒冲淡恐惧。"半途而废太没面子，会是一辈子的遗憾，一辈子的对不起。""再没有什么高大上口号了，这事从此就是弟兄自己的事。""退，就没尊严了。这一口气，不能断。就为了争口气，为了死的人不白死，就这么简单。"

而前方更考验决心的，是黄河上游又一险隘龙羊峡。"孩子们，下不得啊！这里比上游任何一段都危险。下一个死一个。"当地老工程师急得赶来挡驾："马鞍山队也很有信心，结果呢？不要再做无谓的牺牲。"一句话让所有人沉默。

6月11日，马鞍山队从龙羊峡乘敞篷船下漂，2人失踪。半月后，队长汤立波才在下游被当作无名尸发现。遗体惨不忍睹，没了眼睛和牙齿，凭着秋裤上印着的单位"马钢17"，多年后才被证明身份。另一个队员张建安，至今没有找到……

此时的北京队也正连损大将、阴影笼罩，密封船更不慎损毁。有人开始鼓吹不漂，"我是军人，我来漂！"飞行员出身的秦大安却主动接过这个"非常时期"的重任，去和河南队派出的朱磊等另2人合漂。下漂前夜，为大安饯行就像是"最后的晚餐"。他自己却是一脸无畏："我已经给老婆留了一封信……以后你们路过成都，抽空去看看我老婆和女儿就行了。"而他12岁女儿寄回的信，则这样写道："尊敬的爸爸，这是我给你写的第一封也可能是最后一封信。"

按漂流国际惯例，危及生命的险滩可以牵船绕过。对于强调"一寸不落"的中国式漂流，却没有这个选项。但鉴于拉加峡悲剧，此时再遇特级险滩，两队终于再顾不得外国人认不认，都选用中国人"独家发明"的密封船。相比敞篷船，密封船有更强抗浪性，但缺乏自主性，人一旦进舱就只能祈祷，难以主动逃生。长江漂流水上共罹难8人，其中7人死于密封船。

"私底下，我们已经把大安当作烈士了……"龙羊峡大坝前送行，就像生离死别。河南队的朱磊本来不怕的，可大家一个个表情凝重，还有记者一心想拍什么"最后的身影"……他心里也有些发毛了，举起信号枪，正想鸣枪壮胆，胳膊才伸直，"叭"的一声，手指粗的尼龙绳竟被狂流猛地冲断。密封船自动离岸，飞旋向滚滚波涛。

在岸上人眼里，那只密封船就像个在流血的"祭品"。激流里颠滚的船中，3个人则是乒乒乓乓乱撞。朱磊被撞到鼻血直流，另一人呕吐到绿色胆汁都吐了出来，呕吐物喷到秦大安脸上，直灌进脖子里，还得死死拽住维系3条命的密封舱盖，不能松手……

3个多小时后，当他们活着上岸，秦大安嘴唇青紫，对队长于忠元说的第一句话是"我没给北京队丢脸！"他本来是准备丢命的。

当新闻聚光灯熄灭，各种"主义"附加被抽离，漂流开始变成一些人自己生命的选择，自己的事。需要搏击的已不仅是黄河，或什么外国人，更成了对自己的坚守。

◎ 没有食言

"万马奔腾任嘶吼，千里黄河一壶收"，将黄土高原一劈两半的母亲河，在晋陕大峡谷尽头奔来它的最高潮——壶口大瀑布。但谁也没想到，创造"壶口千古第一漂"的，竟是被戏称为"讨饭花子"的马鞍山队。龙羊峡2人遇难的惨烈，也曾让他们一时间天昏地暗，有人动了回家念头。可当马鞍山派出"劝退团"，最年轻的他们却又宁死不从。队员王来安甚至站在大坝上："如果你们一定要我们回去，我们就集体跳下去。"

"做了就不要后悔，要做就做到底。"黄河之上，或前或后的三支队伍，面对死亡、解散的重重打击，不约而同走向了一种近乎执拗的坚持。当王来安写下《我过壶口志愿书》，马鞍山队全队甚至相约，王如遇不测，轮流上船冲，直到最后一个……出发前，壶口旅游管理处女服务员，看着他们吃送行水饺，边看边哭。顶着出事压力的县长也忍不住抹眼泪："我儿子跟你们一样大。"

9月3日，捆绑40个汽车轮胎的密封船，载着劝不回的娃娃兵，被卷入狂流，自由落体般，一头栽进排山倒海的瀑布……40秒，核打击般冲撞中，密封船像个小皮球，奇迹般弹出滚滚水雾。没死人。

"这一下，北京队压力就大了。"晚了一步的北京队，先是放空船试漂，密封船跌入瀑布，竟整整埋了7分零4秒，死3次都够了……但此时壶口，已不仅是危险之地，也意味着又一种荣誉。在上游，几乎无人敢应承去漂壶口，大家一看马鞍山队没死人，一下都勇敢了。

面对12个报名人选，北京队在下漂前整整开会一夜，为究竟谁来漂壶口，而非怎样漂壶口。

最后，24岁队员张晓军幸运领到"船票"。他没写遗书，"我死不了，命大"，却也壮胆般要了2个苹果紧紧拽在手中。密封船载着他，在上万人山呼海啸声中，跌进磅礴惊涛。更奇迹的23秒后，意识到自己还活着，张晓军咔嚓咬了口苹果，觉得"这简直是这辈子最好吃的味道"。

在最险峻也最耀眼的壶口,三队竞逐的意气又冒出头来。最后一个到的河南队更"绝",瞄准主瀑布下方一个较小水帘,决定创造"壶口敞篷船第一漂"。

虽是支流,七八米落差的水帘也无异于搏命。众人内心复杂,为即将上船的李朝革、朱磊送行。摩拳擦掌的李朝革,却不肯喝壮行酒:"怕喝了就回不来了,还是我下去后,给你们表演一个倒立吧!"

9月11日,当袁世俊一声"撒手",载着又2条命的敞篷船飞蹿下去,一触水就被瀑布一巴掌扣翻,不停息向下猛冲……死拽住船绳的两人,随船破浪之际,李朝革竟真的攀上急速向前的船,摇摇晃晃,双腿倒立,拿起了个大顶。

大河两岸,飞瀑上下,吆喝的、搏命的、苟且的、揪心的,一时间,沸沸扬扬……而这个堪称豪迈的大顶,在当时人们惊喜的泪水中,被媒体升华成了"一个与命运抗争的倒立"。

闯过壶口,意味着迈入胜利门槛,至少再往前不会死人了。穿过高山深峡的万里

险滩翻船瞬间,紧拽船绳的队员随波逐流

黄河，终于不再怒吼，踏上缓缓去程。最初3个月没能走出青海的北京队，仅用12天，以近乎冲刺的速度，在9月21日率先抵达山东黄河入海口。

曾经三队竞逐至白热化的"第一漂"，此刻已不再重要，重要的是"终于坚持到最后"。胡子拉碴的北京队队员，在归程汽车上，不约而同唱起几乎已是队歌的《故乡的云》："归来吧，归来哟，浪迹天涯的游子……我已是满怀疲惫，眼里是酸楚的泪……我曾经豪情万丈，归来却空空的行囊……"

紧随其后抵达入海口的马鞍山队，衣衫褴褛，甚至连回家路费都没了。"无论英雄还是狗熊，至少我们走过来了。为了自己的情感，对得起自己所干的事。"可当马鞍山队队长张大波见到郎保洛母亲，白发苍苍，千里寻来，终于第一次哭了。"我们可以回去了，保洛他们回不去了。"闯过激流，他更怕的却是回家。怕没钱还债，怕没法面对遇难者家属……

郎保洛60岁的老母亲，怀揣着儿子出发时留的遗书。遗书交代他若回不来了，骨灰就撒在黄河，最后还写着："我去黄河漂流探险，是为中华民族争光。自古英雄忠孝两难全，请母亲原谅我的不孝。"

1987年9月25日，山东垦利，一只满是补丁的橡皮船，载着河南队，穿过148天的漂流，孤寂划完最后一桨。而去年，当这群冲天的河南人沿着长江漂抵上海吴淞口，8艘军舰护送，岸上上万人狂欢沸腾。

仅仅不到一年，政治光环熄灭，大众狂热褪去，出发时围堵的上百位记者，此刻仅到场3人。曾任中共西北局秘书长的韩劲草，曾在河南队面临解散时鼎力支持的他，却不远千里赶来。"你们是征服了长江黄河的英雄，是唯一的，唯一的！"最后一句话，老人颤抖着喊了两遍。

"谁拿命去做了件自己认为该做的事，都渴望被认同。"然而，无人喝彩的凄凉中，一面写着4位死去弟兄名字的红色队旗，被缓缓放入河水，随滚滚黄河流向了茫茫大海。旗帜在波涛中起伏，岸上的汉子们相拥而泣。他们唯一欣慰的是，5464公里的黄河，4800米落差的无数跌坎，这支在源头立誓漂到渤海的队伍，终于抵达终点——没有食言。

◎ 时代漂流

带着黄河烙印，这一群年轻人湿漉漉上岸，人生的漂流却才刚刚开始。许多人换了工作，相比长漂归来者的荣誉光环，他们或被原单位"抛弃"，或再无法回到按部就班的流水线上，从此漂向了截然不同命运。

紧接着，1987年11月，中国第一部移动电话"大哥大"在广州开通。12月，中华人民共和国成立后第一次国有土地拍卖在深圳落槌……曾自命"弄潮儿"的黄漂人，却还没跟上新的时代大潮，又被时代先开了一个玩笑。

1988年1月，北京《法律与生活》刊出一篇《混浊的黄河》，将黄漂贬为"乌烟瘴气的漂流丑剧"……时势对时，他们曾被大众视为英雄，被捧上了天；时势不再，却又被诋毁，被踩进了尘土。为捍卫死去儿子的名誉，郎保洛老母亲开始长达6年的诉讼，最终打赢官司。曾冒死闯过龙羊峡的秦大安，却因此一等功降成三等功，不久部队劝其转业，妻子也与之离婚……

"自己用命去搏一件事，最后却被不理解的人当作傻子，甚至肆意诋毁……"许多年，许多黄漂人心头都有一根委屈的刺，拔不出，化不开，说不出地痛。但相比逝去的7条生命，许多人觉得能活着，还有什么可在乎？在乎的是，该拿什么去慰藉那些死去的人？他们究竟为了什么献身？

1989年6月，拉加峡遇难两周年之际，洛阳龙门耸起一座雕像。黄河波涛中腾起一朵浪花，托起雷建生冷峻的头颅。为此，大家集资1万多，雷建生妻子卖掉家电筹出了钱。

时代遗忘了黄漂，他们不能遗忘自己。每年6月19日，袁世俊和许多队友都来扫墓，并乘船漂一段黄河。刘毅说："那是我们精神上的'大年三十'，漂着年年的黄河，感受着年年不同的人生。和亡灵重聚，也和自己还漂在河上的青春重逢……"

而当爱国主义热潮退去，为什么漂流？为什么探险？那个时代的人们依然不明白。随着长漂、黄漂跳起来的这朵"浪花"，很快消失于时代洪流，中国大江河探险热也就此画上一个长长休止符——直至11年后的1998年，中国第三大河珠江，才迎来国家体委正式批复的第一个群众性江河漂流活动。珠江漂流宣誓誓词中出现"珍惜生命"4字。大家达成共识：必死无疑的滩不冲。而当真面对险滩，甚至3万人岸上摇旗呐喊时，有队员将"不冲"视为耻辱："我们珍惜生命，更珍惜荣誉。"当时珠漂队队长王琦，也曾参与过长漂黄漂的他，送了大家一句话："什么是漂流？漂流是生命的延续。"

没能延续生命的灵魂，也还飘荡在黄河之上，晃眼10年，20年……当年龙羊峡遇难的马鞍山队队长汤立波，被当作黄河无名尸处理的遗骨，直至2007年黄漂队重上源头时，才找到回家的路。

一处凌乱不堪的工棚，一堆无名坟丘，一块拴着狗的牌子，一米外是化粪池和厕所……原本只是想来祭扫的许多人，当场眼泪就下来了，"20年啊，英雄怎能落得如此田地?"当即开挖,掘地三尺也得带回去。

"立波,你给我们指一条路,我们带你回家。"黄河畔,袁世俊压抑大喊。深坑里,挖到2米多,大家几乎要放弃之际,尸骨终于出土。看到残存衣物上还未掉漆的"马钢17"……"是立波!是立波!"已年过半百的汉子们欣喜若狂,转而抱头痛哭,哭20年无法安息的灵魂,哭的更是他们被淹没在时代洪流里的青春……

◎ 永远年轻的灵魂

2017年8月,又一个黄漂中逝去的生命,刚刚在洛阳入土。当年26岁的河南队队员朱红军,拉加峡遇难后,骨灰被挚爱他的父母领回家中,日日陪伴左右。这一陪,竟是30年。直到老父母年近九旬,再力不从心,才同意将儿子骨灰安葬。已近知天命年龄的黄漂队员们,天南地北再一次相聚,这才送队友最后一程。

今天的他们,已不再是黄河上曾相互竞逐的3支队伍,而有了一个共同的名字:中国黄河漂流探险队。7月在陕西吴堡,"黄河漂流七勇士纪念碑"落成时,我见到了30年再聚首的他们。昔日血气方刚的青年们,都已两鬓斑白,脸上刻着岁月皱纹,更有十余人的生命已经画上句点。许多人说,这一次30年相聚,或许就是最后一次了。

"作为贫困县,我们需要发展黄河经济,需要找个'引爆点',就想到了30年前的黄河漂流……"顺着当地官员介绍望出去,一场国际漂流赛正在黄河上同期举行。江河湖海处处有漂流的今天,一度被遗忘的黄漂,正在重新闪现价值。

争议也始终在。"我们北京队明明一半都是复员军人,去年居然有几个'90后'记者以偏概全,说当年黄漂队是劳改犯、强奸犯组成的'加里森敢死队'……"大众的误解、年轻人的讥讽,依然像一根根刺,让许多人如鲠在喉。

走过1987年,他们见证着30年更急剧的社会转型,也闯过比江河更难料的沧海桑田。每个时代都犹如一级大跌水,哗啦啦,无数险滩巨浪——下海下岗,创业失业,股票房产,升迁落狱……

身在2017年,有人还在浪尖弄潮,有人还在重温旧梦,有的落水上岸,有的已失踪死去。回望黄漂,有人反省当年的狂妄与喧嚣,有人懂得了顺应自然,有人还在忧国忧民、怀念曾经激情……

但几乎每个人,都视黄漂为这一生精神的"原动力"。"干了黄河这一杯酒,人生什么酒都能对付了。"为七勇士纪念碑守夜那夜，我和昔日北京队队长于忠元相谈直到碑上白烛一一熄灭。从横店赶来的他，已是影视业响当当的制片主任。可相比《捉妖记》《贞观长歌》等众多经手过的作品，66岁的他始终觉得30年最不枉此生的事，是黄河漂流。

烛光中，石碑上，死去的人永远年轻。广场上，活着上岸的人，已垂垂老矣。逆着各自命运河道，他们又一次重回到黄河畔；因着1987年一场漂流，这一生和黄河紧紧相连，犹如精神上永远的母亲。

"星星还是那颗星星，月亮还是那个月亮……"又一天日光之下，当昔日并肩击水的7个黄漂队员带着我和丁凯11岁儿子，再次挥桨漂流在黄河之上，身后已70岁的秦大安忽然亮嗓子唱了起来。

"山也还是那座山……"全船雄浑男声，仿佛穿透时空，在河流上回荡。将我们托举着向下漂流的河，也还是那条河。那么人呢？穿过30年时代巨变，是否血性依旧？

大河滔滔，辟千山，纳万川，宛如一条从未被征服的巨龙，载着她的儿子女儿们，继续无言奔腾着，迎向新的波涛。

黄漂30周年之际，老队员们在黄河畔再聚首

大河上的青春

"姑娘你太年轻了,能懂我们那个时代吗?"这是一次跨代际采访,受访者从"30后"到"60后"。父辈的他们,曾一次次投来对年轻人的怀疑,却忘了30年前,在大河上燃烧着的他们,比我更加年轻。

作为年轻一代,隔着时间河流,我试图打捞上一代年轻人的江河记忆。只因,那也是我们共有的青春——那是一个社会的"精神青春期",人们忍受着青春的困顿,更压抑着青春的骚动,内心渴望认可,力量渴望释放。其中一群最热血的年轻人,被一种不同寻常的使命感征召,和大自然一拍即合,冲出了被拧死在流水线的人生,仿佛青春的必然,漂向了被称为"母亲"的长江、黄河。

因为青春,他们如此贫乏。带着对漂流几乎空白的认知,陋船破桨,冷饿困惧中,不可思议地全程漂流了中国两条母亲河。

因为青春,他们也如此狂热。狂妄要征服自然,跳上巨龙脊背,左突右撞,撞到头破血流,还不屈不挠,不死不休。

也因为青春,或才盲目。将家国民族甚至个人荣辱,捆绑在了一叶小舟,载不动,最终倾覆江河,付出17条性命。犹如那个时代最富激情的一朵浪花,也迅速淹没进时代洪流。

然而隔着时光河流,最打动我的闪光,却是当聚光灯熄灭,崇高与伟大提前死去之时,面对还有2/3未漂的黄河,在死亡、解散的重重痛击下,一群"非法漂民"忍辱负重的坚守。

滚滚黄河,泥沙俱下。民族性格的光明与盲目、纷争与团结、力量与软弱,赤裸呈现,无处隐藏。

万里长河,也大浪淘沙。当喧嚣散场,荣光不再,漂流最终回归漂流,人也终于回归更本质的追求,有关生命尊严,有关自我坚守。

迎向黄河峡谷激流

    对于大红大紫开漂,大冷大悲终结的黄河漂流,时代曾放弃他们,他们却没有放弃自己。

    历史一度遗忘他们,我们却不应遗忘30年前的青春。

    尤其在精致利己主义横行的当下,除了冷静审视曾经的盲目,不得不承认:

    那些为理想的奋不顾身,

    那些生死不能移的信仰信念,

    那些气吞山河如虎的血性与胆气……

    那些青春最珍贵的气质,已经离开我们太久太久。

IV

真我

回 到 内 心 的 原 点

生命皆有终点,最终的获胜者,只能是爱
——对生命的爱,对世界的爱,对他人的爱
而奖品是:真正活过

本篇供图：闪米特

闪米特

一舟，两人，
万里相随的漂流

茫茫江海，一只小舟，叶片般划过万里黄河，起伏于环中国海……载着一个名叫"闪米特"的男子，以纯人力划行，闯过一段段生死激流。

风雨岸边，更有一个女人，驱车万里，在每一段漂流终点，一次次翘盼他的归来。

漂流10年，两个都市白领选择以舟为剑，四海为家……这对平民夫妻，为什么会舍下安稳生活，携手迎向动荡人生？水上岸上，荒野红尘，他们究竟在追求什么？

穿过探险与爱情，激荡人心的，不仅是一段段惊涛骇浪的旅程，更是从相濡以沫到相互成就，两个人的人间漂流。

◎ 遇见独木舟

一路颠簸到青海麻多乡，荒原深处，就藏着万里黄河的源头。冰雪茫茫中，闯过一群80年代的青年，也留下悼念铁碑——就为"不让外国人抢在前头"，他们热血又荒诞地完成了人类首次黄河漂流，也留下7人遇难的沉痛。

时间冲淡鲜血，大河依旧奔流。2015年5月，当又一个漂流者伫立碑前，望向铁锈斑驳的碑文，已是28年之后。28年，时代沧桑巨变。不同于"为国争光"的前人，今天的人甘愿押上身家性命，再次走向这条大河，是为什么？相比28年前近百人的集团军，这样一个人，竟想独漂黄河，又如何闯得过滚滚惊涛？

"这不可能""你这是去送死"……一片质疑中，来自珠海的闪米特站在黄河源，遥想昔日英魂，也不禁自问："他们当年有没想过，黄河可能会吞噬生命？我，想过吗？"

关于死，闪米特当然想过，并深深怕过。早在2010年的南海，漂流就曾第一次向他拷问生死。

狂风海上，近5米高的巨浪，11艘独木舟，枯叶般波涛中起伏。目光所及，一个个队友连人带舟被卷翻。对讲机里，一声声声嘶力竭的呼救，却是救一个，翻一个。一次次奋力施救，被大浪兜头打成泡影。拼了命挥桨，却被洋流越推越远。眼看一条条生命，就要被推向死神怀中……在这样的噩梦中惊醒，总会让闪米特一身冷汗。那是他召集的中国首次横渡琼州海峡活动，队员的良莠不齐，却险酿大祸。最终出动专业救援船，惊魂6小时，才侥幸救回队员。

此后半年，他再没碰过独木舟，更不敢上网看那些对自己的谩骂与诅咒。退回现实的壳里，他是名叫李华灿的电气工程师，供职日企，斯文体面，本该过着另一种生活。生活平顺，他却莫名焦虑：像个流水线螺丝钉的自己，有什么价值呢？

"我其实是个自卑的人，又最怕平庸。"闪米特自幼家教严厉，唯有拼命做到最好，才可能换来父亲一句肯定。这种心理惯性，一度让刚毕业的他像个工作狂，两三年夜夜熬到凌晨。工作终于有点信心，不到30岁的身体，却大病一场。试着登山锻炼康复，没想到，正赶上21世纪初户外运动在中国兴起。

山风、林海、怪石、云霭……犹如万花筒的大自然，顿时打开职场外另一天地。很快，这个腼腆的年轻人就成了朋友眼中的"疯子"。越难走的路，他越要去闯，甚至给自己起了个网名"闪米特"——这个擅于跋山涉水的古西亚民族，寄托着他对荒野的惊喜与热情。但结婚、工作、升职加薪，终究才是一个男人的"正确道路"。直到2007年一次偶然，33岁的他遇见独木舟，人生河流这才弯道。

置身宽不足一米的小舟，一桨一桨，穿行在水松之间……无意间参加独木舟厂家活动，带来的梦幻体验，瞬间俘获了闪米特。"从山上到水上，感觉整个世界一下变大。这太酷了。"当即，他花3000元买了人生第一条独木舟。十多年前，漂流还是很小众的运动，玩之者寥寥，闪米特却上瘾了。疯狂自学后，散落珠海的岛屿，成了他热衷探秘的新世界。

一次次，一舟一桨，迎向无边大海，一种不同于陆地的开阔，总会让他想起少年时，为了向父亲证明自己能行，10岁孩子壮着胆子，跑出生活的农场，游过5条小河，穿过大片甘蔗林，大海突然撞进视野的震撼。那是他第一次看见真正辽阔的世界。再回想，那时大海或也在血液里埋下了种子，穿过20余年寻常人生，才会让他一接触独木舟，就仿佛一把握住了通向远方的钥匙。越划越顺，闪米特内心前所未有地躁动，忽然觉得自己人生应该是不平凡的，不应局限在小小的珠海。

放眼海域地图，横渡中国三大海峡，甚至环西太平洋的计划，大胆浮出水面。那时狂妄的他，甚至幻想横渡三大海峡后，自己是不是就是"中国海洋独木舟领域一哥"了？相比波澜不兴的生活，他其实一直隐隐期待，惊天动地的事有一天能降临身上。但没想到，迈向全国的第一步——航程最短的琼州海峡，就惊天动地，险些有人丧命。

"我是不是太自大了？到底是在享受独木舟乐趣，还是出于虚荣，贪图征服快感？"南海惊魂的记忆，第一次让闪米特深深反省。才膨胀的自信，跟着一败涂地。他几乎不想再漂流了。

◎ 一个女人的矛盾

面对黄河，她可曾想过丈夫的生死？视线拉回黄河源，风雪中，还伫立着一个女人——羚羊。这个眉眼伶俐的女强人，本该一身职业装，出入跨国公司，平步青云。她自己都想不到，有一天竟会丢下工作，陪丈夫一起疯。

原以为丈夫玩玩而已的漂流，第一次让她深深恐惧，是闪米特在东南亚的海上失联。说好8小时至少通一次的电话，始终没响起。想到茫茫深海不知所踪的丈夫，不知哪里求救，她的心都空了，走路时腿都是软的，生怕下一脚就会跌进深渊。熬过人生最漫长的44小时,当闪米特终于找到通信信号,电话里,她简直是哭着爆发:"你快回来,永远不要划了!"

可当琼州海峡惨败,他真不再漂流,回归正轨,羚羊又成了将闪米特重新推向大海的人。"那段日子,他成天忙工作,但整个人一下没了神采。"眼看打蔫的丈夫,她不忍了,还是更想看到他为热爱努力。那样光芒万丈,才是她爱的男人该有的模样。

一次台风过境后,在羚羊怂恿下,闪米特终于回到海边。许久未碰的独木舟,废弃在沙滩,其中一艘竟已断成两截,残破一如曾经的梦。"这件事如果不再做,也许就这样断了。"百感交集之际,羚羊推了他一把:"再试试吧。"荒废半年的独木舟,这才载着闪米特,在妻子的鼓励下,再一次划向大海。

"大海仁慈放我一马,一定不是为了让我因恐惧而放弃的。"2011年5月,闪米特终于雪耻,成功横渡琼州海峡,更迅速把目标指向了更让人望而生畏的渤海海峡。"我那时迫切想挑战一个个里程碑式的活动,这种冲动源于失败阴影,源于一些网友的尖锐嘲讽,也源于内心深处的自卑和由来已久的英雄梦想,总想证明自己的价值。"

无情大海,终于肯定了他的努力。渤海海峡、环海南岛、马六甲海峡……重新振作的闪米特,势如破竹,短短3年创造了一个个探险纪录。不断升级的难度,也让同伴一一退场,最终只剩他一人,更难兼顾工作与探险的平衡。

每个兜头而下的巨浪,都在警告自己,生死之外无大事

连续3次为了长距离漂流而辞职，他被人事圈拉进了黑名单。靠着接外包项目，做了三四年自由职业者，他也不禁陷入新的焦虑。放弃这种探险，好好上下班，看着存折数字增加，似乎也不错？可一想到成天在家、公司、菜场三点一线的生活，他又极度抗拒。

固定程序般的人生，和横渡琼州海峡的惨败，一样让他害怕。"如果这样老去，临死时，我肯定会因那些想做却没去做的事后悔。但，或许这是借口。也许，内心还是想逃离自己不擅长的东西。只有在大海里划行时，我才能真正充满自信。"

闪米特一度茫然，羚羊也曾纠结。她也不满生活现状，但和多数人一样，目标是赚更多钱。男人应该有个爱好，但不能影响生活。闪米特却越来越离经叛道，导致她都没法和同事攀比房子、车子和老公了……

忍无可忍之下，羚羊一度给远方漂流的丈夫写去长信："我们俩生活理念已经背道而驰。你再这样漂下去，我们离婚！"一时气话，终抵不过夫妻情深。闪米特继续默默坚持，羚羊则从纠结到无奈放任……直到2014年，一场珠江漂流不经意改变了两个人。

"珠江漂流，和我过往所有的探险都不同。"最初只是想感受珠江风光，可到了源头，闪米特却顿时傻眼：珠江源竟然没水。几近干涸的河道，满是垃圾，越往前，越触目惊心。两岸村民把厕所、垃圾堆置于河边，冒着浓烟的工厂肆意排污，河里甚至漂过5只死猪……难以想象，这就是广东的饮水之源，沿岸的人却浑然不觉。

忍着恶臭，闪米特第一次漂得万分不开心。更抓狂的是，没划多远就会碰见水坝。一度20公里遇见3个水坝，他不得不背着30多公斤行李和船，翻山越岭寻找下一个下水点，却被村民告知，往下25公里都不会有水……"这哪是漂流，简直是遭罪。"闯过怒海惊涛的闪米特，简直要败给一路乱象。心灰意冷，几乎想放弃，戏剧性转折却来了。他在微博上曝光的5只死猪，竟得到云南沾益县环保局回复，允诺将全面清理河道。

本是无心之举，没想到竟能推动环保，他顿时有了漂下去的动力，同时多了一件更重要的事：以独特的水上视角，一路记录两岸境况。2个月后，当闪米特终抵珠江入海口，完成的不仅是又一次漂流，还有10万字沉甸甸的记录。

无人海上，他看见的只有自己和天地。珠江却让他无意瞥见了众生一角。这冲击，比海浪更让人心潮澎湃。原本单纯的户外运动，不小心成了一场环保式探险，也意外收获众多社会关注。巨大成就感之下，羚羊不禁第一次为丈夫自豪："没想到漂流不仅在实现个人梦想，还有撬动社会的可能。"闪米特也忽然有了新的思考：相比美景、挑战，以漂流为媒介，去了解江河命运，并呈现给更多人，探险价值是否会更大呢？

当珠江划到尽头，真正的大幕这才拉起。仿佛冥冥中一双手，将他和中国的江河摁到一起。他暂停了正进行的环西太平洋计划，把目光转向计划外的黄河——这条母亲河，对于生活在这片土地的人们，无疑最休戚与共。

◎ 闯过黄河

灰霾天空，滚滚浓烟弥漫中国……2015年春，当柴静的雾霾纪录片《穹顶之下》，向无数人发出空气污染警示，闪米特旨在"重新认识母亲河"的黄河漂流也正式启程。这世上从不曾有人独漂过黄河，相比28年前浩浩荡荡出发的大部队，这个独自上路的新一代漂流者，最先要顶住的是所有人的不看好。

爱国激发的江河探险热早已淡去，漂流在今天的大众眼里，更像"玩命""有钱人的游戏"。没有任何机构肯赞助，唯一跟来的记者挺不住艰苦，没几天就撤了。其他媒体非但不来，就差宣判死刑："不知道这人还能活多久，有什么好报道的？"

"只要咬紧牙关，就没有过不去的坎。"最后回望一眼7位遇难者的纪念碑，闪米特深吸一口气，一个人，弓身拖起独木舟，迎向了这一条5464公里长的黄色巨龙。第一天的黄河，就直接给了他一个下马威。5月高原，还是冰雪皑皑，源头河水冻得严严实实，好不容易找到一处漂满浮冰的水面，左突右撞，到处是冰，只好用桨奋力敲冰开路。这起航，成了名副其实的"破冰之旅"。

稀薄空气，冷得张狂的风，让每一次奋力挥桨，都异常僵硬沉重，他只能大口呼吸。不知道万里长的跌宕黄河，迎接自己的会是什么，只知道每前进一点，海拔会低一点，氧气会多一点，自己会更顽强一点。而每一个终点，她一定都在等他。

茫茫荒原，一辆小破车孤独穿行过冰雪。车上装着的6个睡袋、2顶帐篷、2条皮划艇、常备药品和1000块压缩饼干，就是这次漂流的后勤物资。紧握方向盘的羚羊，一颗心一路悬着，这辈子还没开过这样荒凉无人的路。半个月前，一封辞职信在手里捂了好久，脑子里盘旋着父母、闺蜜的劝阻："丢掉这么好的工作，你脑子也跟着烧坏了？"

"他们的不理解，就像我当初一样。"曾经她满脑子房子、车子、股票，是珠江漂流的社会反响，终于让羚羊觉得，闪米特的追求是更有价值的。可这是黄河啊，更加凶险漫长，甚至无情卷走过7条生命……"所以我更必须跟上，不然怎么放心？"越是研究黄漂，越惊叹它的跨度之大。上游多是无人区，几百斤补给若没人运送，他一条船根本走不了。最终，只能靠她这个蹩脚司机，一路追随。倘若发生意外，她更是唯一支援。

相比花费2万元的珠江，黄河更像是个无底洞。别人说，黄漂跟踪拍摄需要上千万。她能做的，只是拿出家里仅剩的34万积蓄。漫长生活的琐碎，一度让羚羊快忘了最初相恋时，闪米特不惜借钱，支持家境不好的她远赴他乡去进修外语。那时他一脸认真地说过："你的梦想就是我的梦想。"穿过十余年同甘共苦，这一次，该换她对他说："你的梦也成了我的梦。"

然而，从职场一下切换到荒原，无论看到人还是没看到人，都让她害怕。虽不信神佛，但一看到经幡，也忍不住去拜，希望神能保佑。不靠谱的破车，刹车时灵时不灵，一个急转弯，硬生生撞上土坡时，她终于忍不住一个人荒野里哭。可哭完，还得继续赶路。

第一次重逢，她更忍不住鼻酸。闪米特嘴唇发紫，冻得脸都僵了，一双手红彤彤的，鼻炎导致呼吸都困难。"这样折腾，值得吗？"羚羊不敢露出一丝怀疑，生怕泄了他的气，能做的，只是挤出笑脸，递上热茶，拥抱她的爱人。那是黄河第一座水电站，前方等待他们的，是更加汹涌的波涛。

"你确定真有信心？"青海唐乃亥乡，当他们终于站在黄漂最危险河段，羚羊忍不住第十几遍问丈夫。已是6月，闪米特终于扛过高原严寒，漂流一个月，进入真正危机四伏的峡谷地貌。从这里直至龙羊峡，首漂7人均殒命于此。眼前长达20多公里的险滩，28年再没人敢尝试……"无论如何都不要漂这段，就算跳过这里，也没人会怪你。"一个来自北京的神秘电话反复响起，那是1987年黄漂前辈，极力劝阻，生怕悲剧重演。

"80%可能闯关失败，但我相信能自救。"说不害怕是假的。装好艇后，他反复去了4趟厕所，手心止不住冒汗。可当皮划艇被推下水，再没有回头路了。举起船桨，河面陡然收窄，闪米特努力定住心神，才深呼吸了一半，就几乎被一股强劲水流猛吸进去。搏击开始了。

曲折峡谷，激流轰鸣，左冲右撞间，小船很快失去控制，整个人像置身滚筒洗衣机里。一个又一个激流翻滚，以为挺过来了，忽又一个巨浪，墙一样倒下来。以为快到终点，却有更猛烈水流，像练就"吸星大法"，吸着艇直接往礁石上撞。眼看就要撞向礁石，28年前前辈遇难情景，瞬间与眼前重叠。倒抽一口冷气，他几乎是拼上全部力气，猛一桨掉转艇头。和礁石擦身那刻，闪米特感觉，终于逃出鬼门关了……几小时漂流,长得仿佛几个世纪。精疲力竭爬上岸,倒下那一刻,大脑一片空白。良久,他摸出手机,几乎是声音颤抖着告诉正开车的羚羊,他成功了。

"从没有一刻,感到亲人是如此珍贵。"倒在岸边水葬台,再没有一丝气力的闪米特,顾不上尸臭,直接昏睡过去。唯一念想是,马上可以看见羚羊了,想给她做一顿饭。

为什么要如此玩命?一个人坐在独木舟中,闪米特也时常问自己。每一个兜头而下的巨浪,都在警告自己,生死之外无大事。那么,生与死之间,还能做些什么?

曾几何时,漂流成了他阅读世界的方式。一桨一桨打破的,是自己能力的边界;一步一步靠近的,又是否是自己真正想要的人生呢?而现在,他正挥舞船桨,历时又一月,穿过幽长峡谷,漂到了青海甘肃交界。大河奔流近2000公里,即将进入汉人聚集的区域。他却是从源头,一个人划着独木舟,一桨一桨划过来的。

那是闪米特最开心的时刻——眼看黄河终于从青藏高原流向黄土高原,荒凉无人区、致命河段就将一一过去。清风水上,他忍不住摸出随身口琴,吹起歌谣。闯过生死激流,琴声幽幽中,奋不顾身投奔的这条大河,终于接纳他了。

◎ 重新认识母亲河

但万里黄河路,比波涛更冲击心灵的,其实是两岸生活——这也是闪米特黄河计划中,最着重想去了解的。除了"很黄、多沙",我们对母亲河究竟了解多少呢?划着小舟,他试着一点点揭开面纱,现实却远比想象更残酷。

第一次透心凉,在青海医院。医生看完15岁少女桑吉,对着闪米特和羚羊,悄声说了一句:"救不了。"那时的他们,正带着对上游藏区包虫病肆虐的震惊,专门沿岸做着深入调研。这种寄生虫传染病,仅青海特合土乡发病率就高达12.69%,有些家庭几乎绝户,却始终没被重视。

15岁少女,一双病黄的眼睛苦苦闪烁着生的渴望。闪米特以为自己可以只是看看,却不能不满心悲凉。漂流黄河上,浪涛再怎样湍急,只要拼命向前,终会到达彼岸。但桑吉永远没有了明天。他们的悲惨,他无法释然。他开始担心,当地还有多少孩子,血肉在被包虫侵蚀?还有多少无知的人,在和没有防疫的狗、牛、羊接触?更难以接受,在继续前行17天后,就收到消息:桑吉已被天葬……

另一个超出想象的，是沙化与污染的严重。光秃秃黄沙，竟就是黄河源头的绵延风景。终于划入人烟繁盛地带，顺水漂来的却是越来越多的垃圾。他特地做了统计，一分钟竟漂过118个塑料瓶、86块泡沫和43只鞋子。那么一小时会不会是14820件？

万里漂流中，他们只在两个城市放弃喝自来水。一处是包虫病高发的达日县，另一处就是兰州。兰州滨河路上耸立着6米长石雕，一个男婴正匍匐在"黄河母亲"怀中，生生不息。讽刺的是，沿河漂来的闪米特才接近这座城，就被熏到泪流。

"兰州段黄河，是我见过污染最严重的河段。"升腾浓烟，弥漫的化工气味，两岸大型工厂，污水堪比一条条支流……近似魔幻，却才是更真实的母亲河现状。紧接着，漂入能源大省山西，一座座煤场，无数细小黑色支流，伴着独木舟顺流而下。他不能不忧心忡忡，再往下，黄河不会变成黑色的吧？

这并非只有"诗与远方"的旅程，恰恰一路在刺破幻想。长达8个月的黄河行，近一半时间，押上积蓄的这对夫妻都在做探险之外的社会考察。一停两周，深入藏区调研包虫病，招待所老板都忍不住问："我是为了赚钱不得已来这里，你们图啥呢？"

"闪米特原本活得特别自我。"在羚羊看来，是珠江、黄河的两岸众生相，让丈夫不再个人主义至上，眼里终于有了他人。结婚多年，沉醉于大自然的丈夫，甚至不关

每一个终点，她一定都在等他

心她爱吃什么。但一路看过的人间，千疮百孔，连她也没法置身事外，"否则你过不了自己良心那一关"。

一个个精疲力尽的夜晚，上岸的闪米特还要不停写文章，羚羊则代为网络发布。他们希望把这些疮疤暴露在阳光下，引起更多人关注。但这也引来一些网友非议："好好漂你的河，操那么多闲心干吗？""你是被境外势力利用，专门揭家丑的吗？"

"那些弱势群体，被病痛折磨的孩子，被污染的河水……都是家丑、阴暗面？都不该见光吗？"相比为国漂流的前辈，闪米特并不愿标榜爱国，甚至想过移民，但自认确实爱这片广袤土地上的山川江河。

土地广袤，生命渺小。沿着孕育文明的母亲河，顺流而下，河水时而清澈，时而浑浊，犹如一面社会放大镜，有人幸福活着，有人卑微死去……除了探险本身，他的更大野心，其实是通过这条母亲河，向更多人呈现更真实的中国。

河流奔腾，终于逼近壶口瀑布时，闪米特也再次陷入纠结。面对这一黄河最险关隘，落差近40米的雄浑瀑布，坚持"一寸不落"的1987年前辈，硬是动用了密封船——中国人的"独家发明"；外国人却说这不是漂流。28年过去，换他一个人，一叶孤舟，是该更理性探险，还是不顾一切去"玩命"？"人在大自然面前，真的太渺小。"距离壶口2公里处，他被景区保安给强拉上岸，自己心底其实也选择了"顺应自然"。

万里黄河，至此飞奔向终点，时间也已严冬。漂满浮冰的河水中，奋力戳冰时，闪米特总会想起相似的起漂。只是一整轮四季流转，已经不知不觉改变了他们，并沉淀下近40万考察文字。

最后露宿的夜晚，河旁小树林，星空很美，鸟啼轻悄，他们一夜难眠。对于闪米特，走到这里，原本陌生的黄河，已是融入血液的记忆。对于羚羊，一路山路、土路、石路、沙路……除了发动机，她开的小破车，零部件全换过一次，自己也像是脱胎换骨。只是，他们这样倾其所有地漂流，究竟是否值得？

12月20日下午，山东东营。历时234天，穿过水上航程5464公里、陆地车程18000公里的闪米特和羚羊，终于抵达黄河入海口。迎面闪光灯晃得他们一阵眼花。"独漂黄河第一人来了。"迎接他们的是红色横幅，还有两碗鲜鱼汤，热气腾腾，是来自陆地的味道。

那一刻，一种自豪感涌上羚羊心头。寻常如她，这辈子陪丈夫做过这样一件骄傲的事，值了。

◎ 不能停下的脚步

"黄河让你最难忘的是什么?"4个月后,清华大学报告厅里掌声雷动。劈波斩浪的漂流者,站在讲台上,架着一副黑框眼镜,却是格外羞涩。面对热烈提问,操着不太标准的普通话,闪米特时而紧张到语塞。

他记不清这是黄漂后的第几场分享会。从黄河湿漉漉上岸,这对生死相随的夫妻,又走向了更未知的人间漂流。回到曾眷恋的珠海小家,生活重归平淡,他们却再难找回归属感。面对新工作机会,一直忧心着黄漂后生活的羚羊,没想到,自己竟会轻易拒绝。

相比闪米特,羚羊自认曾是活得很传统的女人——热衷攀比,追求安稳,恨不得把人生妥善安排到退休、养老,最好连墓地都选好……黄河一路风尘,却深深冲击了她的人生观。生命真可以有无数可能,而非一眼看到终点的乏味。那么,走过黄河的他们,是否还可以过得更不一样?

黄河之上,他们通过一路走访,看到了两岸众生。离开黄河,这对夫妻又不禁渴望,带着一路故事和自己,去往更开阔的世界。在羚羊的组织推动下,闪米特再次走出珠海,前往北上广深。来听讲的人们,惊叹这九死一生的漂流见闻。遇见的不同价值观,也如一朵朵浪花持续冲刷着他们。

人头攒动中,他们遇见过理想主义者的激赏:"这种探险太酷了!""母亲河到底怎么了?""我们能为水污染做些什么呢?"也遇见过现实功利者的质疑:"不过是有钱""黄河能让你赚多少钱?""要是出事出动救援,是自费还是浪费纳税人的钱"……

网上更持续有人嘲讽:"迟早死在路上""搞不好尸体喂鱼"……闪米特至今无法理解,为什么许多人羡慕国外玩极限的自由人生,却对中国自己的探险者,如此充满恶意?那些祝他"早死早超生"的言论,透过网络如同飞刀。从前,他也曾难过到落泪。而现在,终于习惯了。

但欣慰的是,闯过黄河,也为他赢得一批铁杆粉丝。默默漂流近10年,终于收获众多关注,甚至被视为偶像、孤胆英雄,这让闪米特既感荣耀,也有些局促。"我没大家想得那么强大,甚至有些自卑。"许多人只看见所谓壮举,他看见的自己,却是一个笨拙又不甘平庸的灵魂,只是在一次次咬紧牙关。

而所有热心留言中,最让他难忘的,是有人说:"看见你不断追逐那些我无法实现的梦，就像看着另一个自己在路上。"另一个自己——穿过茫茫人海，闪米特觉得，这是他听过最有分量的鼓励。

"以前最眷恋珠海，黄河一路漂流，却让我觉得处处可以是家。"一路分享之后，花光积蓄的夫妻俩，选择暂居上海，重新赚钱，着手下一段探险。

"钱可以再赚，唯有经历才是无价之宝。"黄河改变了生活轨迹，但闪米特更大的雄心，并没改变。他一直梦想，能走完西太平洋全线海域，打破日本探险家八幡晓在亚洲的1万公里独木舟探险纪录。这个2012年就盘踞心头的计划，因为黄漂一度中断。走过黄河，它再次浮出水面，却更遥不可及。

环西太平洋，涉及多国及区域。仅台湾海峡的横渡许可，就像一条无法逾越的鸿沟。反复申请，被各个部门踢来踢去，犹如石沉大海。更别提中国台湾到日本、俄罗斯到美国的跨国海域……大自然的波涛，他有信心泅渡，但政治性障碍，岂是一己之力能左右？眼看新计划遥遥无期，闪米特不禁又深深焦虑："我这个人一旦停太久，就容易对自己、对前行渐渐失去信心。"

"漂流遇到障碍，但探险不能停，必须动起来。"焦虑之下，闪米特一度把目光转移向雪山，开始魔鬼训练。从2016年6月登顶5396米的哈巴雪山，7月登顶6168米的雀儿山，再到9月登顶8163米的马纳斯鲁峰……短短4个月，他竟就从入门级雪山一跃到了

沿着孕育文明的母亲河，顺流而下，他想看清更真实的中国

8000米高山。

从漂流忽然转向登山，看似"不务正业"，但站在8000米以新视角，俯瞰着此前不曾见识的风景，总算给闪米特带来点新自信。"大家以为漂流是我的生命。其实漂流只是探索生命的工具之一，登山也可以是。更重要的是，每向前一步，能突破自我。"

惊人速度，也引来太冒进的非议。闪米特却觉得："这无关野心，我只是很着急。"不过42岁，他却总担心，剩下的探险生命还有多长？"时间有限，多活一天就离死亡更近一天。大概越热爱生命的人，越会有一种倒计时的紧迫感。"

◎ 刻录活过的痕迹

闪米特闲不住，暂居上海的羚羊也没闲着。作为妻子，她一手包揽了闪米特所有社会事务。在许多记者印象里，这对神奇夫妻总是形影不离。写作时犀利幽默的闪米特，生活中却是腼腆寡言。陪坐一旁的羚羊反倒落落大方，能言快语，时不时抢了锋芒。

"哪怕被人钦佩，他也总觉得自己不够好，总怕交际，在大自然里才特有光芒。我更入世，更喜欢人群的热闹，正好互补。"今天的羚羊，不再是公司高管，却成了闪米特从自然走向社会的桥梁。在她的积极申报下，2016年底，凭着世界首例独漂黄河，闪米特获选这一年的美国《国家地理》"全球十大探险人物"，这也是该奖项首次有中国人入围。

"没想到有中国人能独自完成这样的探险，并做出细致到疾病的沿岸调查。"收到美国《国家地理》总监玛丽·安妮的邮件，羚羊开心得彻夜难眠。她只愿丈夫越来越好。而这个"好"，她考虑得很现实，就是尽力帮他获得更多资金、社会影响力。毕竟，没有现实支撑，理想如何走远？

国际权威奖项的认可，让这个默默漂流近10年的人，真正光环加身。全国主流媒体纷至沓来，宝马、奥迪等品牌也抛来橄榄枝……写专栏、接广告、拍视频，这对漂泊中的夫妻，摸索着新的生存之道，试图养活"烧钱的探险"。一些人也开始闲言碎语，认为"闪米特的成功，主要是因为羚羊"。闪米特对此点头称是："他们说得对。要是没有羚羊拿出积蓄，一路追随，我连黄河漂流都完不成。"一向和善的羚羊，却是火冒三丈，甚至当场对朋友下逐客令："谁再这样讲，以后别来我们家！"谁不乐于自己的付出被肯定？但羚羊不能忍受的是，肯定她，却抹杀掉闪米特十年如一日、九死一生的追求。

"一个人要真正被认可，只能靠实打实的成绩。我只是辅助而已。"羚羊就像保护大熊猫一样，守护着丈夫的理想，却很反感被看作"为爱牺牲"。"我其实有私心的。这不是牺牲，反而是一种捷径。我没勇气自己去探索，是通过追随他，才走进不一样的新世界。明明是我赚了。"说这话时，两个人相视一笑，默契得像是一个人。

但如此默契的夫妻俩，面对未来，也难免有过分歧。越来越多朋友在劝：别再妄想那个困难重重的环西太平洋，黄河漂流够你"混"一辈子了，何必再冒险？闪米特却不为所动。黄漂反响，极大满足了虚荣，也成了一种无形限制。这两年，参加任何活动，他都被捆绑着黄河标签。然而，黄河已远，他迫切想用行动证明："我是一个一直走在路上的探险者，而不是一个曾经创造过辉煌的人。"

羚羊支持丈夫，可一想到茫茫海洋，又不禁胆寒。尤其正筹备新的海洋探险时，一个海上噩耗传来：2016年10月，航海家郭川在跨太平洋航行中失联。救援飞机飞抵出事海域，帆船甲板上已没有人……同样痴心探险和远方，从职场走向大海，创造过辉煌纪录的另一个人，最终消失在茫茫海洋……这场意外，不能不冲击着闪米特和羚羊的心。

"原来大海真的很可怕。"悲剧笼罩之下，许多朋友给他们发来信息。有人极力劝阻："你赶紧放弃明年的环中国海岸线吧，环西太平洋更别想了。"也有人继续着英雄崇拜："相信对于你们这样的人，即便死在路上，也无怨无悔吧？"

这世上真有不怕死的人吗？其实闪米特每次听到意外，心里都特别恐惧。这样的噩耗仿佛在一次次昭示：活到老，可能真是奢望。"很多人以为我不怕死，其实我很怕死。"可正因为怕死，他才想在还活着时，尽力去实现自己的梦。

"又或者，并不是为了什么梦想。我一直很拼命活着，只是害怕自己的人生变得毫无必要。"迎向广袤自然，生命渺小得近乎无意义。漂流10年，他用独木舟，在地球上划出一条条轨迹，何尝不是在尽力为人生多刻录下一些活过的痕迹。

"你如果真爱他，就该阻止他。"许多人也劝起羚羊。那段日子，凡是和郭川妻子有关的报道，她一律不敢点开看。一个人的离去，对于世界只是多一座坟墓；对于相依为命的人，却是一整个世界被坟墓埋葬。

仿佛刻意回避，她甚至没和丈夫交流过死亡的可能，尽管闪米特不止一次公开说："如果有一天羚羊不让我探险，我就不做了。"对于他，探险其实不是生命里最重要的，妻子才是。

而当看到闪米特在悼念郭川的文章中，重归平静地写道"有些事仿佛命运般不可抗拒。我们选择自己的道路，我们选择自己的归宿"，羚羊也有过冲动，真想一巴掌扇醒他。可又怕把他从梦里惊醒后，他会不会不再是那个自己喜欢的闪米特了？

◎ 在每一个终点等你

"我们有必要再做这样的事吗？"2017年5月，广西，抵达黄河源两年后，这对夫妻又站在了中国与越南的界河。闪米特将从这里，穿越8省，开始环中国海岸线的崭新探险。人才下水，岸上的羚羊已经开始矛盾。

相比黄漂，他们终于不再像逃难般落魄。再次一路做后勤的羚羊，却有些缺乏斗志。黄漂时，望着水中蚂蚁一样的闪米特，她曾觉得人好伟大，那么小一个点，既可以承载世俗重量，又可以承载内心梦想。可此刻，再望向海上远去的丈夫，她却觉得人好渺小，是不是该适可而止了？

"闪米特，你要加油！"再次迎向大海的人，则是既紧张又亲切，心里默默为自己鼓劲。时隔3年，不想再局限在旧日成就的他，重新出发。他已不用再向世界证明实力，但需要向自己证明，自己仍能继续海上探险。

相比黄河，大海其实更加可怖。江河激流，凶险来得快，也去得快。最多几百米宽河面，只要水性好，至少还有爬上岸的希望。大海却是无边无际，暗流涌动，极难靠岸。一旦预判失误，持续风暴之中，一叶孤舟，任何挣扎都可能是徒劳……

起航第二天，他就在海上遭遇雷电。说变就变的天，先是"咔嚓"一道洁白闪电，紧接着，轰然炸开一声巨雷。船被震得晃，闪米特只能一边冷静划船，一边计算闪电和雷声之间的时差。脑海里，瞬间数字飞旋，心算出结果：雷电距离自己大概4~5公里，就在左前方。

空旷海面，四顾茫茫，他俨然成了天地间最高的引雷针。电闪雷鸣间，一个人飘摇在墨黑色深海，一阵寒意从心脏直传到头顶。唯一自救方式是：降低高度，毫不犹豫跳进大海。深不可测的海水里，只敢露出半个脑袋的他，足足浸泡了大半个小时。疾风骤雨的海岸，爬上堤坝的羚羊，努力眺望却望不见丈夫，只能一遍遍打电话。终于接通，闪米特平静声音传来，她快要跳不动的心这才落了地。"你放心，我在海里很安全。你到终点等我就好了……"

"我再也不想过这种生活了。"陆地上兜兜转转，海滩上一次次心焦眺望，越来越疲倦的羚羊，终于忍不住哭着发作。穿过漫长漂泊，她前所未有地想回珠海了。一路吃不好、住不好，一次次烧光积蓄，一天天精疲力尽，还要面临死亡威胁……一次黄河漂流，足够人生无憾了，为什么还要一而再，再而三呢？

"要不……你先回去。我一个人也能漂完的。"沉默良久，放下每天至少要挥6万

登山与漂流，对于他，都只是探索生命的工具之一

次的桨，浑身湿透的闪米特，一脸疲态，夹杂着不忍。他知道，她是咬着牙陪他来看这大千世界的。而自己能做的，只是一次次摸摸妻子的头，告诉她也告诉自己："探险就是这样的。"

"他这个人，凡事一旦开始，千难万阻也一定要完成的。"羚羊心知丈夫有多倔，她能选择的，只有跟或者不跟。两个人扶持着都如此艰难。难以想象，他一个人怎么去闯？倘若发生意外，她一辈子都没法原谅自己的……

"终点有一个人在等他，他在海上的心情一定会不一样。"发完脾气，漫漫长路，羚羊还是会不离不弃跟上。原名张海燕的她，最初网名用"羚羊"，就是因为羚羊跑得快，她一直希望自己能跟上丈夫的脚步。

就这样，海上陆上，一舟一车，一路追随着北上。划过南海、东海、黄海、渤海，穿过滩涂、渔港、峭壁、岛屿……两个人又穿过一轮四季，2017年9月28日，在辽宁鸭绿江迎来了又一个终点。

终点的风，大得人都站不稳。时间一分一秒流逝，闪米特没有按时出现，羚羊再一次皱紧眉头眺望。直到海天相接处，终于出现那个蚂蚁般的小黑点，一点点近了，全程挥了600多万次的船桨再一次举起。虽然逆着光，在羚羊眼里，丈夫却像在浑身发光。

140天，1.8万公里，闪米特创造了首个独木舟巡游中国海岸线的又一纪录。只是相比黄漂的满心骄傲，这一次，羚羊更大感触是："终于解脱了。"

◎ 静水与激流

"你看，白鹭！"顺着闪米特挥动船桨的方向，一行白鹭正飞过江南水乡的秋天。他至今记得首次独木舟出海，白鹭盘旋船头带来的大自然惊喜。

那一行远在珠海的白鹭已飞过11年。曾梦想"以舟为剑，四海为家"的人，竟真像浪迹天涯的剑客，正暂居在朱家角古镇，继续着新的人间漂流。每次与漂在上海两年的这对"神舟侠侣"相见，总是我和羚羊谈笑风生，闪米特默默陪笑，闷葫芦一般。直到我们一人一船，泛舟水上，他才终于神采飞扬。果真如羚羊的又爱又恼："一进入大自然，他就像换了个人。对着块石头，都能眉飞色舞。"

沿河各种植物、动物、穿过的桥梁构造……闪米特一边划船，一边如数家珍。距离环中国海岸线又过去一年，他却从没离开过水世界。古镇纵横水道上，每一天都会划过他的独木舟，训练、漫步，甚至遛狗、买菜。

怒海惊涛中，他也会向往这样风和日丽的日子。可长时间徜徉在静水，他又开始隐隐渴望远方的激流。"人，有时就是这样矛盾。"羚羊也不时怀念珠海的安稳，可真回去访友，陷于琐碎家常，又不禁向往更自由的人生。和他一起仰望的星空，虽然隐隐透着不安，但至少光辉灿烂。

而无论生活在哪儿，羚羊总能把日子过得热闹。不时就有邻居来找她谈天，甚至想跟着学皮划艇。望着邻居10岁女儿的娇憨，闪米特偶尔也会羡慕，因为探险的漂泊与风险，他和羚羊没生孩子。"追求自由的人生，也有它的代价。"仿佛为了弥补，他们的二人世界现在多了两只小狗。自称"老来得狗"的老闪，想以后带小闪一起漂流，但心头还是有些歉疚：倘若生命里没有他，羚羊会不会过得更好？

"也许过得更好，但那只是平庸的好。"追随闪米特，就是羚羊人生最大的冒险。偶然再翻起黄漂视频，她不禁会骄傲自己竟做了一件本不敢做的事。也恍惚如梦，一幕幕，仿佛像是别人的故事。梦醒来，她觉得自己只怕再无勇气，重复那趟旅程。

闪米特却还活在梦中，哪怕眼前的这位探险家，更像一个生活家。暂居小院里，有妻子、小狗、琴声、茶香……可当我和羚羊在大快朵颐，陪坐一旁的他却没动一下筷子。为了保持海上耐饿力，闪米特一直坚持一天只吃一顿饭。

茫茫海上，他必须紧盯船头指南球，不断纠正航向，朝着目的地进发，不论顺流逆流。岁月静好，却还克制住食欲的他，看似诗意温暖，其实依旧在咬紧牙关，紧盯着探险，这颗他的人生"指南球"。

只是，环太平洋计划，依旧困难重重，缺资金，没赞助，签证难……只能是一边休整赚钱，一边摸索着希望。闪米特始终很"着急"，短短几月，又学会了古琴、吉他甚至演话剧。

"我也不确定，未来还会漂去哪里。"羚羊依然偶尔迷茫，但终于不那么焦虑。只要两个人一直在共同成长，每年比上一年更进步一点，心里就会踏实一点。

结束一整天采访，躺在他们家客房，隔墙听着两个人嬉笑着洗漱，一如最寻常的一对夫妻日常。那些一起走过的路，共同拥有的漂流记忆，让他们自成一个世界，我只能静静旁观。隐隐听见，睡前的闪米特又弹起吉他，歌声幽幽传来：还记得年少时的梦吗？像朵永远不凋零的花，陪我经过那风吹雨打，看世事无常，看沧桑变化……

爱有代价，每一种人生都有代价。但无论顺风逆风、顺流逆流，当一个人迎向未知、奋力挥桨之时，岸上有个人会一直等他。这样的人生漂流，只要两人不散，又何惧风浪？

守护生命那一份真

我曾问羚羊,作为生活另一半,最喜欢她的老闪什么?她说,天真吧。

望着44岁的闪米特,一叶孤舟,还在水中,划向比"少年派"更真实的奇幻漂流……羚羊其实至今不能完全理解,但不能不被这份天真所打动。

相比为国漂流的上一代人,我们这一代更张扬自我。

但随着理想年代远去,功利至上的今天,我们也正人人焦虑着"中年油腻"。

时代奔腾,泥沙俱下,为什么有些人能依然活得天真?

其实,真正的天真,不是懵懂无知,而是穿过世事,还能遵从自己的天性。

最初,大自然打开一扇门,让本是都市白领的闪米特,无意间看见天地,发现了爱自然的天性。顺流而下,两岸生活,又让他看见众生,发现了自己更应去做的事。

滔滔河水托举着他,也击打、冲刷着他。一桨一桨,打破着自身极限;也一步一步,接近了更想成为的自己。

真正的天真,也不是一时热血,更是千帆过尽,仍能不忘初心。

没有人,能置身世俗洪流之外。只是有人随波逐流,也有人以梦为桨,一直逆水行舟。

黄河漂流足够一辈子荣耀,但闪米特还在迎向更动荡的海洋。顺流逆流之间,不应忘的是自己最初的追求。

而每一个能天真活着的人,身边一定有人守护。

守护着他的天真的羚羊,更像我们身边大多数人,自认缺乏勇气,又不甘平庸。

于是,或追随,或支持另一个人去实现自己的梦。

这样的爱,不是牺牲或攀附,而是两个人的相互成就。

但不要以为有人守护,就能活得天真。

想让天真存活下去,终需自身的无数付出。

为成为更好的自己,他已穿过数千万次挥桨,划过数万公里水域,闯过一个个生死激流。

还需承受的是,远离成人世界的代价与孤独。

茫茫海洋,人很渺小。但天真的人,仍会奋力前行,朝向各自的指南球。

渴望一直在路上的闪米特，2017年重归海洋探险

  漫漫人生，是更未知的漂流。

  时间河上，无论徜徉静水，还是勇闯激流，唯愿此生不负，孤舟不孤，岸上也有人默默守护。

  只因生命皆有终点，最终的获胜者，只能是爱——

  对生命的爱，对世界的爱，对他人的爱。

  而奖品是：真正活过。

本篇供图：罗 静

罗 静

14座8000米，
一个女人的圆满未圆满

全球14座8000米级雪山，一个1.63米纤弱女子，穿过壮丽与极致凶险，历时7年跋涉，在2018年秋，完攀她的第14座……

这本是个所有人祝贺的圆梦故事。却不料，才下山，她竟摘下"14座"这顶登山者桂冠，自称仍未抵达最后一座峰顶，近乎戏剧性地，打破了这个圆满。

相比完攀"14座"的荣耀，闯过生死、情感、金钱等重重难关的这个女人，究竟一直在追求什么？绝命海拔之上，一个单亲妈妈又经历怎样的蜕变，更将被登山引向何方？

当圆满变成又一次遗憾，我和下山的罗静重逢，并寻访了见证她20余年成长的多位亲友，试图审视这个女人的成长。

从命运谷底，到世界之巅，山上山下，圆满未能圆满，但真正的攀登并未停止，她的人生还有第15座"8000米级雪山"。

◎ 雪山疑云

"刚刚！罗静成功登顶希夏邦马峰，成为首个完攀全球14座8000米级雪山的中国女性。"2018年9月29日中午，这条新闻犹如高山吹来的雪片，经由上百家中外媒体，飞传于无数向往雪山的人。7年14座8000米级雪山，这个来自中国民间的43岁女登山者，生死一线的"14座"之路，终于画上句点。

然而，掌声未落，剧情反转。仅5天后，一则《希峰，还没有结束》*，平地一声惊雷，出人意料，竟刺破圆满。"有一种痛，叫'心如刀割'。很抱歉很抱歉，告知这样的消息……"在这篇个人博客中，才归来的罗静主动公开了多方求证，及不得不面对的结论：此次并未到达国际认可的海拔8027米希夏邦马主峰。

当夜，此次攀登组织方雅拉香波公司也发出一纸声明，却认为已到达希峰的实际最高点。至于希峰最高点在2015年尼泊尔地震后是否发生变化，需测绘部门进一步论证。事实上，位于中国西藏境内的希夏邦马峰，一直存在真假顶之争。8008米中央峰与8027米主峰，由一道横切山脊相连，陡峭难行。由于视觉偏差，北坡方向看，会觉得中央峰更高。很多商业攀登止步于中央峰，国际上却认为，登顶主峰才算完攀希峰。经多方沟通，此次攀登目标，原本明确为8027米主峰。

一时间，舆论哗然。面对这个反转式自陈，有人击节称赏：这剧情，简直是登山版"皇帝的新衣"。有人难以理解：不就是后面那个高十几米的小尖尖，这样较真，有必要吗？有人民族情绪：山是我们的，峰顶在哪儿，凭什么由外国人认证？也有人不禁追问起登山的意义：在数量，在高度，还是直面最真实的自我？究竟什么才是真正的攀登？

各执一词之际，历史一刻成了悬案。众说纷纭之间，最让人错愕的是，穿过赞誉，这个众望所归的女人，居然自己摘下已被加冕的"14座"桂冠。而她，将何去何从？

"第一反应，怕她树敌。第二反应，这一条朋友圈要损失多少钱……"安徽登山爱好者程昕，2017年起，以公司名义参与赞助罗静，包括此次希峰攀登。同事推送来这条新闻，也一度让他措手不及。庆祝"14座"圆满的文章、海报，第一时间都发出去了，罗静却连赞助商也没提前告知……作为商业人士，程昕还看到的是"14座"可能带给罗静的奖项与身价。撕下大众、品牌最看重的这个标签，这不也砸了自己金饭碗吗？

当晚，程昕就第一时间赶赴成都。凌晨1点，他终于见到正处事件风暴中心的罗

---

* 希峰，希夏邦马峰简称。

静。一身倦意，一张还浮肿的脸，不仅是才下山的疲惫，更有一种发自内心的无奈。她时而眉头紧锁，眼神放空，喃喃自语着："是可以顺水推舟获益，可这不踏实……"

一对一深谈，详细翻看罗静手机记录：向国际认证机构"8000ers"、夏尔巴向导、专业人士的一一求证，给雅拉香波公司负责人的反复留言……程昕没再劝了，"既然该做的沟通，她都做了，代价也都明白。只能说，在登山理念、人际关系和商业利益之间，她选了最前者。"

"说实话，换作我，可能做不到。这需要比登山更大的勇气。"虽然这样的发声，让赞助商也跟着被动，但起身告别时，程昕内心多了几分理解。"相比个人实现'14座'，对于登山发展，我觉得这件事或许更有里程碑意义。"

"这已是今年第二次登希峰了。我们也没想到，最后一座8000米会这样曲折。"罗静大学校友张越，一直友情做着她的登山联络人。4个多月前，第一次攀登希峰，距顶峰只差77米时被迫下撤，罗静在卫星电话里的痛哭，犹在耳畔。以为这次终于圆满，"14座"庆功蛋糕都准备好了，他却在朋友圈里刷到这条惊人消息……

"没有人比她更难过，就像没人真的知道这些年，她走过怎样的路。"张越第一次见到罗静，在2014年底一次校友聚会。那年的罗静，刚登顶K2（乔戈里峰英文简称）归来。一身朴素，明眸浅笑，像个柔弱小师妹，却语出惊人——明年想一年尝试还剩的7座8000米级雪山，尽管钱还没有着落。

8000米级雪山是什么概念？忙于经商的张越，那时还不懂登山，更不知K2的极致凶险。只是莫名觉得一阵冲击：大家都在埋头赚钱，怎么有人是这样活着？

几个月后，罗静在海拔8090米安纳布尔纳峰的攀登视频，带给了他更深震撼。巍峨雪山，风刀霜剑，一侧近乎垂直岩壁，一侧万丈深渊……下撤时一场雪崩，只差半米，差点把她连人带帐篷，一起推下悬崖。山上那个挥舞冰镐、全副武装的骁勇战士，与眼前这个弯腰给10岁儿子系扣子的单亲妈妈，简直不像是同一个人。这个女人怎么就走向了8000米？

◎ 从谷底到巅峰

"20年前，罗静就挺让我出乎意料。"作为华北电力大学的同学，田雨苗始终记得大一军训那天，19岁的罗静，一条红色背带裤，长发飘飘跑来，漂亮得大家眼睛都直了。以为是个"花瓶",军训最后,却是她代表班级女生去踢正步。咬着牙,一脸不服输的劲儿,愣是赢过了所有人。

真正地刮目相看,直到1998年毕业时分。条件优越的男友,在他老家给罗静安排了好工作,她却执意漂在北京,甚至为此痛失爱情。不舍得租房,小半年蹭住在田雨苗的读研宿舍里。宿舍不让住了,就搬到郊区农民房,起早贪黑挤公交上班。眼看着不肯喊苦的罗静,田雨苗这才倍感亲近。"一直觉得,我们长相普通的女孩才需要打拼。她明明靠脸就可以养尊处优,没想到会这样要强。"

"我从小喜欢跳舞,我妈却说跳舞没前途。读了父母选的计算机专业,再直接做男友给的工作,这样一辈子都围绕别人活,让我特别恐惧。"也曾窝在黑暗里哭过,可罗静没后悔,毕竟人生终于是自己的了。就是从那时起,她开始想为自己而活。

熬过每个"北漂"走过的路,也走进过每个女孩憧憬的幸福。2005年,田雨苗见到的罗静刚生下儿子,话里都是丈夫孩子,一脸小女人的甜蜜。她给孩子起名"诺诺",梦着和爱人信守一生一世的诺言,却浑然不知,自己一直生活在巨大的谎言里。直到诺诺一岁,谎言坍塌,爱人一夜失踪,却突然冒出200多万元债务。还没反应过来,命运的雪浪,把她一头打进了谷底。

"登山再多打击,其实都不如那场家庭坍塌,瞬间冲击了人生所有。"面对一次次寻上门的债主,吓得夜不能寐,她只能拎起七零八落的行李,背上一岁多的孩子,开始两年十几次的搬家。

一边哄着孩子"爸爸出差去了",一边还试图"捞"回丈夫,求爷爷告奶奶奔走过一个个"衙门"。尝尽炎凉之际,知情律师却说,怕她想不开,

登山为她赢来一次次掌声,恐惧也如影随形

一直没敢说穿，除了经济，情感上她也被骗了……

"换作是我，恐怕扛不过去。"年过30岁，同学们都正在上升势头，眼看昔日校花，日子却是一地鸡毛，田雨苗忍不住酸楚，总怕她会轻生。罗静也确实不止一次想到过死。好几次爬上天台徘徊，望着脚下深渊，真想一了百了，眼前却又浮起孩子的脸。没有了她，他该怎么办？

"我不勇敢，谁能替我坚强？"穿过长夜痛哭，一贯小女人的罗静，硬是被逼成了必须坚强的单亲母亲。"被推到那一步，就只能扛住，因为你得带着孩子活下去。"直到2008年，债务纠纷暂告一段落，终于不用再搬家，她一下轻松了。可面对破碎生活，就这么一辈子做个怨妇，伤心老去吗？她不禁又想起出事前，一直向往但还没来得及去登的雪山……

精神渴望释放的出口。2008年5月，海拔5396米的哈巴雪山，迎来了这个满心创伤的女子。穿过暴风雪，第一次登顶雪山，山顶的风猛烈吹来，积压了整整2年的抑郁，终于奔涌而出。命运无法改变，她能改变的唯有自己的心。

"她特别适合登山，呼吸、步伐都非常轻盈。"2009年初，北京旅行者金毛看到第一次攀冰的罗静，就被她在冰上跳舞般的身姿吸引了。紧接着，他们一起结伴去藏地旅行。这个一路单曲循环听着《天使的翅膀》的女人，走在转山路上，面朝神山冈仁波齐，忽然泪流满面。这让旅伴隐约感觉到了她的心事。

回到北京，4岁的诺诺像只猴子，顺着金毛肩膀直骑到脖子上。孩子本能渴望父爱的样子，更让他不禁心酸，从此时不时嘘寒问暖。却没想到，这个旅途中文弱的女子，紧接着一年竟三级跳，从5355米四姑娘三峰、6168米雀儿山，一路攀向了7206米宁金抗沙峰，甚至对8000米跃跃欲试。

"登山让人往高处看。我最初迷上这件事，是渴望不那么绝望。"雪山让她感到前所未有的释放，但高高在上的8000米，她最初也不敢想，直到在雀儿山遇见杨春风。眼前这位被大家尊称"大侠"的登山者，弱不禁风，竟是民间登顶最多8000米级雪山的人？才"入坑"2年的罗静，觉得自己就像个无知学生，听得一头雾水，又一心向往，并从此记住了老杨说的："或许有些人技术比我好，但你比我勇敢吗？"

"我也能有勇气去登个8000米吗？"在跨过7000米台阶之后，是到此为止，还是继续向上？2011年秋，罗静咬咬牙跟上杨春风组织的队伍，迈向了世界第八高峰马纳斯鲁峰。在36岁生日来临之际，她不惜拿出买车的10万元，只愿给自己一份重生的礼物。

最初她觉得，这辈子能体验一回就满足了。可当调动浑身能量，终于一步步抵达人生第一座8000米顶峰，精疲力尽也酣畅淋漓之中，罗静不禁又有了新的眺望。她多想能再走向第二座、第三座。可马纳斯鲁峰归来的她，还要独自抚养孩子，能动用的私房钱已所剩无几。现实却是，每一座8000米登山费，动辄10万元以上。

从小被姥姥养大，老人连个瓶子都不舍得扔的节俭，也深深影响着罗静。2002年开始接触户外运动，直到2011年为登8000米，她才花200元买了第一条杂牌冲锋裤，还临时借了金毛的男式安全带、冰镐，勉强凑齐装备。前往登山大本营，大家都是飞进去，唯独她为了省1000美元直升机钱，一个人徒步了8天。"家里出事，反而让我不再是守财奴心态。尽管我很需要钱，但找回内心的快乐，比钱更重要。"穿过绝望，更懂珍惜内心所向。但真正走向一个个8000米，罗静还是走过漫长彷徨。

2011年底，趁着帮户外朋友带队ABC徒步*，她终于又一次徒步亲近雪山。仰望晨曦中的安纳布尔纳峰，那一点点被染红的8000米山尖……山下的她不禁有些痴了，觉得那是"触摸不到的雪山"，又不禁再次自问："还有后续吗？"

"你可以暂时不登山，但心里要有座山……"罗静在2011年底微博中，不止一次这样勉励自己。懵懂半生，命运捉弄，终于发现一件自己想干的事，她不甘心就此止步。

"到底为什么呢？你登上去又能怎样？"第一次办登山分享会，看罗静穿得实在寒碜，田雨苗临时拉她去买了条200元的粉裙子。人到中年，昔日女生个个穿金戴银，忙着买车换房。班里最漂亮的罗静，却来回挤着公交，工作都辞了，日子过得紧巴巴，还心心念念着奢侈的登山。老同学眼里，她就像走火入魔了。

◎ 翻过现实大山

顶着亲友的不理解，2012年5月，罗静还是走向了世界第五高峰马卡鲁峰。登山需要好体能，工作以后可以再找，这样的好状态却不能再等。就把这几年当作梦想年吧，她决定能走多远就走多远。

又一次历尽艰难的攀登，竟让罗静无意间成了登顶马卡鲁峰的第一位中国女性。一种巨大成就感，让她像是发现了自己都不可思议的潜能。紧接着干城章嘉峰、迦舒布鲁姆Ⅰ峰、Ⅱ峰，道拉吉里峰，再到位于难度金字塔顶端的K2……短短3年，登顶7

---

* ABC（Annapurna Base Camp），即安纳布尔纳峰大本营。

座8000米级雪山，势如破竹的成长，不仅让朋友出乎意料，更让她在登山圈迅速崭露头角。

人们惊叹着这个女登山者不断刷新的成绩，却不知她在一次次下山路上，最发愁的是：这次又欠登山公司不少钱，怎么还？现实是更高不可攀的大山。最初3年，7座8000米级雪山，百余万登山费，除了朋友资助11万，罗静基本是自掏腰包。最难时，被逼得借钱还债，还不肯放弃，甚至越来越认定自己选择的路。

"中国女性还没人做到过，万一我可以留下一些东西呢。"尤其登完K2，罗静已是国内最有希望完攀"14座"的女登山者。虽不知爬到哪座，会因为没钱而不得不停，她还是想尽力一试。为了凑钱，决定卖房时，金毛也曾百般劝阻："你一个女人，好歹要给自己留个保障。"没想到，她很快就从三环换成了五环小房子，还盘算着："万一哪天钱不够，就搬去外地。"

"换作我，肯定做不到。"自认没法放下北京房子、户口的金毛，觉得罗静真是越来越不一样了。尤其每次帮她组织分享会，当目光都聚焦到台上，讲述着一座座8000米雪山记忆的她，眼神坚定，脸上有光，已不再是最初那个忧愁的小妹。而登山，也早不再是寻找慰藉，更让她忽然发现了自我价值，正在脱胎换骨。

现实沉重，但对于一个女登山者，最难越过的难关是孩子。每次动身去机场，热心接送的金毛，一推开罗静家门，总会撞见这样的场景：不到10岁的诺诺闷坐一旁，沉着一张脸。忙着收拾的罗静，和孩子姥姥反复交代着儿子的学习。一背上包，诺诺就哭了，抱着妈妈，却没一句挽留的话……

那时的诺诺还不知什么是登山，就知道妈妈又要出门一个多月了。他真想快点长大，能像大人一样不会哭就好了。却不知，每次电梯门一关上，扮鬼脸、微笑挥别的罗静，拼命忍住的泪，这才滚了下来。

从小，她就教育诺诺，"妈妈不能陪你一辈子"。可每次卫星电话里，一声稚气的"妈妈我想你"，就快让她的心融化了。诺诺也出奇懂事，想哭就把电话故意拉远，憋着气，小声哭完，又若无其事说笑起来。电话两头，这对母子，都在努力克制情绪，摸索着各自的独立与成长。

只是，孩子的成长时光太过短暂。每年7月都是登山季，这让她连续5年错过了儿子生日。下山之后，出现在朋友面前的罗静，总是和儿子形影不离，走哪儿带哪儿，一脸想弥补的心疼。眼看牙牙学语的诺诺，个头越蹿越高，转眼快长成叛逆少年，她只能抓住山下所有时间，尽力陪伴。

儿时懵懂的诺诺，最初并不太支持妈妈登山。他还不懂妈妈追求的成就感是什

生活中的母与子

么，却记得大人们总说"登山危险"。孩子忍不住问姥姥："什么是危险呀？""就是……就是妈妈去很远的地方，可能会回不来。"这个答案，让诺诺蒙在被子里哭了好几晚。

可坐在分享会角落，看到那么多叔叔阿姨夸奖着妈妈，他也会由衷骄傲。一次无意间看见罗静电脑里的资料，他忍不住惊叹："全世界登顶这座山的女人，只有五六个，你登上去了？"一看妈妈点头，他夸张地鼓起了掌。虽然赞誉越来越多，但没有什么比儿子的肯定，更让罗静甜到心里。她渐渐不那么纠结了，"让追梦精神伴他一生，或许就是我能为他做的最好的事。"

◎ 接踵而来的死亡

跨过生活的一道道难关，山上等着罗静的，还有步步惊心的恐惧。雪山第一次对罗静露出生死残酷，是在她的第三座8000米级雪山——世界第三高峰干城章嘉峰。那时的罗静，还初生牛犊不怕虎。当海拔已近7900米，她的夏尔巴向导却经验不足，害怕到临时下撤，丢下她一个人，不知该上该下。

"前面路绳都没了，看着像个乱石堆成的鬼门关，一滑可能就掉下去了……但你看，前面在爬的老头，没氧气也没协作，一条腿还是假肢。你好歹四肢健全，怕什么……"彷徨在鬼门关的罗静，录视频的声音都在抖。望着靠假肢登山的匈牙利老人，努力平息紧张到发颤的四肢，她心一横，继续上。

那是让罗静事后也后怕的一次攀登。最终15人登顶，她是唯一的女性。下撤中，却有5人滑坠遇难，包括曾激励她前行的独腿老人，还有一个个才互相加油打气的山友……"我从没见罗静那么痛心过。"田雨苗记忆里，即便家庭变故，她也没流露太多脆弱。从干城章嘉峰归来，她整个人却像蒙了，回忆着照片上一张张黝黑笑脸，一次次忍不住泪如雨下："照片里所有人都没了，除了我……"

"那是我攀登心理的转折点。"罗静自认是个小女人，最初只是本能爱山，并没太多思考。第一次直面生死的冲击，让她真正开始陷入沉思。

"登山是一项具有内在危险性的运动……"罗静特地找出一年前遇难登山者严冬冬的旧作《登山、死亡与生存》，穿过单纯向往，她试图进一步理解登山真相。文章才看完一天，新的噩耗竟又传来。2013年6月，南迦帕尔巴特峰（南迦峰）大本营枪声响起，杨春风、饶剑锋等人遭遇恐怖分子袭击，不幸遇难。中国民间登山者即将实现的"14座"追求，也就此退回漫漫长夜。

在地铁收到消息的罗静，不知自己怎么哭着下车，拥挤人潮里，无头苍蝇般四处转着，就像忽然没了方向。没有杨春风做榜样，她也许没勇气登第一座8000米。没有饶剑锋的鼓励，当时快放弃的她，也许不会顺利登顶第二座的马卡鲁峰……"你们走了，山也空了。"导师、好友，当时民间登顶最多8000米级雪山的两个人，一下都走了，罗静的心也跟着彷徨。已报名7月攀登的迦舒布鲁姆峰，也在恐怖分子活动地界，还能去吗？

朋友眼里，那是罗静最乱了阵脚的日子。凡事自己做主的她，反常地给朋友一一打电话。电话这头，买机票的手指，停在鼠标上，一整天没敢点"确认"，电话里一遍遍问朋友："你说我去不去？"

可即便所有人劝她取消行程，漫长如一世纪的13天后，罗静还是独自飞往巴基斯坦，默念着一个外国登山者发来邮件所写的："不要被恐惧控制了内心。"她说，这句话将影响一生。

"你这样什么时候是个头？"从前田雨苗总想劝阻罗静，可当死亡接踵而来，她反倒不再劝了。最坏的事都闯过了，再发生任何事，她相信罗静都能承受住了。

2014年夏，罗静成为登顶K2的首位华人女性，令整个登山圈刮目相看，品牌商也投来部分赞助。一片看好之下，她有了更大胆的想法：2015年一年尝试还剩的7座8000米级雪山。

心气正盛，更大冲击却劈面而来。2015年7月，当她正行进在世界第十二高峰布洛阿特峰，猛一阵轰隆隆巨响，迅猛而下的大雪团，瞬间裹挟住她，连翻带滚，直冲出50余米。除了惊恐，那一刻，她脑子里唯一闪念是：完了，这次真完了，再见不到儿子……

那是罗静遭遇最致命的一次雪崩。活埋雪里，即将窒息之际，有人扒拉她身上的雪，开始使劲拽她，这才把她拖出鬼门关……倒在岩石上，控制不住全身发抖，她几乎不敢相信，刹那之间，自己差点死了。更让所有人不敢相信的是，两天后，罗静又回到死里逃生的地方，决定继续向上。最终虽铩羽而归，但这雪崩也打不死的劲儿，把外国登山者也慑住了："你看上去很柔弱，但心脏比我们还强悍。"

"这么要命的雪崩，她在电话里几句带过，我都没察觉到严重性。"山下负责联络的张越，事后看见伤痕累累的照片，也在刷新对她的认识。这个外表温和的女人，能登顶这么多8000米级雪山是有原因的——"骨子里比谁都犟，不尽全力就不放弃。"

雪山上的生死冲击,也让她一次次陷入沉思

◎ 恐惧中前行

然而,山上雪崩只是一时,内心风暴却持久不息。下山归来的罗静,从无所畏惧陷入了长久沉默。雪崩恐惧一次次翻涌而上,忍不住就幻想自己身处绝境,生命一点点远去。想象自己真没了,儿子怎么办……尤其是她那不知情的小家伙,有一晚忽然醒来抱住她:"妈妈,我梦见你遇到雪崩,差点没命。"那时那刻,她只能也抱紧这相依为命的亲人,感慨原来母子连心是真的……

2015年底聚会，面对朋友安慰，罗静忽然就哭了。年初还幻想一年尝试剩下的7座，没想到遭遇地震、雪崩各种挫败，这是唯一一年，她一座8000米也没登上去。"以前她就一门心思想登下去，那场雪崩后，谈起未来，感觉她也有点犹豫。"田雨苗等朋友纷纷劝她见好就收，登7座8000米级雪山已经够她骄傲一辈子。被恐惧笼罩时，罗静也反复自问："我还要继续登下去吗？"

这时的登山，已不再是最初的新奇渴望，更像是一种活过的证明。尽管罗静自认不是想太多的人，却有一种女性天生的悲悯。早年微博里，看到昙花一现的视频，翻起去世姥姥、姥爷的老照片，总会一再落泪，感叹生命太短。

"许多年后，我们也会被遗忘，究竟要怎样才能让自己的生命发光？"一次次攀登，让她脱胎换骨，也依稀找到了答案：登顶的8000米级雪山中，有6座她都是首位中国女性。这些年，她总想把脚印留在别人没去过的地方，是希望将来哪怕孩子都忘了她，但山不会忘记。

"山一定会记得，有一个中国女人曾经来过这里。正是这种理念支撑着我。"

"她攀登速度极快，不愧绰号'兔子'。"2016年秋，世界第六高峰卓奥友峰，正下山的北京登山者张大校，远远望见一身亮绿羽绒服的罗静，正在冰雪中上行，和身后队员速度差距至少40分钟。"那一刻我意识到，她能完成这么多座8000米，绝非幸运。"

雪崩一年后，罗静又像只兔子腾挪山野，继续刃脊上起舞。这一年，她又登顶了3座8000米级雪山。一次次突破赢来新的掌声，恐惧也依旧如影随形。5月重登安纳布尔纳峰，远远听到一点动静，她就像受惊的兔子，总担心会不会又雪崩。7月攀登南迦帕尔巴特峰，圆盘大的落石，哗啦掉下来，距她脑袋不到10厘米，砸中了手臂……亲历过生死，她更谨慎了，理智选择放弃，但下山时依然笃定：明年一定再去。

相比登山风险，她更恐惧人生短暂，恐惧一成不变的生活。"是甘于被恐惧战胜，还是挑战自己，给自己多一个舞台？我选择后者。"

"她总是表现得很自信，从没和我们交代过'万一'。"或是潜意识回避，山下联络的张越从没和罗静就此交流，但每一次等电话，都会一颗心悬在嗓子眼，暗暗担心出事。尤其是2017年夏，罗静重返两年前差点被雪崩活埋的布洛阿特峰。约好傍晚通电话，直等到半夜还没动静，张越焦虑得彻夜难眠，还得应付朋友各种催问："她到底怎样了？"

作为民间登山者，没有组织支持，但一个人的追求，却为罗静吸引来越来越多支持者。她在8000米之上跋涉，一群人围绕登山进程，在微信群讨论得热火朝天，甚至有人自费购买天气预报研究。眼看大家热心至此，张越时常会感慨。他以前就知道赚钱，罗静让他看到更有意义的人生，只是没有这样的勇气。"她就像另一个自己，在实现我们不可能的梦。"

但山下再热闹，山上的路，终究只能自己去走，并一次次默默祈求山的短暂接纳。布洛阿特峰冲顶路上，突然很响一声，眼前雪岩坍塌，刚走过的夏尔巴向导努布眨眼竟滑下去，罗静本能一坐，死死拽住绳子，和身后夏尔巴人一起惊呼："Stop（停下）！……"

幸亏努布用冰镐拼命止住，才幸免坠崖。"如果我当时往前多走半步，第一个掉下去的就会是我。一根绳子上连着的3个人，也可能一起……"

哪怕接近终点，依然是时时可死，步步求生。双手颤抖着拍下现场，努力平息狂跳不已的心，他们还得继续向上。再一次与死神擦肩，2017年7月，罗静终于站在尝试了3次的布洛阿特峰顶，完成她的第13座8000米级雪山攀登。距离"14座"，只剩一步之遥。

◎ 可望不可即的终点

"预祝新年新开始。"2018年元旦，一场户外组织年会，觥筹交错中，我和罗静坐在一起。酒杯碰在一起，大家对她的祝福，已不仅是完成最后一座，而是人生新开始。布洛阿特峰归来，她多了个外号"罗十三娘"，依旧是走哪儿都带着儿子。看着妈妈上台演讲，已经13岁的诺诺既骄傲又幽默："别人拼爹，我是拼妈。"但"不想妈妈再那么辛苦了"，他最盼望罗静今年能完成"14座"，更满心期待的是，她答应带他去的环球旅行。

才讲完8000米的惊心动魄，坐回席间的罗静，一会儿忙着给孩子夹菜，一会儿起身接受众人敬酒、合影。见缝插针，不忘打开读书APP，给自己列着新年书单："去年计划看52本书，才看完42本，今年可都得补上。"

越是临近"14座"终点，收到越多夸赞，她越有一种新恐惧："怕被人说自己是被推到神坛上的，其实内心对外界一无所知。"登山之前，她还是个懵懂小女人，看看言情肥皂剧，偶尔伤春悲秋。登山让她蜕变式成长，看到的新世界，不仅是山上风景，更是山下百样人生。

"知道得越多越恐惧，不仅是对风险的恐惧，还有对无知的恐惧。"她不希望自己除了登山什么也不会，一直在有意识地恶补各领域书籍，学习多国语言、演讲技巧、企业管理……"认识这个世界之后，以一种怎样的状态重新生活？登山的意义，对于我，更多是这个方向吧。"站在2018年开端，她也前所未有地期待，走向一个全新开始。

"最后一座，不是终点，是起点"，2018年4月，在个人博客写下这个文章标题，罗静动身前往位于西藏的希夏邦马峰。

朋友的鲜花掌声候着，抢时间的媒体稿子写好，所有人都在等她实现"14座"大满贯的那刻，等来的竟是"止步于7950米"的错愕。在距离主峰仅77米的位置，追随罗静多年的夏尔巴向导努布，已经打下最后一个冰锥，一回头，所有人却在下撤……雾气笼罩，天气不太理想，当时队伍意见出现分歧，有人认为积雪较深，担心发生雪崩。最终，下撤成了命令。

"为什么下撤？我们马上就登顶了……""对不起，我以为还有机会……"面对努布一脸不解，罗静的眼泪忍不住落下。只是没来得及再试，被宣布攀登季结束的希夏邦马峰，就此缓缓合上大门。

当时情况下，究竟该不该下撤？面对扑朔迷离的争议，曾一起登过山的张大校，既意外又像意料之中。"对于登山进程，她一直很有独立见解。但这和商业登山，尤其体制内登山是不太相容的。"2016年同攀卓奥友峰时，面对向导安排的拉练高度，罗静觉得再往上500米左右，适应性会更好，并一心想挑战无氧攀登。尽管商议无果，她还是一次次去争取："我想尝试无氧，我们应该……"那时，张大校等队员就曾私下感叹："这女人真敢说。"

在登山才起步的中国，缺乏自主性，几乎是商业登山常态。即便登到8000米，张大校还是觉得，向导在山上就是"半人半神"。最好一切服从商业公司安排，个人有异议，一般也会选择闭嘴。但经验丰富的罗静，早已不甘心只做"傀儡客户"。她总觉得，如果为了登顶而登顶，毫无主见与成长，登山还有多少意义呢？

生死与共的夏尔巴向导,陪伴着她一次次攀登

"我还在等待着那种满足感,然而它一直没有来……"深夜朋友圈里,她引用过歌手朴树这样一段话。5月归来的罗静,在朋友眼里,一副无可奈何的倦怠。"14座"只差最后一程,她却突然不知是否该继续登下去。大自然的风刀霜剑,让人充满迎战激情;人世间的规则规矩,却让她没多少信心能跨过。

只是以她的性子,做一件事,就要尽力做到完结。身边所有人,也都不希望这个用命博出来的梦,就此止步。9月希夏邦马峰,终于还是迎来了她,只是她前所未有地沉默。忍着牙疼,一路埋头跟上,9月29日8点30分左右,向导们欢呼庆祝:"国际顶,这回到了!"摄影师特地把镜头对准了罗静,试图抓拍她终于完攀"14座"的表情,以为她肯定泪流满面。罗静却很平静,扯着嘴角,努力笑了一下。

"就这样结束了?"历时7年,倾其所有追求,九死一生跋涉,站在山顶,她只觉

得忽然轻松了,以后终于可以踏踏实实陪儿子了。

"我们都以为终于结束了。"相识快10年的金毛,年初就想着要组织老友一起去草原,把罗静"14座"照片制作成投影,大家一起把酒畅谈。10月3日,他却在网上看到罗静发的《希峰,还没有结束》,开篇写着:"我知道,发这篇文会让好多人失望。但还是决定发了,因为事实就是如此,不随人的意志而转移……"

所有庆祝,跟着二度搁浅。议论纷纷之中,有人当罗静是"斗士",当"里程碑事件",盼能推动改变现状。罗静却自认没那么伟大,甚至有些茫然。"我没有改变社会的想法,我登山就是为了挑战自己,所以没法违心。现在也有些倦了,如果这件事背离初衷,或许有一天我也会放弃的……"

"毕业20年,她还是老样子,大学时就认死理。但如果像我们这么懂事,总是各种顾虑,她能成为今天的罗静吗?"希峰归来一个月,华电毕业20周年同学聚会上,田雨苗遇见走出又一轮遗憾的罗静。

一袭红裙,肤白似雪,几乎看不出跋涉8000米的痕迹,一如当年军训时漂亮,只是青丝多了几缕白发。可当罗静作为华电杰出校友,被老同学们环绕着合影、称赞,田雨苗又觉得罗静真的是脱胎换骨了,想起最初蹭住她宿舍的倔强姑娘,10年前婚变时的一脸绝望,还有为了登山生生死死的那些事……时光随脚印一步步向前,20年也只是一转眼,相比按部就班的老同学,她是人生轨迹最独特的人。"相信时间,终会让她完攀'14座'的。更重要的是,今天的她,真的活成了想要的模样。"

"但我觉得,她的人生还是有很大缺憾。"一路见证罗静从一个普通爱好者,到有那么多山友、校友、跑友、粉丝支持,相比"14座",金毛更希望她早日能实现的,是情感圆满。

他一直记得,好几次分享会结束,开车送罗静回家,目送她一个人上楼的背影。热闹散去,回归寂寥,家里却没有人等她……向往英语教学环境的诺诺,今年初,已去泰国清迈读书。做了13年母子,现在换罗静要一次次含泪目送儿子,为了他也能更好成长。而走过"14座"的她,今后何处是家?

◎ 平凡之路

"隆重介绍一下，这位是成功登顶全球14座8000米级雪山的……"

"没有，没有，我只成功登顶13座。或者说，登了13.5座……"

朋友话还没说完，就被"罗十三娘"打断，一脸笑意纠正着，尽管一个多月前，这个结论曾让她心痛不已。这是11月，发生在杭州如野酒馆的一幕。来筹备创业的罗静，和我又坐到一起，甚至睡在一起。从上海赶来的我，原订了住宿。罗静却拉着我，直接去她房间，拍拍唯一一张床："别浪费钱，咱俩住一间，不就够了？"虽被推上神坛，她依然节俭随意。我有些出乎意料，人生第一次，和采访对象同床同眠了两晚。

抹上红唇，换一身白衣，眼前的罗静，更像个精致都市女人，几乎看不出和登山有关。踏着夜色，随她一起去赴一场民谣聚会。当朋友介绍起她，每个陌生人都不禁讶异："不可能吧，完全不像登山家啊……""不不不，我可称不上登山家，只是登山爱好者……"

"明年还会再去最后一座吗？"大家最关心这个问题。她点点头，紧接着又摇摇头。面对那些个人无法左右的事，她没有答案。

"那接下来做什么？""计划可多了，时间完全不够用啊……"有关未来，她想去学新运动，想开户外探险公司，想着在登山培训、女性独立、亲子教育等领域，怎么能发挥自己更大的人生价值。可山下更漫长的路，具体怎么走，她也还没有答案。

聚会散场，夜已深沉，一身疲惫的罗静却不舍得走，继续听别人的故事，也说着自己的故事……从最初没内涵的小女人，到最有故事的人，无论登山还将引她去向何处，这都是10年前自己不敢想的丰富人生。

围炉夜话中，驻唱歌手清清嗓子，拨弄吉他，专门为罗静献上了一曲，来自她喜欢的朴树："我曾经跨过山和大海，也穿过人山人海 / 我曾经拥有着的一切，转眼都飘散如烟 / 我曾经失落、失望、失掉所有方向，直到看见平凡才是唯一的答案……"

"所以，曾失去所有，又跨过高山，你最后看到的答案是什么呢？"我忍不住问微醺的罗静。"必须是'平凡'啊……山再高，我们终究要回来。不是吗？"跟随音乐，她忘情哼唱起来。

哪怕14座山未完结，罗静已在跋涉她的第15座"8000米"——有关一个女人下了山的崭新人生。

又一年，即将走向尾声。酒杯碰到一起，不再祝她圆满，而是保持前行的勇气。

又一夜过去,她又将出发。一个人背上磨得褪色的登山包,只是这一次,不是去雪山,而是去天上——她满心期待着去西安学滑翔伞,梦想有一天能飞越雪山。

但飞再高,也一样要回来,紧接着云南、四川、浙江各地,还有各种新工作等她去开展。听着四海为家的行程,我又忍不住打断:"你这样,终点在哪儿?一个女人,最好还是要有个家。"

她一怔,紧接着脸上浮起一丝温暖:"就想能早点儿去清迈。儿子在哪儿,家就在哪儿。"

雪山之巅,她和背包上的毛绒玩偶合影。玩偶代表儿子,代表两个人一起完成梦想

眼望高处,心中那一座山

3年前初识罗静,她刚被布洛阿特峰雪崩打落在情绪低谷,一时不知如何继续"14座"攀登。

我也一直在等,等她圆梦,想见证一个女人的圆满。却没想到,最后一座8000米级雪山会如此曲折,甚至戏剧性反转……落笔之时,终未圆满。但这,也才是更真实的人生。

罗静并非宠儿,命运对她甚至有些残酷。10年前,以为一生一世的婚姻坍塌,她被迫成了单亲母亲。渴望精神出口,进而遇见雪山。

跨过资金、家庭等一道道难关,终于攀上8000米,2013年接踵而来的死亡,又冲击得她一时没了方向。

登顶K2,心气正盛,2015年突如其来的雪崩,再次把她冲进恐惧深渊,一整年停滞难前。

时至今日,距离"14座",仅一步之遥,却是可望不可即,一次比一次抱憾……

每几年,每个人生转角,总会涌现新的难题。而这,正是最锤炼生命的时刻。经受住一次次锤炼,也才有今天的罗静。

从命运谷底,攀上8000米山巅。从一个懵懂小女人,成长为独立强大的女性……雪山带给她的蜕变中,让我感触最深的,是心境的扭转。

谁的人生,不是千疮百孔——登山之前,在微博里看见这句话,罗静的触动是,"心里突然有种悲凉,情绪太容易被感染……"

现在的她,再看到这样的话,却说:"为什么把人生描述得如此悲惨?尽管免不了千疮百孔,但我更喜欢往好处看……"

雪山上,一回回倾尽全力,向高处爬过。

生死间,一次次克服恐惧,向更高处行去。

下山归来的她,面对名利纷争,坚持住了内心真实。

再面对漫漫人生,更学会的是:时时抬头,步步向上。

眼望高处,心中那一座山

  登再高、走多远,终要回归生活。用攀登精神照亮人生,成为更好的自己,相比登顶与否,才是更重要的登山意义。

  未完的"14座",有待时间,继续去求证,去完结。

  人生的第15座"8000米",也必然布满荆棘,出现新的难关。

  但无论山上山下,不会永远失败,也没有最终的圆满。关键在于,身处低谷,面对锤炼时,我们能不能眼望高处,仿佛心中也有那一座山。

命运

超越苦难的力量

命运幽暗,他们才格外明亮
黑暗独行,更需要心中有光
人生有多难,长路有多长?
只要一步步往前走,没有到不了的远方

本篇供图：夏伯渝、柯庆峰

夏伯渝

无腿登珠峰，
一生一座山

一双银亮假肢，鹰爪般，一步步扎进冰雪。雪粒飞溅中，一位无腿老人，一次次走向世界最高的山峰……43年前，26岁的夏伯渝在珠峰失去双脚。43年来，他一天不曾停止铁人般的训练。截肢、癌症、雪崩、地震、被迫下撤……命运一次次将他击倒，他坚持着：只要活着，就一定再来。

穿过5次越挫越勇的尝试，所有人以为再无可能，熬到69岁的他，竟终于实现这个不可能，并因此荣膺劳伦斯"年度最佳体育时刻奖"。

43年沧桑巨变，他为何如此执着这个遥不可及的梦？背负沉重命运的他，走着比常人更难的路，又是怎样抵达这世间的最高处？

近几年，我曾数次采写夏伯渝：第一篇带着出征的祝福，第二篇寄予抱憾的劝慰，第三篇是登顶的见证。最后，我想写一篇圆满，纪念共同成长。山下再重逢，带着新的渴望与迷茫，这位老人却正走向更高的山……

◎ 命锁珠峰

凌晨3点,尼泊尔珠峰大本营,夜漆漆,风猎猎,尘世还在沉睡,一队登山者已摸黑上路。几束头灯刺破寒夜,照亮乱石冰雪,也照出一双不寻常的假肢,细细两根支架,钢齿如鹰爪,正一步步扎在指向珠峰的路。

"总算又开始了。"迈开假肢,紧跟向导,69岁的夏伯渝既小心又兴奋。这已是他第五次试登珠峰,一天天翘首看天看云看山,盼着好天,盼着这一刻终于能上路。而路的前方,要通过的第一个关口是昆布冰川——这片2014年曾瞬间埋葬16名夏尔巴向导的冰川,危机四伏。数不清的冰缝,四肢健全的登山者尚要时时留神,对于无腿攀登的他,更是步步惊心。两眼紧盯脚下每一步,一心向上的夏伯渝,丝毫没察觉到十几米远处,一双关切的眼睛正追随着他的背影。

那是父亲的背影。躲在大石头后,夏登平偷拍下夏伯渝出发的样子。从事IT行业的儿子,特地请假赶来,在附近帐篷已经藏了4天,父亲完全不知情。这是34岁的夏登平第一次亲历父亲登珠峰,父亲的这个梦却已做了43年。望着远去背影化成光点,一点点沉入暗中,他只能满心祈祷,这一次真的会是最后一次。尽管2年前,他也曾以为是最后一次。

"老天再给我一个半小时好天气,我就能上去。太遗憾,太遗憾……"两年前,在远程直播视频里,看到几近透支的父亲被搀回大本营,面对镜头,努力挤出笑容,却忍不住和向导抱头痛哭,那一刻,夏登平就前所未有地希望能在父亲身旁。

那是让夏伯渝最扼腕叹息的一次攀登,距离珠峰顶仅剩94米,却因大风受阻,最终被迫下撤。拖着一身疲惫回京,和家人终于再吃上团圆饭,老伴试探着问:"那你以后到底还去不去?""不去了。"他搁下饭碗,顿了顿,长长叹了一口气,"连续3年,我太累了……"

连续3年,从2014年到2016年,每次出发与归来,他都说是最后一次。早在2014年,珠峰冰崩瞬间吞噬16名夏尔巴向导,登山季被迫提前结束。2015年赶上尼泊尔8.1级大地震,差点命都没了。2016年只剩不到100米,更是无限抱憾……

那是儿子第一次见父亲动摇。一家三口的饭桌前,面对最亲的人,他的眼睛依旧闪闪亮,泛着的却不再是梦想,而是泪光。努力翻越着遗憾的大山,病魔也追了上来。由于登山高强度压迫,他的腿形成严重血栓。医生诊断:一旦血栓脱落流向大脑、心肺,生死只是几分钟的事……

时隔40余年，夏伯渝又一次坐上轮椅。遵循医嘱，必须等血栓固化，他才能动弹。更大的打击是医生下的禁令："你以后再也不能登山了。"前来探望的老友，也一次次劝慰他"听天命"："事不过三。见他闷不作声，我们都以为登珠峰的事，真到此为止了。"

2016年珠峰归来，成了他近20年最难挨的一段时光。觉得心里堵得慌，不能动，更不愿被别人投以怜悯目光，仿佛他是个没指望的病人。命运轮回，珠峰下山，他又成了41年前被命运摁倒的那个年轻人。困在轮椅上，眼前横着的又一座大山，是一定要重新站起来。只有站起来，才可能有新的希望……

"珠峰对于爸爸，是梦想，也是一辈子的心结。"父亲的心结，贯穿了夏登平整个成长时光。早在童年时，妈妈就专门为儿子写过一本《登山的人》。"登山的人最勇敢，爸爸希望登登做个勇敢的人。"1990年出版的连环画，薄薄20页图画，曾用心良苦地向6岁孩子描绘着，主人公登登的爸爸曾如何攀登珠峰，以及遗憾下撤中的冻伤……

"所以懂事后，虽然意识到爸爸没有腿，心里却一直为他骄傲。"夏登平从小看爸爸穿假肢就像看妈妈穿鞋，习以为常。他时常拿连环画给同学看，小朋友们看完，也不禁赞叹"登登爸爸好伟大"，他心里就挺自豪的。但偶尔也有心疼爸爸的时候。小学时，一次出门，眼看公交车快进站，父子俩赶忙追上去。假肢却只能走，一步也不能跑……眼看公交车扬长而去，年幼的孩子没觉得有什么大不了，转身却看见爸爸脸上从未有过的失落感。

怎么可能没有失落？毕竟早在大众还不太知晓登山的1975年，他就已是攀上过珠峰的人。1975年春，浩荡车队抵达拉萨，上万人在布达拉宫广场载歌载舞。热情欢呼声中，卡车上的夏伯渝，第一次感到一种前所未有的光荣。

一年前，他还是青海机床铸造厂的年轻工人，最大爱好就是踢足球。健步如飞，奔跑在操场上，穿梭在工厂车间，以为就是寻常人的一生。一次偶然，看到有免费体检，他只是想占个便宜，却阴错阳差就进了来招人的中国登山队。"一下能进国家队，难免有点虚荣，当时觉得自己挺百里挑一的。"而这一群百里挑一的年轻人，人生第一次上珠峰，倒不是个人追求，而是时代需要。作为世界最高峰，珠峰意味的不仅是自然高度，还有太多象征意义。1960年，3名中国人实现人类历史上珠峰北坡的首次登顶，但没留下照片，在国际受到争议。15年后，又一支登山队再抵珠峰，是带着沉甸甸的国家任务：将"中国人登上珠峰"的影响进一步扩大。

"这就是全世界最高的地方啊！"闭塞年代，有幸走向珠峰，夏伯渝就像做梦一样。书本里的世界最高峰，原来是这样。尤其难忘山顶那一抹旗云，旗帜般招展。作为

爱好足球的夏伯渝,年轻时就是运动健将

红旗下长大的一代人,无论国家任务,还是世界之巅的呼唤,都让人不禁热血激荡。

那是中国攀登史上第二次攀登珠峰。顶着艰难,燃烧着自己,这群中国登山队早期队员终于抵达8600米。眼看接近顶峰,狂风卷着雪沙袭来,几小时挪不出几十米……"那时如果只有一人能去登顶,肯定是我。"那是他和珠峰的第一次告别,最后240余米,虽有遗憾,但年轻的夏伯渝依旧满怀自信。他相信用不了多久,一定会回来登顶珠峰。却不知,这一转身竟耗尽一生。

艰难下撤路上,同组的藏族队员体力透支,更不慎将背包、睡袋一起掉下山崖。宿营在海拔7600米的夜,眼看同伴蜷在角落瑟瑟发抖,夏伯渝心有不忍,慷慨让出了睡袋。自己双手抱胸,直接睡在地上,在零下30多摄氏度严寒中将就了一夜。

"那时候我身体倍儿棒,特不怕冷,一年四季洗冷水澡,队友们还送我个外号'火神爷'。"只是,在珠峰,自信有时也是致命的。第二天走回前进营地,夏伯渝竟怎么也脱不下靴子了。驻地医生剪开高山靴,告诉他这恐怕是冻伤。"不可能,不会冻,我可是'火神爷'。"他的心咯噔一下,死都不肯相信。可任由大夫各种按摩、温敷,他的双脚始终冰凉,没有知觉。是真的,动不了了……

"那时让出睡袋是出于心软,如果知道会有这样的后果,我想我也会犹豫。"意识到后果,小伙子开始有些害怕了,毕竟他也是寻常人。只是,人生没有如果。日子一天天过去,双脚不但不见好,反而一点点从粉红变成紫红,再到触目惊心的死黑。最终诊断，残酷到让他恐惧——双脚冻伤坏死，必须截肢……1975年5月27日，当收音机传来高亢的喜报——他的9名队友光荣书写了历史，第二次成功登顶珠峰，本该也站在峰顶的他，裤管却已空落落的，泪水止不住模糊双眼。

◎ 从巅峰到命运深渊

一夜间，从一个国家运动员成了残疾人……对于才26岁的年轻人，太可怕了。近半年，他浑浑噩噩躺着，就觉得这辈子会非常悲惨。直到偶然听见一位来会诊的德国专家说，配上假肢，不仅不影响生活，甚至可以继续登山。"那是第一次听到这样的声音，也是我最希望听到的，管它是不是真的。"尽管所有人都当这只是安慰，夏伯渝却需要这样的"谎言"。

用了整整3年，重新站起来，成了他珠峰下山后翻过的第一座大山。忍过刀片刮骨的剧痛，3年练坏了3张病床……1978年春，第一次穿上假肢，小心翼翼扶着床，只是挪出一小圈，就让他激动得眼泪差点掉下来，"感觉自己像忽然长高了"。

不肯对命运服输，他终于"走"出了医院。横在眼前的，却是更难翻越的现实大山。20世纪70年代的假肢就是木板、铁条加皮子，站起来嘎吱响，多走一会儿腿就又肿又痛，离他重新登山的宏图大志简直十万八千里。

除了适应假肢，更需跨越的是内心沟坎。截肢后20余年，其实他心底都不太能接受："自己真的已经是个残疾人了？"总觉得脚还长在身上，总觉得在别人眼里残疾人是不是有碍市容……为此，夏伯渝特地模仿过寻常人走路的步态，假肢再疼也要站着，一年四季尽量穿长裤。走在活动队伍里，许多人没看出他有什么不一样，他就特别有成就感。

但假肢终究是假肢。一次骑车上班，右脚假肢滑出去了，他都没发觉。自行车一下倒了，本能地用脚去撑地，残肢猛地戳到地上，皮开肉绽。他哗地倒在马路中央，一群人围上来，七嘴八舌看他抱着残腿，哆嗦着爬不起来。这样的困窘，对于一个原本驰骋在足球场、攀登过珠峰的硬汉，是一度难以承受的落差。

心头另一大包袱，是婚事。他34岁才成家，保守的80年代，他一度担忧是否会有人愿意嫁给残疾人。一位慕名前来探望的姑娘，却被他深深感动了。1983年，他们结为夫妻。一年后，儿子也出生了。给儿子取名时，他坚持要有"登"字。"就希望儿子知道，他父亲是一个有登山梦想的人。"妻子加上一个"平"字，寄意"登山平安"。一心还想再登山的夏伯渝，却更愿意理解成"登山如履平地"。他还是放不下旧梦，"既然专家说假肢也能登山，那我就一定要重新登山。"

成为父亲的1984年，恰逢第一届全国残疾人运动会举办。就像当年去登珠峰，新时代需要下，夏伯渝工作之余，被组织派去参加残运会。没想到，这事会伴他走过近20年。

夏登平童年记忆里，一个个清晨，父亲总是5点就骑车20公里去爬香山，回家扒门框、撑地上继续各种力量训练。一个个夜晚，家里药水味弥漫，纱布、酒精环绕着父亲，他又在自个儿给磨破的伤口换药了。父亲还常一出门就好多天，然后一脸兴奋，捧好几块奖牌回来。

最初，夏伯渝对残运会只是完成任务的心态。一接触，却像打开了另一个世界的大门。眼看一个个身有残缺的人，拼搏在田径场上，打篮球、乒乓球、赛铁人三项……原来这世上，还有这么多人各有不幸。在和命运抗争的，不止他一个人。一次次参加比赛，看到别人力量偾张，一样不服输的神情，夏伯渝也曾一次次被激励，更让他得以挨过离梦想还太远的岁月。

"如果没有残运会20年来一直撑着他坚持训练，也许他的梦就不了了之了。"和夏伯渝同在国家残疾人运动队的宋晨涛，20世纪90年代初，由于意外，单腿截肢。同样蹚过"这辈子完了"的黯然，他也被残运会众多队友不服输的精神所震动。"每一个走上赛场的人，都想证明自己——我一样能做到，能达成梦想。并且，不希望被别人怜悯。"每天运动结束，休息室里，一个个他们脱下假肢，血水混着汗水弥漫……"个中滋味只有自己清楚，但也见怪不怪了。"

这个极特殊群体中，每个人都在克服自己的困难。而宋晨涛眼里，当时四十几岁的老大哥夏伯渝尤为特殊。"大家都比常人付出更多，他却比我们还要自律。"哪怕冰天雪地，队友们都忍不住想偷懒，夏伯渝却永远保持着运动量，甚至一年四季只洗冷水澡，只为保持耐寒能力。更特殊的是，他那"天方夜谭"般的梦想。当队友们卸下假肢，闲谈起未来，夏伯渝时常是简单的一句："我的梦想很简单。从哪儿跌倒，就要从哪儿爬起来。"

听到这简单又不简单的梦，宋晨涛等队友也就左耳进、右耳出，压根没人当真，甚至当作痴心妄想。90年代可怜的假肢技术，运动一发力，假肢都常掉下来，残腿更是磨得伤痕累累。想再登山，甚至是珠峰，怎么可能？

漫长岁月，没有人相信他的梦，夏伯渝也不多提。在没有充分信心之前，说再多有什么用呢？在宋晨涛印象里，他始终话不太多，每天上班、下班、来队里，全神贯注训练，"就像一个人活在自己的状态里"。

雷打不动的状态，仅有两回因病中断。长年高强度运动，假肢把腿磨得反复受创，1993年他不得不二次截肢，又失去近1/3小腿。本以为病魔会就此罢休，3年后，却迎来一个更可怕的宣判：伤口长期不愈合的他，竟患上淋巴癌，还是中晚期……握着诊断书，夏伯渝再一次五雷轰顶："我不怕死，只是觉得特别惋惜，自己几十年来的努力都白费了……"

那是他人生又一段低谷，每一次放疗，仿佛上百根钢针扎进骨头里，疼痛往骨缝里钻。一个疗程下来，他就瘦了10斤，头发大把大把掉，全身都快散架了。最灰心时，爱人给他打气："为了重新登山，你都奋斗了那么多年，克服了那么多困难，怎么能就这样倒下？"

"其实那时，家人也不信我能再登珠峰，只是希望这事能成为我战胜疾病的精神支柱。"一如20年前刚截肢时，珠峰再次成了振作的力量。哪怕放疗全身无力，他又开始铁人般训练；眼看病友哭哭啼啼，怕影响情绪，就赶紧搬出去，不惜每天骑车十几公里往返医院，坚信着"活着一天就要奋斗一天"。

历经4次大手术，他的癌症竟再没有继续恶化。夏伯渝心里明白："我能活到现在，就因为一直坚持着，想要再登一次珠峰。要不然，我那时就垮了。"

◎ 33年后的重逢

病魔没让他停止训练，但宋晨涛渐渐感觉这位老大哥在残运会没以前那么拼了，举哑铃等项目开始减量。"感觉他是在保留实力，怕造成运动损伤，毕竟他心里还有更重要的事。"

年过50岁，和年轻人比赛越来越没优势。夏伯渝的确对残运会渐生退意，珠峰梦开始紧迫起来。尤其2006年，当新西兰人英格里斯成为世界首位双腿截肢登顶珠峰者，他少有地兴奋，特地拿报纸给宋晨涛等老友看，握报纸的手都有些抖了。"那你也去登呗。"朋友们开玩笑怂恿，夏伯渝却一脸认真地叹气："这事光靠自己怎么行？需要团队协作，至少好几十万啊。"在中国民间还远离登山的年代，编制在中国登山协会（简称"中登协"）的夏伯渝，曾一直指望组织支持，毕竟当年自己是执行任务而负伤。

然而一封封申请信寄出去，全都石沉大海。单位同事都知道他还想登珠峰，但也没人当真。直到2003年，一位领导终于善意提醒："要指望单位支持你登珠峰，肯定不可能。你得自己想办法。"一语惊醒梦中人，傻等的夏伯渝，这才恍然大悟。晃眼28年，时代巨变，登珠峰早不再是国家任务，只是他自己的事了……

也是在2003年，企业家王石等民间爱好者登上珠峰，通过央视直播，一时开启了珠峰民间热。政治色彩褪去，登山在中国正转向个人追求。然而，个人想登珠峰，商业登山公司报价至少30万，他一月工资却才3000元；也曾学着上网发帖，寻求帮助，在登山还很小众的21世纪初，网上也没几个人理睬。

心一横，夏伯渝决定卖房凑钱，搬到岳父家38平方米的小房去。那是妻子想留给儿子的婚房，刚读大学的儿子既没想法，也没意见，却见识到父亲的倔强——还没等妈妈同意，他已经把房子卖了。"现在回想，真是卖早了。但我那时不想别的，就这一个目标，哪怕只能靠自己。"

他不惜豁出老本，却还是受制于假肢技术。2005年，宋晨涛到假肢研发公司工作，夏伯渝成了常客。一有新产品，他总来试穿。从木头到钛合金、碳纤维……一年年，换上越来越好的假肢，感觉比以前走得更有劲些，就是他最开心的事，感觉离目标又近一步。

就这样翻过尘世重重大山，一步步再走到珠峰面前时，已是2008年。新时代需要下，珠峰成了北京奥运会火炬传递的一站。夏伯渝好不容易争取到一个做志愿者的机会，终于回来了。

一到大本营，他简直比第一次登珠峰还激动，第一件事就是换上特制假肢，去登附近山头。碎石遍布的小山，深一脚浅一脚，走一步滑半步。迫不及待之下，他索性丢开登山杖，就是徒步爬，他也要爬上去。

终于站在小山顶，珠峰更近了。峰顶还是那一抹旗帜般招展的旗云，夏伯渝仰头望了很久，恍如隔世。山还是那座山，山下的青年人却已两鬓斑白，两腿空空，一别33年。"珠峰，我又回来了。你还认得我吗？一晃快60岁，可我还有信心，一定会再来的。"

"是2008年从珠峰回来，他才第一次明确告诉我，要再登珠峰。"听到这个"天方夜谭"，夏登平却没有意外。儿时连环画播下的种子，父亲40年如一日的训练，让他一直觉得这是必然的事。

可随着父亲开始走向青海玉珠峰、新疆慕士塔格峰，试图检验假肢登山的可行性，毕业从事IT工作的夏登平，才渐渐意识到这事究竟有多难。没有踝关节和小腿，面对不同坡度，夏伯渝必须不断调节假肢着地角度，甚至调动大腿、腰部力量才能控制平衡，体能消耗超出常人至少1/3。更危险的是，假肢无法感知踩到什么，摔倒成了家常

2009年夏伯渝前往玉珠峰，开始检验假肢登山的可能性

便饭……

夏登平一直记得，父亲从海拔7546米的慕士塔格峰归来，是被空姐用轮椅推出机场的。六十几岁老人抱着假肢，整个人累瘫了。背着两腿红肿的父亲，他心里格外不是滋味。看到登山视频，被石头绊倒的父亲，一次次艰难地双膝跪地，手脚并用站起来，调好假肢继续前行……作为家人，怎能不跟着揪心？"妈妈怕出事，其实一直不太支持。"夏登平能做的，只能是一边开导老妈，一边提心吊胆鼓励老爸。"对于我爸，这是梦想，也是一辈子心结，不想他有遗憾。"

追梦的路，却曲折得远超想象。2014年珠峰冰崩，2015年尼泊尔大地震……一年接一年受挫，夏伯渝有些急了："有时真觉得老天爷对我太不公平，为什么每一次都各种不顺？"年过60岁，他的体力在无可挽回地下降，这个梦万万不能再等。抱着这个今生唯一愿望，2016年春，夏伯渝不依不饶又去了。连续两年，穿过两次百年不遇的灾难，这一回该顺利了吧？

"我经常梦见登顶珠峰的情景，现在就保佑，一路风调雨顺。"憧憬着登顶，夏伯渝凑近桌子，压低声音像说一个秘密："我有一种预感，今年一定会成功的。"说这话时，笑得发亮的眼睛，是2016年出发前，我第一次采访夏伯渝时最难忘的情景。67岁已退休的他，此时不再默默无闻，已是正兴起的中国户外圈推崇的前辈，一支视频团队甚至将全程直播他的攀登。

一个多月后，在直播视频再次看见这位老人，却是无限唏嘘。一袭红色羽绒服的他，一脸黝黑憔悴，颤巍巍被扶出返回大本营的直升机，神色就像霜打的茄子。对着镜头，他努力挤着微笑："前天我们登到8750米，赶上大风，什么也看不见……"话没说完，却再也止不住泪流满面。

◎ 翻过遗憾的大山

2016年的珠峰攀登，对于他，长得仿佛走过大半生的路。终于克服万难，接近海拔8750米，却是乌云压顶，骤起狂风吹得人无法站立。顶峰近在咫尺，是上，是下？是继续，还是就此放弃这为之拼搏一辈子的梦？

"当时如果是一个人，我说不定会不顾一切去冲击顶峰的。"可是一回头，茫茫天地，跟随他的5个夏尔巴向导都在眼巴巴看着他。他们也有家庭，一定也有各自的梦想。万一连累这5个年轻的生命，他就算实现了自己的梦，余生也会不安的。

绝命海拔，理智与冲动，反复交战之下，夏伯渝终于狠狠心转了身。"下撤吧……"这一次，离他心系一生的珠峰之巅，只差不到100米。"下撤路上，就感觉心里一杆大旗倒了……"支柱没了，他成了泄了气的皮球。营地灯光就在眼前晃动，却越走越远，怎么走也走不到头。穿上假肢40余年，这是他最累也最难受的一天。

"一生中留有一点遗憾，未必不是好事。"重返人间，再打开手机，面对潮水般的问候，他在朋友圈里试着自我安慰。一直悬着一颗心的老伴，则在电话那头一遍遍叮嘱："安全回来就好，我们等你回家。"

无腿能登到8750米已是奇迹，但社会只以成败论英雄。"对于自己的评价，如果说是一个失败者，你能接受吗？"回到北京，出席央视节目，一位年轻观众不客气地提问。举着的小黑板上，写着3个扎眼的词："失败、放弃、平凡"。才下山的夏伯渝站得笔直，抿紧嘴唇，努力保持微笑："我不接受。失败是你没有能力达到你的目的，自己高估了自己。我没登上去，主要是因为天气问题……"他不接受失败的评价，却也前所未有地失落。紧接着大病袭来，他又重新坐回轮椅。仿佛一下老了，他不止一次和儿子感叹："以后再也不登了，我太累了……"

可停下来要做什么呢？环顾老同事、老同学，大多在带孙子、搓麻将、安度晚年……那不是他想要的人生，珠峰虽让他一再憾恨，但至少活得带劲……"以后还会再去登珠峰吗？"一年后的夏天，青海柴达木盆地，面对记者追问，重新站起来的夏伯渝没有否定，也没有肯定，搓着手依然笑呵呵的："再看机会吧。"

医生劝诫半年不能下地，他却只卧床65天，又开始咬牙训练，此刻更走在了徒步戈壁的路上。亲友以为他是换了新目标，却不知珠峰依然在他心头，死灰又复燃了。"无论能否实现，人生一定要有个目标。只是医生的话，我不全信，也不能不信。"他只能默默通过训练、徒步等方式，一点点尝试。对身体恢复自信之前，他守着所有人以为结束的梦，像守着一个人的秘密。

"远远看着他，有种很特别的孤独感，尽管他身边一直很热闹。"同行摄影师卢华杰早听说过这位老人，但没想到会参与他的新攀登，成为全程高山摄像。亲眼看到这一双假肢走向天地，不能不内心震动。但令卢华杰印象更深的是，当一拨拨人围向夏伯渝、寒暄、夸赞、合影又转身离去，他在灿烂笑容与独自沉默之间的瞬间切换。上一秒，还是让人融化的笑容，目光闪亮。人一走，眼神迅速转暗，他又一脸平静，陷回一个人的状态里。"身边虽人来人往，却感觉他一直活在自己的世界里，一心只想着一件事。"

2016年,第四次攀登珠峰中的夏伯渝

几个月后,听闻夏伯渝将再登珠峰,卢华杰没有意外,并欣然接受了拍摄邀请。戈壁初见,已让他预感到,这位老人必然再去那个"一心要去的地方"。尼泊尔再重逢,已是2018年春。这一次,夏伯渝身后,有了新的纪录片拍摄团队。团队负责人柯庆峰主动找上门,帮他搞定了所有登山赞助,并成了未来合作伙伴。但相比未可知的收益回报,柯庆峰觉得自己的出发点是:"他身上有唯一性,这大概是我这辈子唯一想拍的人。"

万事俱备,新的攀登却差点夭折。当禁令传来,尼泊尔政府将从此禁止双侧截肢者、完全失明者登珠峰……"老天对我怎么就这么不公平!"夏伯渝忍不住仰天长叹,已经熬到69岁,再耽误,他恐怕真没有力气了。

相识多年,柯庆峰第一次看到他如此沮丧。但即便如此,去外地参加活动,在酒店房间里,他还不忘做俯卧撑,仿佛坚持训练,一切就有希望。万幸,一场国外残障人士

发起的人权官司最终推翻禁令。直等到出发前一个月,他才拿到千盼万盼的登山许可。

"出发时,感觉他就像箭在弦上。"投入拍摄的卢华杰,明显感到老人的迫切。才到尼泊尔,柯庆峰安排他游览城市,拍个时下最流行的抖音,和网友互动一下。凡事不拒绝的他却少有地不配合,就想赶紧直奔珠峰大本营。

一心登珠峰,但夏伯渝也偶尔流露过身后的牵挂。出征前夜,他一遍遍和柯庆峰交代着,要把山上每一天的情况转达给远在北京的老伴,说着说着,忽然眼睛红了。他脖子上一直贴身系着一个银葫芦,那是老伴特地去庙里求的,里头写着"平安归来"。他深深知道,这么多年,儿子和老伴一直是提心吊胆支持着他。每一次出发,他都会把银行卡密码、各种保险悄悄写给老伴。尤其今年她还做了脊椎手术,眼看老伴一遍遍叹气,他心里也堵得慌,只能转身交代已成家的儿子,一定常回家看看。"为了理想,我顾不得其他了。"

◎ 一梦 43 年

"从出发到登顶的6天里,他竟然没有回过一次头。"负责全程拍摄的卢华杰,一路紧跟身后。一抬头,就是那一双钛合金假肢,眼前晃动。没回过头的夏伯渝,除了一心只想向上,更因为注意力全在脚下。假肢感觉不出踩到什么,又没有小腿、踝关节保持平衡,他务必双眼紧盯地面情况。每一步,先用登山杖戳,确保脚下不晃,才敢迈出下一步。沿途各国登山者,遇见这一位无腿老人,或竖大拇指,或上前合影,由衷祝福着"Good Luck(祝你好运)",因为深知,这位无腿老人要面对的是更难百倍的路。

一路激励着别人,夏伯渝自己感受最多的,却是恐惧,尤其是顶着风雪,抵达海拔7300米的3号营地,发现残腿竟磨出一个指头大的血泡,"这下糟了……"那是卢华杰唯一一次看到夏伯渝眼里闪过惊惶。因为血栓,他一直在吃抗凝血的药。医生一再告诫,绝不能出现伤口,否则流血不止。在高海拔之上,这会是要命的事。

勇往直前的攀登者,那一晚,在卢华杰眼里,忽然回归成了一个寻常老人家。他紧皱眉头,反复叨叨着:"这可怎么办?"可一大早,用绷带缠住残腿,他又赶忙上路了。哪怕那一天,顾忌血泡而压低了速度,直爬到深夜11点,还在陡峭冰壁上挣扎,夏伯渝也没回过一次头。高寒、缺氧,扛着摄影器材在身后的卢华杰,极度疲惫之下,脑海不禁一次次闪过放弃的念头。可一抬头,黑暗中,那一个从不回头的背影,那一双银亮假肢,一下下死磕向冰面,也一下下震动在他心里……

"加油,就差最后10米了……"那一天的世界之巅,因为这位无腿老人的到来,曾罕有地响起掌声。争分夺秒上下山的人们,不约而同让出唯一的路绳,空出一条窄窄通道,为一步步走来的夏伯渝鼓劲。

"那是全程拍摄中,最好的一个画面。"身后跟拍的卢华杰,心头翻涌起感动:"这大概就是一个登山者能获得的最高礼遇了。"多年来,夏伯渝曾无数次梦见过登顶情景。以为自己会无比兴奋,会恨不得向世界呐喊:"看呐,我终于登上来了!"可当最高的峰顶真在眼前,群山都在脚下,他心里却意外地平静。仿佛一步步走向一个命定的地方,"我早就该上来了……"

"今天是19……2018年5月14日8点31分,我终于站在了我梦想41年的珠峰8848米的顶峰……"*这么多年,虽无数次设想过他的"宣言",可真抵达珠峰之巅,对着卫星

---

* 珠穆朗玛峰有两种高度:2005年中国国家测绘局测量的岩面高度(裸高)为8844.43米;登山者通常将加上雪盖高度的总高——8848米视作珠峰的高度。本书中提到珠峰高度时,均采用登山界通用的8848米的说法。

电话,他一张口,差点说成一九几几年,43年也错说成41年。恍惚间,仿佛他还跋涉在1975年人生第一次攀登。只是通往峰顶的路,一走竟是一生。脚下生风的青年,已是两鬓斑白的无腿老人,在电话里听到老伴声音,这才忍不住失声哽咽……

"你上去了吗,老夏?"

"我上来了,上来了!"

"祝贺你啊!一定要小心,一定要平安回来,一定要平安到大本营。"老伴连说着3个"一定",她的老夏坐在珠峰之巅,面对这人生一梦,终于哭得像个孩子:"43年啊,太不容易……"

山下顿时沸腾,苦等多日的夏登平和大本营团队,敲着铁锅,欢呼庆祝。无数人在当日《新闻联播》及刷屏的信息中,赞叹着这位不可思议的无腿老人。山上的他,要独自面对的,却是更严酷的下山。

梦了一生的峰顶,仅停留不到10分钟,暴风雪就来了。一直被人们包围着合影的夏伯渝,甚至没来得及拍一张单人照片——他曾幻想过无数次的动作——要把国旗举在胸前,要脚踩在世界之巅,把登山杖指向蓝天……结果,还没回过神来,没能仔细端详世界之巅一眼,天地转瞬白茫茫一片。被珠峰短暂接纳之后,他被催促着踏上生死未卜的归程。

珠峰顶的泪水

"有几次,我担心可能下不去了……"登顶那天,上下超过24小时的跋涉,撤回7900米的4号营地,他的小腿已磨得充血肿胀,再无法固定在接受腔内。第二天,残腿只能悬空在假肢里,每走一步,都像上下移动的活塞。走不动,迈不动,甚至不敢踩,怕一发力,假肢会掉……

而最怕的事差点发生。继续下撤的路,他一个踉跄,踩到冰缝里,整条腿陷进去。"当时魂都要吓掉了",赶忙找衣服,裹住假肢连接处,生怕它松了,一下也不敢动。直等到夏尔巴向导努力把冰缝弄大,用手抓住假肢,一起拔出来,他还心有余悸:"万一掉了,那我就全完了……"

穿过43年最凶险的路,意味着安全的2号营地灯光,终于在眼前闪烁。向导说10分钟能走到的路,他却整整走了3小时。"真是一步也走不动了,只能一步步挪着……但还是坚持到了最后。"

"感觉爸爸一下老了十岁。"目送着父亲背影上路,几天后,夏登平再看见父亲时,恍如隔世。老人远远坐在大本营一块石头上,一张脸黝黑浮肿,多处冻伤,一双残腿红肿哆嗦着,像刚穿过炼狱,疲惫又失神。直到夏登平坐到身边,喊了声"爸",他才一下惊醒般:"呀,你怎么来了?"

拼尽一生,终于圆梦,父亲却比想象得更平静。被儿子背上返程飞机,夏伯渝久久凝视着窗外曾见证他一次次前来、盼念、遗憾、最终圆满的大本营,长舒了一口气:"一切终于结束了。"

◎ 上山下山

"相比登顶,那些挫折更让我难忘。"再回忆起一路追求,这位老人不再愤懑"老天怎么这么不公平",反而充满感恩。恢复红润的笑脸上,多了两块冻伤疤痕,那是珠峰留下的"勋章"。他依然和蔼得像个邻家大爷,下山的生活,却可谓翻天覆地。

"一离开珠峰,就觉得不太对头。"加德满都机场,蜂拥而至的各国记者,隔着车窗狂闪的镜头,一度让夏伯渝受宠若惊:"我就一个小老百姓,一心要实现自己的梦,真没想到会这么大反响。"

社会只懂以登顶论成败。相比2016年的黯然归来,这一次下山,简直热闹非凡。才回京住进医院,央视记者就来追第一手资料。当天下午,另一节目组又把他从病床上直接请去了拍摄现场……住院一个月,一天没消停过。柯庆峰怕老人休息不好,想挡掉一些媒体,夏伯渝却再累也强打精神:"还是尽量配合记者任务吧,大家都不容易。"

"知名度是变大了,但他还是老样子,特别没架子。"出院后,来邀请他出席活动的,不仅是户外圈,已覆盖社会各领域,尤其经济领域。大众依然不懂登山,但终于看到了抵达珠峰顶的这个特殊身影。想让老人出行方便点,柯庆峰好几次想叫个专车接送,夏伯渝却常常蹬着自行车,背个小双肩包,自个儿一溜烟骑来了。他丝毫没觉得自己"掉价",一脸笑嘻嘻,习惯性搓着手:"见再多大人物,我也就是一小老百姓。"

走下冰雪高山,重回五光十色的人间,人没变,心境却很难不变。"下山这半年,我到现在就没静下来过……"当我们山下重逢,他眼里是圆梦欣慰,也不止一次仰脸叹气。这让我想起,2016年珠峰下山,只差94米登顶的他,一个人困在家中轮椅上时那刻骨的静,望着窗外,怔怔地,就盼着能再站起来。

如今,曾充满渴望的状态相对松弛下来。红光满面,脸庞圆润几分,竟足足胖了6公斤,拍着微隆的小肚子,他警惕着自己也该减肥了。尽管现在的自己,比过往43年都忙,简直成了空中飞人:正短暂停留上海,参加一个旅游媒体年度颁奖,第二天又要飞去内蒙古,第三天还有一个河北山友聚会等着他……持续43年,日复一日的训练已很久没时间继续。登顶时,瞬间涌起的愧对家人、想下山好好弥补的想法,也至今没能兑现。好几次为了接待媒体,只能让老伴自己去医院看病,眼看她习惯性叹气,他心里像刀割一样,却是"人在江湖,身不由己"。

"他自己也闲不住。"陪同活动的柯庆峰,眼看老人忙成陀螺,但大部分只是私人友情活动。"来者不拒,是他的优点也是弱点。朋友各种邀请,有钱没钱的,他总是不好意思回绝。"

又一场活动晚宴上,才举起筷子,又一拨拨人热情上前,向夏伯渝表达着各种钦佩与感动。无论索要微信还是合影,他从不拒绝;无论对方是市长、会长、董事长还是不知来路的"小年轻",对谁都是闪闪亮的笑脸。

"他们刚才在说什么?"人声嘈杂中,一起用餐的我忍不住问。他凑近耳畔,悄声说:"其实我也没听见……"被推到聚光灯下,他常会想起40多年前,那个在医院住了3年的年轻人,被世界遗忘、被命运遗弃的无望。病友、护士们的一个笑容、一份鼓励,甚至一个苹果的分享,都会让他感到温暖。那时万万想不到,自己有一天会成了全民励志榜样。面对着一张张陌生笑脸,一时不知说什么,他能做的就是努力保持笑容。对此,柯庆峰说他像中国版"阿甘"。

只是,人群一走,他又转瞬有些失神,仿佛喧哗中最孤独的人,"一个人一心想着一件事"。

过去,这件事,一直是"登珠峰"。现在,似乎是"我接下来该做什么呢?"习惯了43年如一日地奋斗,他迫切想要找到人生新目标,能让自己继续全身心投入。

柯庆峰给他出过各种方案:拍电影、成立梦想基金,或是带着老伴全国自驾游。目前暂时决定的是,接下来着手成立"夏伯渝梦想基金",并开始"7+2"计划:去登顶全球七大洲最高峰,并徒步穿越南北极。他喜欢有挑战性的事,就像登珠峰那样,虽然苦,但至少活得有目标。只是,这世上,还会有能让他如此奋不顾身的事吗?

"我现在觉得,上天让我直到69岁才登上珠峰,未尝不是好事。"觥筹交错间,他越来越理解命中的坎坷,不仅成就了更有故事的人生,更让他度过一心一意的43年。掐指算着日程排满的各地活动,夏伯渝倍为怀念曾经一个人埋头训练的清静,更盼着早点忙完回家。毕竟,下山多陪陪家人,才是他在珠峰顶涌起的最大感触。

远在北京的夏登平,又许久没见到父亲了。今年刚做爸爸的他,再回想童年,最难忘的是,每个清晨,睡梦中依稀听见自行车清脆铃声,那是父亲又从香山锻炼回来了。

已许久没去香山锻炼的夏伯渝,又一次从热闹晚宴中提前起身,悄然走回一个人

迈进70岁,这位无腿老人还想去登新的"珠峰"

的房间,想着明天尽量起个大早,好歹找个地方锻炼。但愿酒店花园里,也听得见香山般的鸟鸣。清晨鸟鸣中,这位无腿老人拾级而上,迈进70岁,还想去登新的"珠峰"。

人生如登山

第一次见到夏伯渝,他正参加老同学聚会。一群白发老人里,大步流星走来一个他。比常人更矫健,比同辈更年轻,神采奕奕,话里心里都是珠峰,仿佛岁月静止,仿佛他还是当年那个摩拳擦掌准备出征的青年。

几个月后,他从只差94米登顶的珠峰归来,我带着一本《人生如登山》去探望。门一开,眼前意外落差,却让我差点落泪。走下8848米珠峰,他回归到1.21米高度,双膝套着拖鞋,在38平方米小家里,跪着走来走去,就盼着能早日再站起来……伤痛中卸下假肢,褪去光环,这才是他40余年来一直在攀登的人生之山。

见证他一路攀登的,还有墙上悬挂的3幅老照片:青海厂房,飞腿倒钩着足球的青年;珠峰脚下,即将出征的登山队员;穿着假肢,昂首走在雪山上的无腿老人……

晃眼40多年,健儿不幸伤残,青丝成了白发,一生心系珠峰,却是一次次抱憾下山。

照片下,耷拉着残腿,又困在轮椅的他,回忆起顶峰前的下撤,眼里泛着泪光。珠峰下山,横亘眼前的,是病痛、憾恨等一座座更难的山。

但那时没想到,当所有人都不抱希望,轮椅上的他自己却没有放弃。翻过下撤遗憾、新的病痛,犹如翻过上天布设的又一座座高山。

2018年第五次死磕下,终于登顶珠峰,圆了这个不可能的梦。

《老人与海》里那个在大海中搏斗的老人,仿佛真的存在。世界最高峰上,他用自己无腿的脚步,真实演绎了什么是"人可以被毁灭,但不能被打败"。

珠峰登顶这个奇迹,把他推到了更大的聚光灯下。但相比登顶珠峰,让他的人生更具高度的,其实是那些千回百转的挫折与黯然。

当许多人仰慕着山顶荣光,我更感触的,还是山下他曾翻过的一座又一座山。

路尽是路,山外是山。

相比上山,更难的是下山。

走下高山,还有更难穿越的命运与红尘。

哪怕实现毕生心愿,翻过世间最高的山,并不意味着最终圆满。

年届70岁的老人,迎向新的迷茫,正渴望走向新的高山。

只因人生如登山,也因为心里有那一座山,无论身处巅峰或低谷,我们才会一直往高处看。

2016年珠峰攀登，是让夏伯渝最扼腕叹息的一次

本篇供图：曹晟康、缪 瞳

曹晟康

盲旅十年，
从自杀开始到走遍世界

当闭上双眼，黑暗中，你能走出几步？

8岁车祸，一生失明。一个盲人，一个背包，一根盲杖，迈出了旅行第一步时，只会"Yes、No、Ok"3个单词，10年间，足迹已遍及中国，及六大洲近40国……一个看不见世界的人，为什么要在路上？漆黑路上，又究竟闯过多少难关？面对这个不可思议的盲旅人，我最惊讶的是，他的旅行从自杀开始，甚至穿过比黑暗更黑的成长。

其实，世界并非想象的美好。或许正是重重苦难，锤炼出一颗顽强的心，才敢于去走常人不敢走的路。但，人生可以比想象的更加美好。当世界被装进行囊，黑暗中的人，自己也可以是一束光。

他看不见你，但现在，你在看见他。

◎ 不能承受的命运

翻过海拔5231米的唐古拉山口，就是西藏。狂风吹动经幡，吹进抛锚中的汽车，煎熬着一个正头疼欲裂的男子。高原反应剧烈，一副墨镜遮住所有情绪，一根盲杖却暗示着他不寻常的身份。

那是2008年夏天，曹晟康踏上人生第一次旅行，心里却当作最后一次，因为他是来自杀的。

这不是他第一次想结束生命——从童年那一场车祸开始。一路走来，数十年黑暗。最后看得清的记忆，远在80年代的淮北农村，记不清颜色的田野，一辆疯狂的拖拉机，犹如利箭射过来，裹挟住放学路上的小男孩，猛冲向了玉米地……瞬息之间，才8岁的他险成车下亡魂，眼睛鼻子汩汩流着鲜血……"这娃没救了"，被抬起来时，母亲当场昏厥。黑暗轰鸣而下，他最后听到一声嘶喊："走，送医院，不能死在这里。"

脑震荡、粉碎性骨折、视网膜脱落……心跳都一度停止之下，母亲跪求着医生，终于捡回他半条小命。代价却是一级视力残疾，只辨得出一点人影，并一年年恶化，直至彻底失明。彼时尚天真的孩子，却还傻傻发问："妈，天为啥一直不亮？我还要去上学啊。"回答他的，是沉默，是压抑抽泣。小孩似懂非懂：天难道永远不会亮了？可他还梦想有天要上清华北大呢。

带着最后一丝希望，半年才下地的曹晟康，曾重回过校园。但即便坐在最前排，眼贴着纸，也看不见斗大一个字。一周后，他就辍学了，才小学三年级。

命运折断翅膀，把一个孩子一下压进黑洞。更黑的，却是人心的暗。忽然之间，他就成了村里小孩欺负的对象。冷不丁，就被推搡被拉扯；时不时，一口唾沫吐到脸上；追上前，没几步被绊倒，重重摔在地上。更重伤他的，是孩童魔鬼般的哄堂大笑："看，这是个瞎子……"

一次被打到忍无可忍还手，霸凌者寻上门来，父亲二话不说，竟劈头一棍喝来。才10岁的孩子，只觉得脑袋一热，鲜血比眼泪更快，顺头淌了下来。无知的小孩，无边地无助。不知自己究竟做错了什么，要被人百般欺侮？连亲人也渐嫌累赘，责怪一切都是他自己的错……

缺爱的成长，让失明雪上加霜。十来岁，他就被折磨得像只困兽，满心幽愤时，恨不得杀了欺负他的人，甚至杀了自己。一度跳到河里，本能求生欲却拉住他，扑腾扑腾爬上了岸。无路可去的岸上，无处发泄，只能一拳拳砸在树上、石头上，直砸得满手是伤。只能趁夜深人静，一个人在旷野，声嘶力竭呼喊。无助哭声，却无力穿透黑暗，甚至穿不透小小村庄。

终于逃也似离开村庄，是在14岁那年。那是他第一次离家出走，一个少年盲人，跟他唯一的朋友——收音机。无边幽暗里，巴掌大的黑匣子，传来的歌声《我是一只小小鸟》，温暖过被折翅的生命；评书《七侠五义》里，游侠们绝处逢生的成长，让他隐隐向往长大后，也会有仗剑天涯的人生。

村里人却无不奚落，"这以后就是个没用的人。"尤其弟弟出生，父母说："你将来只能靠弟弟养。"这些话，像一根根尖针扎在他心上。人生还没开始，就被所有人划去了可能？一辈子做个没用的人，这是更让他恐惧的深渊。待在家永远不会有希望，必须走出去。从安徽到山东，一个14岁盲人，揣着仅有的2块钱，蹭火车、被踢打，也挡不住去远方的渴望。那时他的远方，是90年代初正全国掀起热潮的一位残疾人模范。

收音机里听到的励志偶像，像黑暗里一道光、一根救命稻草——这世上竟有人和他一样，挣扎着，活着。太孤独的他，太渴望同类。跌跌撞撞寻去，捡垃圾充饥，两三天才摸到模范家门口。激动到口吃，话还没说完，开门大爷却是一句万分嫌恶的"滚"！

一个字，几乎摧毁一个少年的希望。光亮熄灭，他摔倒在看不清的异乡，泪水和雨水交织在脸上。村子外的世界，原来一样残酷。并没有谁，能给予引领与拯救。

"有本事你永远别回来！"无望之下回乡，父亲的呵斥，村邻的讥讽，又一次次把他逼出门。14岁到18岁，近30次离家出走，睡过天桥、公园、车站，进过收容所，做过黑砖工，遭过抢劫、殴打，被人用刀抵在腰上……叛逆、残酷、动荡、炎凉，黑暗中的青春千疮百孔。人生的盲井，怎么走，都是四面壁，两眼黑。支撑他一次次逃离的，是死也不能做"没用的人"。

命如野草般挣扎到19岁，曹晟康在合肥学会推拿，这才有了一技之长。接过第一份工资，600元，就让他一辈子不曾有地兴奋，数钱的手都在颤抖。特地奢侈地买两个小菜庆祝，一个人坐在出租屋里，才举起筷子，热泪先滚了下来。能养活自己了，他终于是个"有用的人"了。

◎ 希望复绝望

对命运的不肯服输，让他得以独立谋生。可人们越说"知足吧，做推拿就是盲人最好的命"，不服输的曹晟康，越不信命。尤其2001年夏，收音机里爆发欢呼，北京申奥成功。全国狂欢之际，一个盲人也忍不住热血沸腾。他想去学体育，去参加残奥会，证明自己还能做更有用的人。

为了这个梦，曹晟康又成了最初离家的少年。千里摸去北京体育大学，这一次很幸运，没被轰出来。被打动的亚锦赛冠军许斌，免费收了这个特殊的徒弟。那是一段脚下生风的日子，一边北漂打工，一边6点早起赶去训练。虽然累到等公交都能睡着，却异常充实。每当奔跑在校园，耳边的风声、学生的嬉笑声，童年无辜痛失的梦又冒出头来。他一直渴望上大学，没想到还能以这种方式接近。只是没有人会知道，一个盲人需要绕多么远的路。

希望在滋长。多年打拼，在北京，他有了自己的按摩店。广东残运会，曹晟康更是一路飞奔，夺得200米短跑铜牌。新的黑暗，也潜伏而来。2007年，正要入选国家队时，他肋骨摔断；高强度训练下，残存的最后一点视力消失；2008年环球股灾，所有积蓄顷刻赔光；倾家荡产之际，女友也离他而去，甚至引产了已4个月的胎儿……

十年奋斗，转眼成空。拼尽性命，还是坠回黑暗。奥运前的北京，站在天桥上，听着来往车声，想着老家人等看笑话的奚落，他一次次有跳下去的冲动。却想起，朋友说西藏是这世上最美的地方。这一生，自己竟不知道"美"是什么样……揣着最后一点钱，曹晟康说走就走。死之前，他想好歹去"看看"最美的地方。至于路上有没有危险，死都不怕了，还怕什么呢？

第一站青海。当他敲着盲杖，摸到西凉驿客栈，没想到把老板惊呆了。开店多年，第一次碰到盲人千里迢迢来旅行。不但老板免了住宿费，客栈义工更主动要带他去青海湖。陌生人的善意，无意间温暖了一颗斑驳的心。不一样的花草清香扑面，虽然看不见，但耳畔有鸟叫，有热心的人在讲解眼前是蓝色湖水、金黄油菜花……

蓝色、金黄色是什么样的？从小失明的曹晟康，除了黑白，什么颜色都不记得了。只能伸手去摸，蓝色好凉；凑到花前去闻，金黄色好香。这让他想起童年嬉戏的田野，阵阵笑声里，自己也曾像只小鸟，无忧无虑飞奔着，车祸还没发生，还没有人欺负他……置身花海，手指抚摸着花瓣，大自然也在温柔抚慰着人。某一瞬，他忽然不那么想死了。尤其是在挺过欲裂头疼，终于抵达西藏时。当他摔倒在布达拉宫长长的阶梯

2017年夏，曹晟康徒步走在从北京到新疆的漫漫长路

上，听见路过的人赞叹："真了不起，他竟然是一个盲人！"

"了不起"这三个字，像高原阳光，猛撕开重重黑暗。是啊，从一个被瞧不起的没用的人，一路走到这里，连路人都觉得他了不起……好不容易才走到今天，怎能因为赔点钱就放弃？那一天，摸索在布达拉宫脚下，曹晟康再不想死了。

一路前所未有的体验，唤回生的信念，也打开了一个崭新世界。大昭寺前，桑烟弥漫，诵经声、木板敲击声交织耳畔，越是看不见，他脑海里越是幻化出一派虔诚景象。原来这世上除了谋生，还有人在各自追求的路上。这世界远比想象的精彩。回到北京，曹晟康重新做起按摩师，却也再无法安于庸常生活。他还想去旅行。"你一个盲人有什么好去的？"朋友越说不行，他不服输的劲儿越冒上来："看不见就该坐吃等死吗？我偏要证明，盲人也可以有人生追求。"

追求着更精彩世界，2008年开始，曹晟康每年都花两三个月去各省旅行。脚步走得越远，一颗心越想去更远的远方。2011年秋，当收音机里听到翟墨历时两年半的环球航海事迹，仿佛黑暗里闪过又一道光。

抱着最初去找劳模、跑步老师的热忱，他慕名去找翟墨。航海家本是疯狂的人，没想到有人比他还疯。但，就连翟墨也觉得"这不可能"，曹晟康却被这个环球梦点燃了。还有个隐隐情结，是他喜欢大海。第一次去海边，听人说大海是无边的。什么是"无边"？他想象不出来。可面对大海，风声浪声，充盈天地，看不见也犹如被大自然环抱。从小，他就像一只被折断翅膀的鸟。海上乘风破浪，那感觉一定像飞鸟一样。

2011年10月，仅用1个月时间，34岁的曹晟康盘掉按摩店，结束10年"北漂"，背包去海南。干脆利落背后，是几年旅行带来的改变——过去，他一直活在他人认同里，拼命赚钱就为证明自己"有用"；现在，他更想去追求自己喜欢的人生，哪怕朋友都觉得他疯了。然而，看不见方向和目标，才学6天帆船，他就把别人的船撞翻了。此路不通，曹晟康的字典里却没有放弃，只有死磕。他转而去学帆板，尽管帆板教练不肯教："盲人没方向感，这不是找死吗？"

没人教，就自己黑暗中摸索着学。一次自学时，一根长长的桅杆掉下来，脑袋一热，他差点晕过去，还死死抓住帆杆。教练追过来大喊："老曹，你不要命了！"这才

向往大海的他，靠着头破血流的执着，学会了帆板冲浪

知道，自己已是满头鲜血。教练被他的执着感动，开始手把手免费教他。只用3个月，曹晟康就站上领奖台，成了第一个获帆板赛"体育精神奖"的盲人。

扬起翅膀般风帆，浪花拍溅身体，在海上，这只折翅的鸟终于又能飞了。但单薄帆板，终究撑不起环球梦。希望渺茫，曹晟康还是心怀向往，环球航海行不通，那走陆地呢？国内旅行，凭着走南闯北的经验，他还可以一路问。但去国外，最大问题是交流，那时他只会"Yes、No、Ok"这三个最简单的单词……说不出、听不懂，更难的是肢体语言都看不见。

可就像年少时的苦苦求生，"不走出去，怎么知道一定不行？"一次偶然，听说有驴友要去东南亚旅行，一心想出国走走的曹晟康赶忙跟上。2012年4月，从云南西双版纳进入老挝，他终于第一次跨出国门。还来不及兴奋，考验就来了。出发才两天，同伴变卦了。"你一个瞎子，迟早会死在国外。吃饭、走路所有事，都离不开人翻译……"曹晟康平日最听不得的字眼，就是"瞎子"。面对嫌弃，他抿紧嘴唇，忍了又忍，终于决定分道扬镳。

"既然出来了，一个人我也会走下去。"努力扬着头，他最后加上一句，"别不信，也许过几年，中国会出一个盲人旅行家的。""瞎子还想当旅行家，你做梦去吧！"顶着针扎般的嘲笑，曹晟康一个人挺直腰板走了。非常骄傲，转过身去，却也非常茫然。那一刻，他甚至不知道自己在哪儿。

黑暗中敲着盲杖，试图搭车，数十辆汽车呼啸而过，没一辆停下来。他却一脚踏空，哗地一下，连人带包摔进两三米深沟。痛得爬不起来那一瞬，他也有些动摇了。"这才走出几步啊？是不是真像他们说的，会一个人死在国外？"

同伴的警告与嘲笑，在脑海盘旋。可下一秒，怯懦就被否定。摸索着找到手机，还好，没摔坏。打开播放器，深沟里，他给自己放了最喜欢的《怒放的生命》："曾经多少次跌倒在路上，曾经多少次折断过翅膀……"歌声里，给自己打气，奋力往上爬，曹晟康用了4小时才抵达下一座老挝城市。他决意继续往前走，却也给国内朋友打去电话，万一真有意外，拜托把剩下一点积蓄留给前妻留下的女儿。

"这点困难就被打倒，还怎么环游世界？"他不甘心放弃，困难却也超出预期。最基本的问路，对方说的听不懂，比划什么也看不到。硬着头皮往前走，只听到"No，No"，最后愣是被人拽住盲杖拐几个弯，才搞清方向。想吃饭住店，往往比划几十遍也无效，时常是饥一顿饱一顿，三更半夜才摸到可落脚的地方……在泰国清迈，他一度现金耗尽。一个小伙拉着他奔波大半天，一辆辆车求情，却没有人愿意搭他去曼谷。曹晟康没急，小伙却一把抱住他痛哭，掏出仅有的20泰铢，用生硬的汉语说着：

"我没有钱，没有钱（帮你买票）……"

那一刻，摔进深沟都不曾掉泪的曹晟康，也忍不住落泪了。异国他乡，素昧平生，有人冷漠，有人奚落，却也有人倾力相助，甚至为帮不上忙而难过……8岁开始，他就习惯了时时活在茫然里。但一路再跌跌撞撞，也相信会有奇迹。而奇迹，来自这一路遇见的善良的心。

◎ 让世界看见我

更意想不到的是，1个月后，当他回国，《新京报》一篇报道，竟引发诸多媒体蜂拥而至。多年黑暗中的行走，一时间，引来众多目光，这是曹晟康最初没想到的。个人爱好的旅行，居然还可以鼓励他人？作为一个曾"没用的人"，这是莫大欣慰。与此同时，原本朦胧的环球梦，也忽然成了一个公开诺言。作为一个不服输的人，他更没理由动摇了。

2013年1月，曹晟康再次出发，去了印度等国。回国攒够下一笔旅费、确保每年给父母的赡养费、女儿的学费生活费之后，又继续前往更遥远的美洲、澳洲、欧洲……通往世界的路，长得看不见尽头。可恰是看不见的成长，让他习惯于把天大的困难分割成黑暗中的一个个小目标：具体到一年，能去几个国家；再具体到一天，能从A城抵达B城；更具体到一小时，能从A点抵达B点……

为了省钱，他经常住最差的旅馆，一天只吃一顿饭。但就这样，一步步，一天天，一年年，黑暗中的环球梦，竟随盲杖敲击，一点点在世界地图上被点亮。每到一处，总有人对这个万里而来的中国盲人发出由衷赞叹。也总有质疑甚至刁难："你一个瞎子看不见，出来干吗？"

诚然，走到哪里都是漆黑一片。可是他听得见：听偶遇旅伴的描述，听不同国度种族的人发出的笑声，幻想眼前的风景与面容；听雄狮、斑马、角马发出的嘶吼，张开双臂，拥抱想象中的非洲大草原……也闻得到：从南亚集市的香料皮革，到南美生长的花果甜香，每一片土地洋溢的气息，在一个盲人心里，勾勒着不同于常人的景象。更触得到：不知道价钱，他就摸对方伸出的一根根指头；看不见建筑，他可以一块块摸石材的纹路；印度节日人潮中，曾有一双双手紧拽住过他的手；法国罗浮宫，他的手更被工作人员放在雕像上去感受……一个个瞬间，他触摸到的，不仅是来自不同世界的温度，也是人与人之间的温度。

而最重要的，或许是一种突破自我的成就感。对于一个被黑暗隔绝的人，每抵达一个新目的地，都犹如越狱——冲出限制，从牢笼中挣出头来，与另一个世界真正相逢。

"我看不见世界，就努力让世界看见我吧。"在路上，这是曹晟康最常挂嘴边的话语。在非洲赞比亚大瀑布，山呼海啸响彻耳畔时，他觉得"与其说去看瀑布，不如说是让瀑布淋湿我，看见我"。在美国华盛顿，面对马丁·路德·金雕像，想起儿时收音机里听到的《我有一个梦想》，这个从淮北农村一步步走来的盲人曾感慨万千，心头默念："我来了，我看不见你，你看见我了吗？"

旅行，成了他与世界一次次对话的方式。但美梦成真背后，也有太多次摔倒。在泰国，他一度高烧到40摄氏度，从床上跌到地上，黑暗中不知向何处求援。在印度，他不慎摔进轨道里，被人拉上来几十秒后，列车呼啸而过。在南美，深夜迷路又被流浪狗撕咬，本能反抗着，担心真死在异乡……而最难走的路，还是一次次不被理解。当困在找不到出口的栏杆时，人群爆发哄笑，他听见有人说："别帮他，叫他一个瞎子出来丢人……"当女儿也在电话里抱怨他瞎折腾，他不禁满腹委屈："尽力赚钱养你长大是责任，但爸爸也是人，哪怕看不见，也有自己的梦，你能懂吗？"

"走再远，也不如好好过日子。"澳大利亚华人劝他不如留下来，中医正骨在国外挺赚钱。曹晟康也曾犹豫，但转念一想："不能停，我的梦还没实现呢。"他还想去更大的世界，想去证明一个盲人也可以走这样远，而非这一生，只是做一个有钱的盲人按摩师。

路越走越远，但曹晟康心里一直有一个不愿去的地方——故乡，尽管心底牵挂的人还在那个村庄。他曾想过，假如能有三天光明，第一天，他就想用来好好看看母亲和女儿，那两个他生命里最重要的女人，究竟是什么模样；第二天，则想用来好好看看大自然，那些拥抱过的山川河流，是否和自己想象的一样……

为了让母亲、女儿生活能好些，每一年，他都尽力给家里寄不少钱，把女儿供到大学，甚至帮父母盖起了楼房，但自己却十余年不曾回去。2009年春节接父母来京过年，年夜饭上，说起往事，父亲忽然抽泣，小声挤出一句："那时候，对不起……""够了，都过去了。"昔日棍棒相向的父亲老了，他也哭了，只是日渐萎缩的右眼已流不出泪来。

曾经，因为父亲、乡邻的看不起，他拼命想变成一个有用有价值的人，想有一天"风风光光回去"。可现在，依然觉得还不是时候。儿时曾受的百般欺侮，始终是心底最深的刺，不愿回，不想碰。直到2015年春，听闻母亲摔伤骨折，曹晟康中断澳大利亚的旅程，这才回到曾拼命逃离的村庄。

"不得了啊，竟然去了国外那么多地方。"亲戚邻里纷纷上门探望，谁都想不到，这个曾被看作没用的瞎子，20年后，会成为村里走得最远的人。

"世界没变，但我变了。"面对大家的态度转变，他不能不感慨，"与其仰仗他人，不如让自己成为一个强者。"而最想见的人，是那些曾欺负他最狠的小伙伴。"以前恨不得杀人，现在心里反而充满感谢。如果没有当年那些羞辱，也许就没有今天的自己。"

成长没有终点，他还渴望成为更强大的自己。2016年秋，当盲杖敲击在非洲最高峰乞力马扎罗山的山路上，朋友们都劝，登雪山对于盲人怎么可能？可越说不可能，他越想去试。哪怕出发前不久，一名中国山友遇难，吓得同伴取消旅程，他一个人也决意前往。

没有同伴翻译，交流更加艰难。每一天，一根根摸向导的指头，才知几点出发。听不懂也看不到提示，既要专注听觉，听向导敲打石头以辨别方向，更要高度警觉，不知前方是悬崖、雪地还是沟坎。漆黑一片的山路，一次次摔倒爬起，一点点用盲杖试探。更苦不堪言的，是前往4700米营地时赶上暴风雪，衣服鞋袜全部湿透。万分渴望一杯热水，却是有口难言，反被向导递来的冷水，搅得吐到虚脱。可当向导想拉着他下山，他却拼命"No，No"。"没人逼你，自己选择的路，就得走完。"

瑟瑟发抖的夜，长得像一个世纪，像他曾挨过的绝望成长。不放弃，天总会亮。当他终于站在海拔5892米的山顶，黑夜刚褪尽，旭日正东升。他看不见光，却感觉要被阳光融化。他看不见山，某一瞬，却仿佛和山融为一体。黑暗中一步步丈量的，何尝不是自己的人生，正是极度崎岖，才极致美丽。

慕士塔格雪山前,他想象着雪山的模样

◎ 自带光芒的旅人

在新疆慕士塔格雪山下,和旅伴回忆起乞力马扎罗山的雪,已是又一年秋。志愿陪他走了5天的旅行者冬冬,自认为见多识广,也还是被震惊了。"他大步流星的样子,没人看得出是盲人。"更看不出的,是这个盲人竟走过这样远的路。

这时的曹晟康,刚徒步完从北京到西安的1100公里路。2017年夏,在新闻里听到"一带一路"峰会,又一个疯狂想法闪过——他想用脚步去丈量丝路;并且说走就走,一根盲杖，30多斤的背包，7月从北京出发，每天25公里向西行进……当40天后，穿过风雨烈阳，抵达第一段终点西安，一路同行的大学生志愿者吴凡万般感慨："如果不是看到曹老师一路那么坚持，我一个人恐怕早放弃了。"

但其实，曹晟康也苦不堪言。这是他第一次尝试长距离徒步，出发没几天就满脚水泡，大腿根都磨破了。一公里一公里坚持，才不觉走出一千多公里路。更让曹晟康无奈的是，第二段前往新疆的旅程，约好的志愿者临时"放鸽子"了。路上的任何意外，他都已习惯。"就像一只鸟，从不会害怕树枝断裂。它相信的不是树枝，而是自己的翅膀。"

并且，他一点儿也不喜欢被可怜。他总觉得，这一路帮助他的人，更多是基于钦佩，是欣赏一个盲人可以走这么远，而发自内心愿意帮他实现梦想。只身飞到新疆，他又遇见了新的旅伴，遇见热闹的塔吉克族婚礼，还有忧郁的塔吉克族姑娘阿依木。不到20岁的小姑娘，就像少年时的他，一样向往着远方。他也一遍遍鼓励她，一定要勇敢走出去，人生会从此不一样。

新疆塔吉克族婚礼上，和当地人共舞

"阿依木挽着他胳膊,眼神里充满崇拜。昏暗屋子里,曹老师好像自带光芒。"但在喀什吃散伙饭时,冬冬也终于感到这个盲人顽强背后的一丝无奈。下一个约好的志愿者,又"放鸽子"。再往前,他又得孤军作战,不知路在何方……

"没人能陪你一辈子,你要适应孤独,甚至黑暗。"春节前的上海,当我见到这个盲旅已十年的旅人,他已在孤独中走完了"一带一路"国内段,下一站欧洲。

从旅馆到地铁,要经过2个红绿灯,1座高高天桥。试着闭上眼,车声喧嚣。最寻常的一段路,黑暗却让我不敢迈步。"所以,谢谢你今天来做我的眼睛。"扶着我的肩,曹晟康背着蓝色大包,一步一敲盲杖,下天桥时不慎踩空一脚。这让我有些不安,不知告别后,他要如何穿过车水马龙,尤其在异国他乡。转念又放下心来,毕竟这是一个在环游世界的盲人,远比我们更强。

地铁口,寒风里,正有个盲人在乞讨。我无意间告诉了他,他却特意摸过去,把硬币郑重放在了对方手心里。在这些弱者身上,他总会看见曾经的自己,如果最初没有拼命逃出绝望,会不会也是一样?

这个春节,曹晟康依然没回家过年。逆流在归乡人潮里,这个没有家的人说着四海为家的经历,四海相逢过的朋友。在即将前往的巴黎,4年前曾遇见的一个法国姑娘,也这样牵着他,穿过人山人海,素昧平生,却坐了2小时地铁,只为把他送到旅馆。旅馆的人说,姑娘很漂亮。遗憾的是,他从不知道这些黑暗中温暖过他、做过他眼睛的人,究竟是何模样。

"我能不能知道,你有多高?"机场告别时,他试探着伸出手,顿了顿,摸向我头顶,却惊讶于我还戴着一顶贝雷帽。

"帽子是什么样子?"

"紫色的。"

"紫色……是什么样子呢?"

当一个走遍千山万水的人,近乎天真地,问出这一个问题,我怔住了。恍惚间,无法回答,只能默默目送他,敲着盲杖,再一次融入茫茫人海,黑暗中,继续行走在颜色都没有的路上,也把自己走成了一束光。

黑暗独行,更要自己发光

曹晟康背包里,带的最多的是创可贴和跌打药。大概永远不会有人知道,这个盲人要成为今天的自己,究竟要吃多少苦,摔多少跤。

可言谈中,他始终笑容灿烂。哪怕回忆起儿时惨痛,也侧扬着头,像一朵向日葵习惯朝向阳光。尽管他的世界没有光亮。

我曾以为,这个盲人一路遇见的都是温暖与慈悲。深入交流,却惊讶于他曾受的百般欺侮。

残酷成长,不仅盲,甚至看不到爱与希望。

所有人说他没用,他用一次次离家出走,摸爬滚打,为自己硬争出一个未来。

所有人要他认命,他却一次次冲破限制,用一段段艰辛旅途,把生命活得五彩斑斓。

茫茫黑暗,无人拯救,是靠着燃烧自己,才穿过比黑暗更黑的绝望。

漫漫人生,无路可寻,是坚持走自己的路,才走出了比常人更灿烂的人生。

我也曾怀疑,盲人看不见,旅行是否在作秀?

可当曹晟康说起大海、雪山上,曾摸到的风如何不一样;谈起奔跑、扬帆、攀岩、徒步路上,涌动的热情……一副墨镜遮住眼睛,一张脸却微微有光。

那光亮,是穿过深深黑暗才会有的,对生命更深的爱。

也正是这份爱,点燃了心中的灯,让一个黑暗中行走的人,看见许多我们看不到的风景,有关声音、气息、触感和人心……

曾有一段时间,我生活陷入低潮,一时看不见未来。这个一生都看不见的人,却时常发来鼓励:"别灰心,就像我每每陷入绝望,总相信一定会遇到奇迹。"

而在曹晟康身上,我发现这奇迹,并非等来的,而在于他一直在往前走——一步步找回尊严和希望,一点点找到自己与使命感。

上帝只救能自救的人,光明不会自动照进黑暗。

走在没有光的世界

当命运折断翅膀，你是否重新长得出翅膀？
当世界熄灭光亮，你是否能自己发光？
目光所及有限，情感体验却可以无限。
这一生能遇见多少奇迹，更在于自己有一颗怎样的心。

情

感

情感

去 远 方，带 上 爱

遇见你，才看到这样美丽的新世界
有了你，才如此勇敢，甚至不惧死亡
路途遥远，生命短暂
最好的爱，是一起在路上

本篇供图：丁一舟

赖 敏、丁一舟

与死神赛跑，
带着绝症女友去走心

当生命进入倒计时，我们是否会惶恐不安？还有多少未能实现的爱与梦想？

一个爱笑女孩，罹患不治之症，几乎走不动路。一个粗犷男子，背起她，说走就走，一辆单车，一架轮椅，从2015年元旦起，在中国大地上走出一个"心"形。这段与死神赛跑的旅程，曾感动无数向往爱情的人。

只是，多少感情，初时美好，最终黯然。走过千山万水，他们还像最初那么好吗？在路上的幸福，究竟是什么模样？什么才是爱的真相？

不太相信爱情的我，在这对"最走心"的旅行情侣身上，试图寻找更真实的答案。病魔残酷，但野草般顽强的这两人，还在相互守护，用一样平凡的生命，摇摇晃晃，成全着爱的不凡……

◎ 从天而降的爱情

距离赖敏还有5000公里，一个人在南疆荒野中梦醒，丁一舟本能摸向空空的身畔。一起在路上睡了2年的枕边人，此刻已在遥远的地方。

早春风雪，正阻隔着他和她之间的半个中国。手机里，女人手捧肚子的笑脸，却让他一刻不想再滞留了。天没亮，就抱起两只大狗，驾上一辆电动三轮车，一头乱发，紧缩脖子，顶风逆行，飞奔向爱人的方向。朝夕相伴2年后，以为会陪她到生命尽头的旅程，被一个意外新生命打断。2个人的旅程，有可能变成3个人吗？

归心似箭，近10级烈风却如巨兽，沿着库车大峡谷直追上来。灰蒙蒙飞沙走石，撕扯着颤颠颠的小三轮，猛一阵狂风横扫，竟吹得车轮离地。眼看就要倒向半米外的悬崖，又生生摔回地面……靠着一辆小三轮，闯过滇藏、川藏、青藏、新藏……他一直以为自己天不怕地不怕了。可被狂风吹到悬空那几秒，这个风尘仆仆的男人，第一次莫名害怕。唯一涌上心头的是：要是我没了，她怎么办？不，现在是"她们"。

这是2017年初春，"她们"正借住在北京一间20余平米的平房。一个"她"在肚里踢了一下，另一个"她"也醒了。止不住幸福满溢，摸向小腹，却摸到肚皮上针眼——那是刚做完基因筛查留下的痕迹。

生还是不生？结果未知，但这对小夫妻早已约定：孩子有病，就不能要。赖敏只能又一遍祈祷：宝贝你一定要健康，千万别像妈妈一样……"就想为小家伙争取一个生的机会，也为自己争取一次做母亲的机会。"半个月前，中央电视台《朗读者》节目，掌声雷动中，丁一舟推着轮椅上的赖敏，背负沉重命运却一路相伴的身影，曾让无数人落泪。

而现在，聚光灯熄灭，他们迎来第一次漫长分离。丁一舟远赴新疆取行李，千里走单骑。赖敏暂居北京，等待最后"宣判"。偶有记者上门，她一手扶墙，一手扶肚子，日渐萎缩的双腿抖动着，一步一挪走向房门。不过四五米距离，怎么就这么漫长？才满30岁，她已经快走不动了，甚至无力打开防盗门门闩……万般无奈，只得打电话给赶来照顾的驴友老菜，快来给记者开门。

"她这个人，不管多难都在笑。"进藏路上相识的老菜，最难忘赖敏的笑容——总是笑得眼睛弯弯，露一口白牙，被丁一舟嘲笑"嘴巴快咧到耳朵根"。可这样灿烂的赖敏，谈到孩子，也让老菜唯一一次看到"再绷不住"的痛哭。

"其实，我一直挺怪我妈，干吗把我生下来。但那时不懂科学，也怪不了她。"

走过漫漫长路,看似比谁都乐观,赖敏却也备感折磨,甚至"宁愿自己是被妈妈流产掉的孩子"……当自己也将成为一个母亲,这个被遗传了"企鹅病"的女儿,矛盾煎熬中,前所未有地想念起母亲。2009年父亲车祸去世那晚,23岁的赖敏去养老院找过她。那时的母亲,已说不出一句话,全身不能动弹,植物人般躺在床上,只有眼泪像珠子一样掉着。

9天后,母亲也永远闭上了眼睛。留给赖敏的,是血脉里流淌的致病基因,发病率十几万分之一的"遗传性小脑性共济失调"。有一天,她也会像妈妈那样,走路像企鹅般摇摇晃晃,逐渐瘫痪,不能自理,生命早早滑向终点……早在初二时,无意间听见爸爸和朋友讲起这个担忧,阴影开始笼罩少女的生命。但她一直是班里笑得最疯的女生,许是天性,许是渐渐明白:"生活就像镜子。你对生活笑了,生活才会还你一个伟大且温暖的笑容。"

背负魔咒,最初的赖敏却和所有女孩一样,心存爱与希望。中学时代,透过三毛的书,她也向往远方。大学毕业,留在南宁工作,一度也像个幸福小女人,就差和大学男友结婚。那是个文艺男青年,热爱诗与远方,推崇《荒野生存》里的自由人生。2012年,当时男友发来一对情侣去西藏旅行的视频,更种下了两人一起浪迹天涯的美梦。

只是,梦刚开始,才21岁的她,腿却开始不自觉抽动,不留神就摔倒。终究没逃过家族遗传,也逃不过男友妈妈的嫌弃。恋人最终转身而去,甚至丢给她几万元信用卡欠款。谈了7年的恋爱,敌不过疾病沉重。那是第一次,赖敏尝到了现实的残酷。病情却在加速恶化,她一次次失控摔在路上,被医生诊断说生命可能30岁结束……心灰意冷之下,她以为这辈子就这样了,不敢再奢望爱;茫茫人海,却又遇见了小学同学丁一舟。

重逢赖敏之前,丁一舟在老家柳州做着发型师。时尚帅气,收入过万,酷似"爱德华剪刀手",他却自认不是个"好男人"。每天上班、下班、酒吧、网吧,有时一觉醒来,甚至"不知身边睡的是谁"。

以为这辈子就是这样浑浑噩噩,结婚生子混日子。直到2014年春,万分偶然,他瞥见老同学赖敏才更新的QQ签名:"我不惧怕以后,我担心的是我的朋友们,如果有一天我死去了,你们怎么办……""小学暗恋的同桌,这是怎么了?"成绩倒数的丁一舟,从小就孤僻叛逆,只有同桌赖敏总拿铅笔捅他,逗他玩儿。阳光灿烂的笑容,藏着他怦然心动的暗恋,但怎么也没想到,还藏着这样不能承受的命运?

带着几分怜悯与好奇,本已两个世界的老同学,时隔15年后重逢。还是记忆里那个爱笑姑娘,却明显感到她绷着神经走路,一直在努力掩饰病情……茫茫人海,这个走几步就晃一下的身影,从此盘踞脑海,他实在不忍心她孤独一人。

一个月后，这个热心也霸道的男人租了辆卡车，像个从天而降的英雄，抱起她唯一相依为命的爱狗阿宝，卷起家当，连同她的人，强行背回了柳州。"最初是出于同情，就像在帮失学儿童。"可朝夕相处，迅速催化着情感，也让一舟自己的生活焕然一新。"你家那个女人，一早又挪着板凳去买菜，一路摔了好几跤……"原本夜夜笙歌的一舟，一想起邻居的描述，想起家里那个摇摇晃晃的女人，再无心流连欢场了。

◎ 说走就走的旅行

一舟乱糟糟的生活，也激发着赖敏的母性。一天天努力支撑着做好饭菜，等着他早点回来。哪怕快站不稳，她却忍不住想守护他，去过更健康的人生。虽然那时家里，唯一像样的家具是衣柜，唯一家用电器只有电饭锅，但两个人相爱着，就是最开心的日子。只是病魔残酷，才半年，一舟从扶着她，到背着她，最后只能让她坐上轮椅。每月

丁一舟背着赖敏，走在新藏线上

近万元的医疗费,更像无底洞,迅速掏空了他全部积蓄……

"与其在家等死,还不如去外面走走。"企鹅病无法治愈,只能持续恶化,赖敏不想再花钱治了,忍不住想起曾失落的流浪梦。更重要的是,她不想成为负担,不想一舟不惜辞职,就这样一直枯守着自己。"如果把他一直困在这个局里,我就太自私了……"

但她没想到的是,无心一句感慨,一舟竟当了真。通宵查资料,第二天一早,他就发来一张中国地图。认真用红线规划的线路,连起来就像一个心形……在那之前,丁一舟其实对旅行毫无兴趣。不明白什么是"驴友",甚至觉得旅行就是无聊、浪费钱。他的想法很朴素:与其困在四面墙里,让赖敏在最后时光中去看看外面的世界,这或许才是对她最好的事。

2015年1月1日,广西柳州,28岁的丁一舟,带上仅剩的200元和简陋的户外装备,推一辆单车,和大狗阿宝,各牵一根绳子拉着改装的轮椅。轮椅上,赖敏笑得像个"花痴",望着一舟推车的背影,看他回过头来对她说:"来,笑一下,可爱点!"

梦想浪迹天涯,但拖着轮椅,谁知道能走多远?再回想那个出发,今天的丁一舟依然有些难以置信:"真是做梦也想不到,竟会一路走那么远。"

"这鬼天气,他们就这样上路了?"4天后,赖敏高中同学廖武昌正窝在被窝里刷手机,弹出来的新闻中,赖敏和丁一舟的照片,不禁让他心头一震。直到出发前夜,所有朋友都以为他们只是说说而已。赶去探望的廖武昌也忧心忡忡:"你这腿脚怎么走?路上花销呢?万一吵架分手,怎么办?""她不能动了,我可以背。钱可以靠理发手艺一路赚。"丁一舟一副天塌了他顶着的样子,说是做好了一切心理准备。

可是,爱情这玩意儿,靠得住吗?眼看这两人像发高烧,廖武昌既羡慕也担忧。作为旁观者,他当时心理准备是:万一这小子半路跑了,就和朋友们凑钱把赖敏接回来。可接回来以后的生活呢?没有人敢多想……

"谁不向往自由,渴望爱情?只是我们总有这样那样的理由,为什么反而做不到他们的洒脱?" 赶来送行的同学,望着这对远去的特殊背影,忍不住拍下来,发到朋友圈感叹,没想到迅速爆红网络。有人万分感动,感觉"又相信爱情了";也有人满怀质疑:"是为博眼球吧?""重病还拉出来,是想让她死得更快点吗?"只是想去散散心,一夜间,却被推向大众争议,这是他们万万没想到的。出发不到5天,就变成每隔10分钟接到一个陌生电话,一再被各种声音干扰。

"我们走这趟,有什么意义呢?"被记者一遍遍追问,最初心思简单的丁一舟,也忍不住疑惑了。赖敏依旧"花痴"地笑:"哪有那么多中心思想,甚至就没什么意义。就像两只鸟在恋爱，简简单单，走我们想走的路就好。"

当生命进入倒计时，一切都是浮云。赖敏想要的，只是两个人能在一起，一路相依相伴，直到生命尽头。去哪儿，也并不重要。出发第一晚，露营在破败的桥洞，赖敏就兴奋得睡不着。这是她第一次出远门，第一次睡帐篷。最初无知无畏的两个人，甚至不知什么是睡袋，傻傻带了8斤重的棉被。睁着眼睛，整晚抱住丁一舟，阿宝在帐篷外守护，她已经觉得自己是全世界最幸福的人了。

对远方一无所知，两个人最初期待的，就是一起看看风景。但一路温暖的遇见，让他们发觉，比风景更美的是人心。川流不息的209国道上，遇见这样一对拉着轮椅的情侣，许多车为他们而停，或鼓励加油，或一路跟着，一个劲儿询问有什么需要帮忙……盘缠不够了，他们就支起小摊，一舟干回剪发老本行。标价10元，却有人硬塞了800元巨款："就当是我这辈子剪过最贵的头发吧。你们路上要用钱的地方还多着呢，简直就像要去西天取经。"

西天取经，怎可能不充满艰难？才出发，轮椅就不停罢工。每次抛锚，一舟就得拖着200多斤的人、行李和轮椅，纤夫般拉着绳子往前走。走了4天，走到一瘸一拐，这两人还没走出柳州地界。如果不是一个北京厂家迅速捐出一辆电动三轮车；如果不是热心驴友送来装备，帮改装车辆……拖着轮椅上路的两人，面对漫漫西行路，简直无法想象怎么去闯。

◎ 疾病与心病

好不容易走出广西，但在赖敏心里，云南白水台才是他们的心理起点。在那个陌生的纳西族村庄，当他们的故事一传十、十传百，村民竟放下农活，全体出动，换上民族盛装，专门为他们组织了一场节庆时才有的歌舞。大东巴一脸慈悲为他们祈福："不管走到哪里，神都会保佑你们……"自认泪点很高的丁一舟，忍不住哭了。以为社会淡漠，其实良善之情，一直在许多人心底。如果不是勇敢走出来，困守疾病的他们，也许永远不会遇见。

赖敏也忘不了那一晚篝火，纳西族人载歌载舞的笑脸。出发时，她只是个想走出困局的病人，走到哪儿算哪儿。现在，她却真正想做个旅人了，想一直在路上，想去遇见更多美好的人。

路的前方，是他们最向往的西藏。"一直听说西藏很美，就想能亲自去看看它到底有多美。"一路遇见的许多人，却强烈不看好这两人进藏。一位专业救援队大哥，直接泼冷水："一上高原，你们的电动车电机随时可能烧毁。并且藏区马上雨季，到处落石塌方。"

"别人徒步都能进藏，我就是背，也能把小敏背到拉萨。"越是反对，丁一舟越是犟。他不怕路上困难，只怕赖敏的病。医生诊断说，她的颈椎也开始萎缩并压迫血管，整个病情还在恶化……"我不怕死，我只是怕陪他走不完整个旅程。"每次一舟兴高采烈想带赖敏去哪儿，她都好想热烈回应，却连说话都开始上气不接下气……只能努力微笑，默默安慰自己："别想了，赖敏，能陪他多走一程，多看一程，就都是我们赚到了。"

而最让赖敏欣慰的，是进藏之前，终于赢来一舟妈妈的谅解。这是她的一块心病。"你找谁不好？怎么会找一个有病的女人，还丢了一切？"每次一舟和妈妈在电话里争吵，她在一旁忍不住哭，怕他们真断绝母子关系，怕自己会真害了一舟……

"你究竟爱我儿子哪一点？"母亲节那天，特地来丽江探望的一舟妈妈，终于和赖敏第一次见面。"喜欢他的善良。"听到这个答案，独自养大一舟的妈妈直接哭了，走时附上一句："走不动了，你们就一起回家吧。"

"你看，我们就要到西藏了。"气喘吁吁背着赖敏，站在川藏线第一道5000米垭口东达山，丁一舟忍不住兴奋呐喊。直到把赖敏背回三轮车，眼前一黑，瘫坐在地，他才意识到，在高原还要背一个人走，是真累。

虽然众人劝阻，2015年5月，他们还是走向了西藏。高原风景，真的美如天堂。淳朴藏人、一路驴友，对这一对特殊旅人，无不赞叹。但赖敏的病，也在持续恶化，时不时面瘫，越来越走不动，待在一舟背上的时间越来越长。"我其实挺喜欢被他背着，两个人的心贴着心，太温暖了。"但赖敏也怕被一舟背太久，尤其是听他拼命压抑住喘息，明明快撑不住了，还假装"老子有的是力气"……后背上的她，笑得像个疯婆子，没有拆穿，却真怕自己会越来越成为一个负担。

"嫁给我吧。这个钻，虽然要拿放大镜才看得见。但以后有钱了，我会给你换个鸽子蛋。"早在出发时，几乎身无分文的一舟，就曾特地借了1680元巨款，给她买了枚小戒指。"我不能嫁你啊，会拖累你的。"赖敏含着泪摇头，天知道，她有多想成为他的伴侣，哪怕只有一天。

"半年了，我们走到这里太不容易。嫁给我，虽然给不了你荣华富贵，但我会让你幸福和快乐的……"2015年7月晚，布达拉宫广场，风尘仆仆的丁一舟，换上向朋友借的旧西装,单膝跪地,再一次求婚。轮椅上的赖敏,早已泣不成声,一边流着泪,一边摇着头,一声轻轻的"我愿意",终于还是把手指伸给了他。

穿过180多天跋涉,原本在家混吃和等死的两个人,终于抵达拉萨。路的尽头,夜色中的布达拉宫,成了他们爱情的最好见证。

◎ 平凡不平凡

"这世上,真有真爱吗?"2016年夏,云南香格里拉,赖敏和一舟才在青旅落脚,23岁的湖南小伙老菜就慕名寻来。正失恋的他,想出门换换心情,无意间听到这一对的爱情传奇,顿时无比好奇。"两个人究竟要怎么相处,才经得住那么多考验呢?"正情伤的老菜,很想在他们身上找到答案。

两个人,一辆破三轮,骑行在进藏路上

"第一眼，就觉得是在路上的人。"此时的赖敏和一舟，穿过一年半的旅程，意犹未尽，又踏上了第二次进藏路。赖敏晒出一脸高原红，大嘴一咧，依旧是满满笑容。丁一舟胡子拉碴，顶着鸟窝般的乱发，坐角落里，正眉飞色舞地讲一路见闻……两个人看起来就像寻常旅行情侣，直到一舟掐灭烟头，走到赖敏座位前，打趣道："猪八戒要背媳妇儿啦！"边说边蹲下，仿佛做了千百遍，将她背起来就走。两人叠在一起的背影，让老菜第一次感叹，他们真不太一样。

　　幸运地加入这支进藏小分队，骑行追随路上，老菜对这两人的认知却开始矛盾。开始觉得，他们其实也没什么不同。寻常情侣的问题，一样不少。丁一舟居然也爱玩电子游戏，一开打，全世界都忘了。好几回，赖敏憋得尿急，试着自己去厕所，差点摔倒，一舟才反应过来："老婆，你怎么不喊我……"

其实早在出发时，一舟就曾除夕去泡网吧，通宵玩游戏，留赖敏一个人看春晚。闺蜜对此愤愤不平，觉得一舟对她不够好。赖敏虽有些孤单，却满心包容："两个人再爱，也是要有独立空间的。他像风一样自由，我就要让他继续像风一样自由。"

外人眼里，一舟像是她离不开的拐杖。但赖敏其实一直渴望独立，至少是内心上的，"爱不能是依赖，而是即使分开，我一个人依旧可以过得很好。"为了不打扰一舟睡觉，她总想试着自己去厕所。一次半夜下床，把耳朵都摔出了血，第二天醒来，却假装什么也没发生，继续招牌式傻笑。"这样的伤口经常有。"丁一舟不禁心酸，"其实是她的乐观坚强，一次次在感染、带动着我。"

"但有些人会觉得我们一举一动，都得感天动地，就不能有一点点凡人的样子。这是什么心理？"虽被封为"中国好男友"，丁一舟却更像个桀骜浪子，而非大众幻想

和老莱等旅行者，一起骑行在新藏线上

的"暖男"。

"形容老丁，用个褒义词叫光明磊落，用个贬义词叫脾气差。"这一路，他们一样不时吵架。"一和我吵，他就会'赛亚人变身'，嗓门变得超级大。手里拿着什么，就摔什么，随时发飙。不过，一转眼我们又和好了……"

路过白马雪山，眼看爱狗阿宝跑到路中央，赖敏忍不住喊："阿宝小心被车撞死啊……"一听"死"字，一舟不知怎么就火了，回头朝她怒吼一声。紧接着，把三轮车丢给同伴开，他竟一个人暴走了十几公里，甩下一脸错愕的众人。可一到客栈会合，眼看赖敏深一脚、浅一脚、摇摇欲坠地挪向房间，一舟又会忍不住第一个冲上去，一把背上她，像个做错事的孩子，嘟囔着："你这只爱哭猪，我这个人脾气不太好，不够细致，但心里绝对是想对你好的……"

"傻瓜，我当然明白你的心。"趴在一舟坚实的背上，赖敏不禁又红了眼。哪对情侣，不曾闹得一地鸡毛？她只愿他们能用自己的方式，过成一把好看的鸡毛掸子。

"他们有普通情侣的一面，也确实有极不普通的一面。"一路同行3个月，从川藏线到新藏线，每一天从起床、穿衣、洗漱、去厕所、上下车到看风景，眼看丁一舟事无巨细，包揽着另一个人的吃喝拉撒……尤其在古格遗址，他们轮流背赖敏，爬升在高原古堡，汗如雨下之际，老菜设身处地感受着背上重量，不能不折服：这样的情义，真不是演得出来的。

"久病床前无孝子。何况是陪伴一个本不相干的人，不是一天两天、一山二水，而是一年又一年、千山万水……"同为男人，老菜有些惭愧，"反正我是绝对做不到。"

"我只是用自己生命的1/10或者1/20来陪她。她却是用剩下的余生来陪我，她的爱不可辜负。"虽然爱得粗糙，但一舟一直有种克制和保护欲："换作其他女人，也许吵吵就散了。但她这么特殊，我不能伤害。"

"老丁，是你成就了赖敏。"可当老菜忍不住感叹，一舟却是截然不同的态度："你错了，是赖敏成就了我。我不认为她是拖累，她其实成全了我作为男人的担当。"在一舟心里，更重要的"成全"是，赖敏打开了让他走出来的那扇门。曾经他像个浪荡子，沉沦在城市的灯红酒绿，充满厌倦，却不知出口。如果不是遇见赖敏，他不会走这么远的路，不会成为今天的自己。"应该说，没有赖敏，就没有我。"

对爱的珍惜与感恩是相互的。2016年底，穿过艰险新藏线，暂居在新疆喀什，赖敏做过一个伤心的梦。梦见前男友许诺着一起浪迹天涯，转身却弃她而去……心痛到哭醒，眼前是正睡得迷糊的丁一舟，摸摸她的头，本能地将她拥紧在怀中。

"曾经我向往爱像烟花般绚丽，现在却更想要'炭一样的爱情'，也许粗糙，但持久，暖心。"这一路，她遇见过许多美好。可他们都是过客，只能共此一程。唯一陪她挣脱命运泥沼，不离不弃走到底的，只有眼前这一个男人。那天梦醒，赖敏终于能放下过去了。

◎ 意外的新生命

两个人的梦，也还在继续。逗留新疆的冬天，一舟忙着打工赚下一段路费，赖敏开始书写一路旅程。新一年，他们还想走向内蒙古、东北，继续环中国"走心"。一个新生命的到来，却意外打乱了所有计划。

"我可能怀孕了……"2017年春节前，当赖敏神情复杂说出这个消息，丁一舟傻了：不是有避孕吗？怎么还是怀上了？"第一反应，只能是流产。"企鹅病遗传概率高达50%，他们不想冒险，早就约定不生小孩。可正要出发去医院，失眠整夜的赖敏反悔了："我保证一定努力活到孩子成年，可以吗？给他，也给我们自己一个机会吧……"

头一次看赖敏哭得这样撕心裂肺，一舟就算是块钢，也要熔化了。可判断孩子是否有遗传致病基因，要等怀孕5个月才能筛查。健康就生，不幸遗传就只能……思前想后，咬咬牙，他们决定赌一把。

"路遥，不知道你是否能有幸来到这个世界……"3个月后，北京央视大楼《朗读者》节目现场，怀孕快5个月的赖敏拆开一封给孩子的信。幸福与煎熬交织的等待中，她一边感受着胎动，一边给肚里孩子写信，从孩子1岁的样子一直幻想到了18岁——想象着孩子的长相："长得越像爸爸，你就越健康。远离我这个怪病，你就是幸福的。"

期待着带孩子一起在路上："爸爸的无敌小三轮开得棒不棒？妈妈只能静静当一个旁观者，没有能力去参与。但妈妈终归是看到了生命的延续。"

也怕自己可能会先走一步："宝贝，你可以帮我跟你爸爸说一句话吗？就简单的三个字'我爱你'……"

胎儿在长大，她的病情也在恶化，不知自己还能陪丁一舟走多远。拼了命想留住这个孩子，除了渴望做母亲，更是希望这个孩子能成为一舟日后的牵挂，别让他孤独一人……眼看赖敏一念三停地哽咽，主持人董卿也不忍了："要不，别念了……"紧接着问："为什么孩子叫作'路遥'呢？"

梳洗一新，总算像个爸爸模样的丁一舟说："因为我们这一路，路途遥远，意义

布达拉宫前的求婚

也很深远。"赖敏一脸憧憬，努力睁着有些睁不开的眼睛，泪中带笑补充道："人生的路，也很遥远……"

穿过又一月遥远路程，肚子里的路遥快6个月大时，丁一舟终于从新疆骑到西安，和赖敏重逢。深夜11点，一进青旅房间，才睡着的赖敏也醒了，顿时惊喜万分，挺起圆鼓鼓的大肚子，炫耀着，露出招牌式傻笑，一把将风尘仆仆的丈夫搂进怀里。

"摸到没？路遥也在欢迎爸爸呢。"被赖敏抱着头，脸贴着肚子那刻，一舟整个人都软了，差点瘫坐在地。一路风景，他简直无心欣赏。一直全速前进，就想能早点再见，再听到赖敏在身边像只鸟儿叽叽喳喳……他曾以为自己是她的依靠，但其实，真正

离不开对方的是他自己。

"路遥你快点出来帮我,你妈又在欺负我了。"之后每一天,都是他们旅居生活最快乐的日子。他们就像幸福的寻常小夫妻,欣喜着胎动,不时朝小家伙喊话,畅想着一家人在路上……仿佛2个人的走心之旅,已然变成3个人。

只是,越是爱,就越害怕失去。幸福另一面,是异常的煎熬,他们不止一次痴心妄想:要么别等什么结果了,就这样把路遥生下来吧。残忍的命运,却终究追了上来,期盼又害怕的电话响起:"您的孩子带有遗传致病基因,发病率为99%,建议引产……"

脑子瞬间空白,正在外忙活的丁一舟,一下蒙了。不知怎么挂的电话,一个人蹲在墙角边,恍恍惚惚地在阳光下,抽了一支又一支烟,停滞在手机屏上的手指,最后挤出4个字信息:"孩子有病。"

整整11分钟后,赖敏只发回一句话:"哭过了,没事,我调整一下就好了。"仿佛接受一个必临结局般平静,但其实,手机那头,赖敏的天都塌了。摇摇晃晃的希望,终究破灭。哭得不能自抑,她还怕惊吓到肚里狂跳的孩子。"一舟现在一定也很难过,我不能让他更加难过……"

"既然来了,即使有病,也该给孩子活下去的权利,哪怕短暂……"面对七嘴八舌的争论,一舟无奈:"你能保证遇见第二个丁一舟?还是你能来照顾一辈子?换作是你自己,你会如何选择?"但他们的心里何尝不充满矛盾。直到手术前一刻,一舟还在纠结,疯狂想找个让路遥出生的理由。赖敏躺在病床上,前所未有地无力:"如果我的腿还能动,那时我真想临阵脱逃,也要把路遥生下来。"

产科楼道里,此起彼伏着初生婴儿的啼哭,他们却再等不到路遥的降临。当终结发育的引产针扎进肚皮,从凌晨到天亮,赖敏的肚子越来越硬,越来越痛,相伴6个月的孩子,在肚里渐渐不动了……她不知怎么形容那一整晚的长夜痛哭:"宝贝,无论别人说什么,也永远无法体会到我们这些异于常人的病的感受。所以,对不起……"

2017年5月14日，正好母亲节那天，巴掌大的孩子，被护士捧出手术室。丁一舟终于看到丁路遥，此生的唯一一眼。是个女孩，嘴大大的。他心想，如果她活着，笑起来一定会和赖敏很像。

◎ 江湖再见

"现在，能放下了吧……"2018年春节，广西柳州，高中同学廖武昌重逢3年未见的赖敏，小心翼翼问起路遥。赖敏依旧是没心没肺笑着，一如3年前模样，只是脸上有些一抽一抽的。一舟不时凑上来，逗乐般把她的嘴捏得像只小猪，两个人还在打打闹闹。这是踏上"走心之旅"的第四个年头，他们的故事已被编成一部偶像剧，两人正陪剧组回柳州取景，片名为《假如没有遇见你》。

"假如没有遇见彼此，他们现在又会在哪里？"今天的赖敏，看似没变，又脱胎换骨，廖武昌既为她庆幸，也有些局促。3年前目送他俩上路时，一个一无所有，一个快走不动路，和自己一样平凡，甚至更难。可现在他们越走越远，自己却在原地踏步。再遇见装满故事的这两人，他第一次如此强烈地感到亏待了自己。"他们让我觉得，有想法就一定要行动。"告别后，廖武昌试着动笔，开始写一直想写的网络小说。生而为人，各有束缚，但即便走不出去，也应以各自方式在路上，他不想再亏欠自己的人生了。

重回故乡的他们，走过熟悉的街景，有些恍然，仿佛这三四年从未离开。可一回头，才发现两个人都已泪流满面。地图上的那个心，就快走完了，他们却还不想回家。头顶悬着死神，他们只想去走内心想走的路，而非在都市里随波逐流。

尤其回柳州之前，赖敏在西安第一次突然昏厥。火速背去医院，一舟急得差点和医生发飙，吓得心要跳出来，最后诊断结果却是流行感冒——她的呼吸肌已经麻痹，痰都咳不出来，才硬生生把自己憋晕了。病友告知，这是企鹅病发展到后期的常态。原来她的身体已经退化到老人家状态，进入相对危险期，最寻常的感冒都可能致命……

丁一舟看似平静，可在赖敏眼里，他其实已经乱成一锅粥。虽有心理准备，可当死神真来敲门，一舟简直不敢设想没有了赖敏的人生。"这一路，我俩早已经活成了一个人。"

趴在病床边睡去，他感觉赖敏的手一遍遍抚摸着他的头发。黑暗中，仿佛又在诉说她最常对他念叨的那一句话："要是没有我了，你怎么办？"

2016年春，在高原理塘，他们结为夫妻

"究竟怎么走，才是真正的在路上？"2018年秋，四川藏区理塘县，曾试图求证爱情的驴友老菜又失恋了，又一次来找赖敏和一舟，带着新的困惑。如果不是两年前遇见这两人，老菜大概会继续朝九晚五。跟着领略到一路精彩，他也开始渴望不一样的人生。可又有谁真能永远流浪？浪迹过天涯的人，要如何回归现实，更好地生活？

丁一舟其实也在试着摸索。引产后，他们在西安停留了近一年。赖敏养身体，他开始众筹客栈、做户外领队赚钱，三十而立，他也想给越来越虚弱的赖敏一个在路上的"家"了。只是，穿越社会丛林，其实比翻山涉水更难。西安的土地纠纷，差点让忙活大半年的客栈计划搁浅。幸运的是，柳暗花明。2018年夏，压力沉重的丁一舟，三进西藏散心，理塘的藏族大哥却拍着他肩膀："你是我们康巴的汉子，理塘的女婿。你们回来，我们帮你们住下来……"再一次，他们遇见了在路上的奇迹。

2016年夏，出走两年的他们，曾在高原小城理塘迎来灿烂的婚礼。爱憎分明的康巴藏人，听说他们的故事，得知他们憧憬一场藏式婚礼，便无比热情地捧来藏装，几乎全民出动，为他们举办了婚礼。"能在仓央嘉措向往的地方结婚，我们真是太幸福了。"两年前的幸福，仿佛昨日。两年后的他们，没想到绕了一大圈，竟会重回理塘，开始新生。

一年多不曾远行的赖敏，一直记得云南开客栈大姐说的"在家旅行"。真正的旅行，不一定是出门看风景，也可以是让全世界的故事来敲门，只要自己的心一直在追求美好的路上。

一舟给客栈特地起名为"路遥居"，纪念他们未出世的孩子，也激励自己不忘初心。他们曾盼望能带路遥在星空灿烂的地方长大，现在终于在雪域高原安家，想牧马放羊，想在开满鲜花的小院，遇见天南地北过客，幸福回忆："我们有个孩子叫作丁路遥。"

◎ 时间定格

今天的进藏路上，他们已是被流传的传说。爱情在继续，日子也难免有一地鸡毛的时候。采访短短几天，这对小夫妻就闹了两次别扭。一次有领导来视察，不屑奉承的一舟，一脸嫌弃，结果被赖敏教育了整晚。另一次，一舟生气赖敏偷看他的聊天记录，还和留在客栈打杂的老菜一起商量，怎么管住他：少乱花钱，少玩游戏，戒烟戒酒……

"我现在对他管得有点严，是怕有一天没有我了，他会不会自暴自弃。"赖敏说她不怕死，最怕的却是"死别"。

一路背着她的大男人，在赖敏眼里，却更像个长不大的小男孩，脾气不好，生活也乱糟糟。"万一我离开了，我能把我的他交给谁呢？我现在最希望能有另一个女人，像我一样爱他。可交给谁，我都不放心……"所以，她还要努力活下去，还想守护着他，哪怕自己已经完全走不动了，书掉地上都捡不起来，有一天也会像她妈妈不能动弹，植物人一般。

偶尔暴跳如雷的丁一舟，也渐渐理解赖敏的苦心。他也怕，怕赖敏走后的生活。想起《朗读者》节目里，轮椅上的赖敏，读着三毛所写《你是我不及的梦》。曾经三毛也生气荷西乱花钱，失业还买百合花。可等荷西故去，三毛一口气买了几百朵百合，摆满房间，却是天人永隔……赖敏几度哽咽的朗读，一舟听着却像预言：将来她真走了，剩他一个人，要怎么面对空空如也的房间？"或许那时，我会在客栈留出一个空房间，只有我能进，里面摆满我们一路走过的照片和回忆……"

海峡另一头的三毛亲友们，竟也看见他们的故事，热情寄来书信。三毛闺蜜薛幼春写道："每次见三毛，我都会带上一束百合花，送上一个荷西式的拥抱。现在，赖敏，我在远方也很想给你一个三毛式的拥抱……"最初被三毛唤起远方向往的少女，摇摇晃晃走向远方，终于也活成了想成为的人。

2018年将尽，理塘迎来入冬最大一场雪。雪后初晴，苍茫高原，走不动的赖敏，又一天靠着院子栏杆，挪着纤细又沉重的双腿，努力走出几步，就开心得咯咯笑了。很快就将春暖花开，路遥居将迎来更多人的故事。一舟盼着客栈稳定，赚够盘缠，他还要带着她继续走心，去遥远非洲，去圆她撒哈拉的梦。

"只要你活着，只要你能动，我就会带着你，继续走。"赖敏复述着一舟的诺言，憧憬去遇见各国的恩爱老夫妻，听他们讲白头偕老的故事，分享给没见过真爱的人们，也分享给自己：因为她可能看不到一舟老去的样子……

一梦四年，和死神赛跑的他们，不再去想必然的分离。这一刻，靠在小院门前，放狗放马，"放赖小敏"，丁一舟就觉得此生无憾，他们已经真正活过了。可一望见她比阳光还灿烂的笑容在眼前闪耀，又不止一次感叹："你说，时间要是能停在这一刻，该多好？"

路途遥远,爱有奇迹

和赖敏谈心,我几度不忍多问。一是回忆路遥离去的那个漫漫长夜,二是她很抱歉自己说话迟缓,一直上气不接下气:"真对不起,但现在和你说这些故事,已经是在用尽我全身力气……"

这样一个她,4年来,却在一舟陪伴下,一起走过千山万水。这一路,他们最难忘的风景,是在青海戈壁遇见一棵树。无边荒凉里,唯一的一棵树。

她自己就像一棵树,在生命荒漠中开出了花。

爱情也像那一棵树。茫茫人海,命若孤舟,有幸遇见一个人,本不相干,却愿意同呼吸,共命运,并肩同行,直到最后一刻……生而为人,这或是能遇见的最美好奇迹。

人人都向往爱情,但有多少人真能遇见?

电影《秒速五厘米》里说,人一生会遇到约2920万人,两个人相爱概率只有0.000049。

是遇见赖敏,一舟才会义无反顾,踹开走出去的门,并成为今天的自己。

是遇见一舟,赖敏才能不惧死亡,在路上,把命运涂抹得晚霞般灿烂。

一舟背着赖敏,一路走来的身影,让所有人不能不感慨:假如没有遇见你,另一个人会在哪里?

只是,世间万千爱侣,最后几人如初?尤其是面对岁月与苦难,珍惜这"0.000049"的珍稀。

这一路,看似一舟顽强,赖敏柔弱。

深入交流,我看到的却是,赖敏顽强,一舟柔弱。

其实,人无完人,爱无完美。

再美的爱,容颜会老,激情会散,难免一地鸡毛,甚至千疮百孔。

但最打动我的是,哪怕偶尔失去耐心,他们却对彼此怀着同一种牵念:"假如没有我了,他/她一个人怎么办?"

路途遥远,遇见你,才不虚此行。

但真正的爱,不仅是"遇见你"的侥幸,更有"守护你"的长情。

爱有慈悲,两个人相互守护着,才蹚得过一路风雨,无论贫穷富贵、疾病健康,

在路上相依为命的两个人

不离不弃,唯有死亡才能分离……

生命短暂,守住爱,也才不枉此生。

而真正活过,也不是活了几岁,而是在各自周期,是否尽情绽放。

哪怕命运控制身体,不能限制起舞。

就算现实束缚生活,更应选择活法。

又一年进入倒计时,听着他们讲述,不禁忆起自己曾错过、错待的一些人,想做未去做的一些事……

要如何,让有限的生命遇见无限的可能?

该怎样,在平凡的生活守护不凡的爱情?

越来越动不了的赖敏,笑容灿烂地说:"如果你什么都做不了,就在路上,心怀美好。"

是的。当你的路由心生,心怀美好,也许下个转角,就会遇见美好。无边孤独里,我们依然要相信。

本篇供图：齐海亮

六一、齐海亮

带着女儿环中国，
爱与童年在路上

一辆宽不足一米的小挂车，坐着一个才4岁的小女孩，一脸天真，被爸爸用自行车拖着，一起骑行在万里长路……

这是一个童话般的父女环游记。761个日日夜夜，超4万公里，一个大男人和一个小女孩，拿中国大地当幼儿园，拿山川河流做老师，翻过高山，穿过荒野，走过了整个中国。

这也是一次脱胎换骨的共同成长。一路上，他们一起闯过重重难关。用一个父亲的背影，为女儿引领人生道路。也用一个女孩的笑容，让蹚过人生起落的爸爸，得以重历童年。

旅程终会结束，孩子注定远走高飞。但父亲的背影、身后的呼唤，会持续陪伴着这对父与女，去走各自的漫漫人生。向前看，爸爸在，路在。转过身，女儿在，爱在。

◎ 迟来的陪伴

山路越走越陡，氧气愈加稀薄，跋涉向海拔近5700米山口，气喘吁吁的转山人中，蹦跳出一个不同寻常的身影。她太小了，一身紫红冲锋衣，罩着不足1.1米的小个儿，一手拿着棒棒糖，一手拉着爸爸，还一路哼着儿歌。

"爸爸，我们这是去探险吗？"一脸懵懂，望向神山冈仁波齐，这个年纪最小的内地转山者，6天前刚度过5岁生日。6月1日出生的她，小名"六一"。个头最小，豪情却是万丈，边走边嚷嚷："我一定要做第一名。"童音清脆，一身风尘也掩不住稚嫩的她，怎么会走到这片高原苦寒之地？

相信吗？这位超级小驴友，仅一年前，还是个娇气小公主。从小大门不出，二门不迈，三天不生病也要打打滚的娇蛮劲儿，却因为她爸一个念头，被彻底颠覆。

六一她爸齐海亮，一个原本万分忙碌的生意人，在河北唐山经营着琴行、酒店。他还有个特别的身份——梦想环球骑行的资深骑友。忙不完的生意，对骑行的狂热，最初的他并不算个好爸爸。女儿呱呱坠地之时，他还在酒桌上谈生意。六一4岁生日那天，他更远在骑行去罗马的路上。直到远行回来，印象里才会走路的小六一，竟熟练拿着钥匙给他开门。门开那一瞬，齐海亮愣住了，内疚之情跟着潮水般涌了上来。最初那个还在襁褓里吸奶嘴的小婴儿，一转眼已是小姑娘。再不陪她，她就要长大了……

曾经，齐海亮和许多人一样，总觉得拼命赚钱，给父母妻女买房买车，创造尽可能好的物质生活，就是一个男人最大的爱。年届而立，从白手起家到在唐山开起2家服装店、3家琴行、4家餐厅……代价却是陀螺般忙碌，和对家人的疏忽。

孩子出生，正值一个男人的事业上升期。一年365天忙着全国出差考察，一想起家里一天天成长的女儿，他也想多抱一抱、亲一亲，但真是抽不出时间。倘若不是2014年底，由于盲目扩张开酒店，导致资金链断裂，正红火的事业从高峰陡然跌向低谷，齐海亮或许依然飞奔在生意场，顾不上多看孩子一眼。

仿佛一脚踏空，十年奋斗，一个月竟几乎赔尽。当银行无情查封产业，昔日酒肉朋友转眼四散，茫茫然回过身去，身后只剩下妻子抱着女儿，一如最初嫁给他时的眼神："海亮，无论你什么样，我们娘儿俩都跟你。"34岁，人生遭遇急转弯，也让他终于知道什么才是真正拥有的。

拼搏了十多年，头一次被迫闲了下来。齐海亮也想东山再起，却是一时难有转机。在家看不到未来之际，他开始迫切想出门透透气。至少望向地图，外面还有辽阔天地。正寄情在地图、路书上,才4岁的六一不时凑过来,奶声奶气问着:"爸爸你怎么又要出门?可不可以带上我。""小孩子懂什么?别闹了。"

他自己第一反应,也当是孩子瞎闹。可一时兴起,上网搜索,竟真有一种可拖挂在单车上的儿童拖车,每年出口上百万辆,在欧洲家庭非常普及。可在中国,从没听说有人这样带孩子出门。这事能成吗?望向女儿的一脸渴望,想到自己竟至今没认真陪孩子玩过。她的童年,他已亏欠太多。那么现在,可不可以抓住每分每秒去弥补呢?一个大胆想法,不禁在心头萌生了。

齐海亮告诉妻子,他想带女儿一起去骑行。"这怎么可能?"妻子当他是痴人说梦:"孩子从小到大,你都没带过几天。"除了担心他照顾不好孩子,妻子更担心的是女儿路上受罪,毕竟这是个娇惯长大的4岁孩子。"六一能乖乖坐车上吗?万一生病怎么办?万一想妈妈怎么办?"这同样是六一爷爷奶奶的担心。可作为一家之主,齐海亮想做的事,从没人拦得住。

"这样吧,我们一边走,一边看六一的表现。她要是坚持不了,随时回来。"他只能这样一次次说服家人。至于才上完的幼儿园小班,这个爸爸觉得不读也罢,以后学

上坡路上,懂事的小六一,一次次自己走

习的日子还长着呢。他自己就是在农村里野大的，相信大自然肯定会是更好的幼儿园。

说干就干，花了8999元网购，小六一坐上一辆重15公斤、宽60厘米的黄色儿童小拖车，跟她爸开始了第一次试骑。从唐山骑去大连的800公里路，整整7天，妻子一路开车尾随着。眼看小六一前所未有地兴奋，妻子这才答应放手，让父女去试一试能走多远……

"一个人长途骑行都很难，你还带着孩子，还拖着小车，很多坡估计你推都推不过去……"顶着所有朋友的不相信，2015年9月4日，齐海亮带上年仅4岁的女儿六一，从河北唐山出发了。第一站，4000公里外的海南三亚。

出发一大早，连哄带骗说去动漫城，才把一心睡懒觉的女儿整出被窝。身后家里老人不厌其烦地叮嘱："要看好孩子，要注意卫生，不要乱吃外面东西……"小拖车里，似懂非懂的六一，得意得像个小大人，对堂弟堂妹挥起小手："大姐就要和爸爸骑车去罗马啦，要去一年多，你俩在家听奶奶的话……"才踩出第一步，齐海亮就忍不住被逗乐了："这丫头，居然连去哪儿都没搞清，看上路以后还不得哭死。"

◎ 重历童年

对于十年骑龄的齐海亮，这也是一次前所未有旅程。从前骑行，他只用眼望前路。这次出门，却是一颗心全在身后的女儿上。迎向一路好奇的路人，六一则活像一只出笼小鸟，一路叽叽喳喳："爸爸要不你给我买吃的，要不你陪我一起看会动画片……"一旦没声，赶忙回头查看，小丫头已经睡着了。

骑出没多久，暴雨就来了。顶着雨，奋力往前踩，最惦记的都是身后六一，只能不停回头问："门关严没？""进水没？"……好在拖车密封性强，孩子没事，他却被大雨拍打了3个小时。

爸爸顶着烈日与骤雨骑行的背影，从此成了小六一眼前起伏的风景。但这个勇往直前的父亲，其实心头也不时怀疑："前头还不知多少恶劣情况，我能坚持吗？六一能坚持吗？"

更大考验是，五大三粗的齐海亮，之前可从没带过孩子。给六一扎辫子这种绣花活，可难倒了他这北方大汉，扎一小时还搞不定。还有洗澡、洗衣服、哄睡觉，一天天累得打仗似的伺候女儿，他感觉自己真成奶爸了。只是这新晋奶爸也真够粗心，骑行第3天，才到济南，他没拿稳热奶茶，一不小心竟泼得六一全身烫红。万幸医生说没事，小丫头忍了好久的眼泪，这才夺眶而出，第一次不停喊"妈妈"……

"不行就回来吧。"电话里，心疼女儿的妻子一再劝着。但怎么能才出发就放弃？齐海亮只能自我说服着："这都骑出来了，好歹也要骑到三亚吧？"也从此有了更高警惕：带着女儿骑行，真不是简单的事，任何一个疏忽都不允许。

沿途路人看到这么个拉着孩子的骑行者，无不侧目。不知情的，不禁好奇："你这拖车哪买的，多少钱？"知道他们还要骑去海南，无不瞪大眼睛："这不是吃饱撑的吗？肯定没几天就得回去。"骑到荒郊野外，甚至好几次被警车追上来查身份证，怀疑他是不是在拐卖儿童。

"这样带女儿上路，究竟是好是坏？"最初的路，一路前行，他也一路犹豫。而带来最多信心的，竟是六一出乎意料的懂事。在家一作二闹，在路上碰到扎胎等各种不顺，女儿却像换了个人，乖巧得又是擦汗，又是帮打气。路过南京，和骑友喝醉的夜，六一甚至反过来照顾宿醉的他，给他洗衣服、洗脸。一觉醒来，看见女儿在床头留的苹果和水。说不出的感动，几乎融化了这个大男人的心。

骑行第10日，即将进入安徽的上坡路，赶上逆风。拖车顿时成了一个灌满风的口袋，逆拉着车，不停往后扯。正抬起屁股，弓着腰，一米一米埋头往前挪着，六一竟主动要求下车，卷起袖子，煞有介事喊着："爸爸，你拉不动了，我在后面推你。"那一刻，他几乎忘了，他的女儿只有4岁。

路还很长很难，可望着山路上，他骑行、她奔跑，交叠在一起的身影，齐海亮越来越坚定自己是对的了。

一个月后，骑到江西的这对父与女，变成了更独特的一家三口。开始有些想家的小六一，一眼爱上了途中骑友家里的小狗，从此一路磨人："爸爸，求求你了，咱们也养只小狗吧。我可喜欢了，我会照顾它的。"

一个孩子就够操心了，再来个从没养过的小动物？他可不想招惹麻烦。却架不住女儿可怜巴巴的小眼神，只能"听命"，在江西迎来朋友送的一只小黑狗七仔。小六一乐坏了，路上终于有了小玩伴。齐海亮却多了个大麻烦。两个月大的七仔才加入，就不停生病拉稀，在路上还动不动跳车狂奔。

"爸爸，七仔又跳车了，快追呀！"听着女儿在身后的吵闹，追着到处乱跑的狗仔，齐海亮才骑出30公里，就感觉像是走了300公里。带着这一对活宝上路，身累，心更累。

一天天身心俱疲，神经却容不得片刻放松。骑到广东的一夜，超市付账的一转身，六一居然不见了。找不到女儿的那一瞬，他只觉得血往上涌。"拐卖、失踪……"

所有不好想法顿时眼前打转，腿都不知该往哪里迈了。疯也似地冲回旅馆，等不及电梯，他一口气狂奔上8楼，一路拼命喊着六一。猛推开门，却见女儿扯着方便面袋子，像个没事人，正在给他泡面。他一下腿软，扑上去，一把抱住六一，连扇了自己两耳光。

只是几分钟，差点要了一个爸爸的命。心突突跳的齐海亮，也开始了一路碎碎念。反复叮嘱着女儿，从此不能离开他的视线。

需警惕的风险，还层出不穷。才进海南，他们又遭遇飞来车祸。追尾一瞬间，两人一狗齐刷刷飞了出去。摔在地上的齐海亮，第一反应是找孩子，万幸六一还在车里，没出事……而那一天，正是他34岁生日。拉起撞坏的车，前方又一会儿扎胎，一会迷路，那天一直走到晚上11点半，才勉强落脚。午夜时分，父女俩坐在大排档，面对这灰头土脸的生日，齐海亮沮丧极了。

可眼前的女儿，邋遢着一张小脸，正举着椰汁，人生第一次像模像样给他敬酒。拍手给他唱着生日歌的小模样，比烛光更闪闪发亮。一路上，他以为是自己在照顾六一。但其实，在路上的女儿，也明显学会照顾他的情绪。这两年，他在事业上失去太多。但这两个月，六一却让他意外获得太多幸福。在女儿最珍贵的童年，一次属于两个人的旅程，没有比这更好的人生礼物了。

海南，是原计划的终点。可历时65天，终于抵达三亚，他们却不想回去了。六一又被勾起兴趣，想去云南看大象。从未如此幸福的齐海亮，也想让这珍贵旅程继续下去。和飞来探亲的妻子重逢后，这对父女决定继续骑去云南看看。

不到5岁的六一，从最初的累赘，成了此时的一个小帮手。不但学会自己洗衣、收拾，甚至还知道要给辛苦一天的爸爸洗洗脚。一盆洗脚水，被女儿小心翼翼端上来，让

761天，4万多公里，他给了她独一无二的童年

他这个大老粗，从脚心直暖到心头。

六一成了小大人，齐海亮却感觉自己变小了。从一开始被逼着陪看动画片，不觉间，自己的语言、思维也被带出了动画风。骑不动了，回头诙谐地问六一："咱们要不要休息一下，熊大？"六一俨然最佳搭档，默契回答着："休息吧，熊二。"

爬坡爬到快崩溃时，六一会幽默地逗他："这大坡可以啊，老板你要不要来点瓜子啊？"偶然听到《爱我你就抱抱我》，心有触动的齐海亮，也想回身抱抱六一。女儿却成了他的老板，就差挥起小皮鞭："别整这些没用的，快点骑，要不又得天黑了。"

真天黑了，还在赶路，满天星斗，萤火虫在田野飞舞，六一却又一点儿也不怕，直喊着好美，七仔也跟着汪汪直叫。迎风向前的齐海亮，不时被逗笑得合不拢嘴，只觉得正沉浸在一种从未有过的简单幸福中。

其实出发时，他还满心放不下家事与生意。一路上，事业溃败的阴影不时涌上心头，比路上的困难更让他压力沉重。大人心事重重，孩子却是心思简单。未来虽不知方向，但此时此刻，眼前只有漫漫长路，身后只有一个4岁女孩、一只小狗，陪自己走在漫漫长路。与其说，是他在陪孩子长大，不如说是女儿在带他放下心事，重归童年的单纯。

◎ 女儿的榜样

2016年春，六一终于看到梦想的大象，他们也抵达了第二段终点西双版纳。想想这回该回家了吧？可再往北，就是齐海亮最喜欢的藏区。高原雪山，他想着好歹再骑一段，让女儿也看上一眼。

通向高原的路，明显更难，身后拖车也似乎更沉了。他倒不担心前面有多少陡坡，只担心：六一会高原反应吗？七仔能坚持吗？他们仨究竟还能骑多远？尤其是骑向梅里雪山时，气温已降到零摄氏度。怕六一冻着，他顾不得自己瑟瑟发抖，脱下骑行服紧紧包住女儿。一会儿停车摸摸六一小手，一会儿回头反复询问："胸闷不？""冷不冷？"六一抱着七仔，依然是一脸兴奋，一点高反也没有。"我能坚持，爸爸加油！"一句话，说得齐海亮暖暖的，尽管风雪正交织前路。

3月的梅里雪山，晴空下闪着圣洁，迎来了这对在路上骑行了216天的父女。背驮着六一，一起面朝雪山，齐海亮不禁感慨万千：起初只是想试试看，没想到竟然骑了这么远，更没想到，六一竟比他还要顽强。

"丫头，你有没有信心，相信爸爸还能带你一起环中国？"早在六一出生时，他就幻想过有一天要带着孩子看遍世间美景。这个愿望，在繁忙生意中，一度忙忘了；在这段两个人的旅途中，又一点点苏醒，并前所未有地强烈。"有！有！有！"骑在爸爸肩膀上，孩子气的小六一，小手围成小喇叭，朝着天空连喊了三遍"有信心"。童声回荡山谷，齐海亮也终于放开了胆子："继续向前，我们去西藏。"

再一次顶着质疑前行，沿途遇见的人，谁也不敢相信。"带这么小的小孩，还有一条狗，你怎么可能骑到拉萨？赶紧回去吧。"

从云南进入西藏的高原路，也着实让他饱尝了风霜雨雪。但最怕的还是六一不适应。一路留神观察，六一倒是活蹦乱跳，唯一抱怨的困难是："今天是不是又断网，又不能看动画片了？"更被高原折磨的，反而是自己。顶风拖着小拖车爬坡，几乎要比一般骑行者多耗两三倍体力。这累得他从一个250斤大胖子，一路掉膘，瘦到了160斤。

滇藏线沿路有9个雪山垭口，每翻一座，对于他都像是一场战斗。但齐海亮坚持着决不搭车，因为身后女儿在看着呢。越是难，他越希望能给女儿做个榜样：再难也不能做逃兵，只要坚持，就一定会成功的。

一次次上不来气，一次次冻得浑身冰冷，快累到崩溃，却听见身后传来一声声"爸爸、爸爸加油"……他觉得，一生所爱都在这里了。

通往拉萨的最后一道大坡，距离坡顶最后2公里，想给爸爸"减负"的六一，自己坚持走了下来。爸爸前面骑着，小姑娘气喘吁吁走着，小狗七仔身旁跟着……沿路车友忍不住停下来，一起鼓励这罕见的一家三口，一步步终于站在了海拔5013米的米拉山口。

和女儿一起站在高山上，回望千山万壑，整整280天，1.3万公里的骑行……齐海亮都有点无法相信怎么就坚持过来了。所有奇迹，只因为她。

2016年5月6日，这对父女历尽艰辛，终于抵达拉萨。孩子可不懂那些有关西藏的"心灵鸡汤"，指着布达拉宫，一脸兴奋地说："爸爸，我们是不是玩通关啦？你看它好像《斗龙战士》里的城堡。"

带着孩子去看《文成公主》表演，六一感兴趣的则是："爸爸，什么是出嫁啊？"一句话，惹出齐海亮隐隐不舍："等你长大了，我也要把你嫁出去的。"没想到，这一句话，让六一整整哭了半小时，吓得他连哄带骗："放心吧，爸爸才不把你嫁出去呢。"一边抱紧傻丫头，心头无限触动。终有一天，孩子会远走高飞。谁也留不住成长的脚步，这几年，他最该做的，就是尽量多陪陪女儿。

在爸爸陪伴下,小六一徒步走完50余公里转山路

带着女儿,能一路骑到拉萨,齐海亮也心满意足了。正盘算着该回家了,在拉萨无意间接受的采访,却把这对父女推上了腾讯新闻头条。默默骑了快一年,忽然涌来各种关注与感动,齐海亮也有点"飘"。"只是想多陪女儿玩,没想到全中国真的只有我在这样做?"他更舍不得结束这独一无二的旅程了,不禁把目光投向通往新疆的新藏线。

"只要过了这关,我们就骑完全国最难骑的路。环中国就真不是梦了。"钱可以以后再赚,很多事可以晚点再做,女儿的童年旅程,却可能是人生只此一回。考虑再三,齐海亮决定一鼓作气走下去。

作为世界海拔最高的公路,新藏线之难,还是超出了预期。一路翻不完的超5000米垭口,气候更是变幻莫测,时而狂风,时而暴雨。一次下山,狂风卷着黄沙,差点把齐海亮吹进沟里。好不容易抵达小镇,当地人却说今天是风最小的一天。欣慰的是,迎向一个个垭口,上气不接下气时,六一总会自己下车徒步。一会儿傲娇地说:"就这点小坡,能难得倒我吗?"一会儿开起玩笑:"爸爸以后我要少吃点,不然你拉不动我了。"

背着小手,雄赳赳气昂昂的模样,让齐海亮既好笑又恍惚:什么时候起,她已不仅是他的女儿,更像和他一起环中国的战友了。

千里无人的荒原,住宿也更加艰苦。通铺、草棚、羊圈……父女俩哪儿都住过,六一居然乐在其中,从没有喊苦。第一次搭帐篷,六一更是兴奋得像个小尾巴,跟着齐海亮,左摸摸,右摸摸。可没几天,小姑娘开始不乐意了,甚至少有地闹起要回家了。

一问,原因却很窝心,原来是睡在睡袋里,摸不到爸爸的手,她害怕。"你有什么好怕的?"再继续问,才发觉,小六一竟一直在怕"鬼"。做梦吓醒过的女儿,曾不止一次问"什么是鬼"。忙着骑车的他,总是左耳进右耳出。以为孩子什么也不懂,没想到女儿早已有了她的内心世界。那一晚,他第一次充满耐心,听女儿说了一晚心事,并感觉"过去全白陪了"。以前,他以为陪伴就是待在孩子身边,但心思全在做自己的事。此刻,置身没电断网的高原,再刷不了手机,终于有心思听孩子说话,才意识到真正的陪伴,更需要交流与倾听。

从此,每一晚,他都抱着六一,把她小手放掌心,小脚揣怀里,听女儿说个没完,直到孩子睡去。夜色荒原,一无所有,齐海亮却觉得前所未有地充实。"抱着怀里的女儿,真是怎么看、怎么疼,都觉得不够。"

在荒凉的新藏线上,六一也迎来了她的5岁生日。找遍小县城,也没找到一家蛋糕店。这个粗枝大叶的爸爸,愣是想出一招:用高压锅,自己动手,给女儿做起了生日蛋糕。灰扑扑面团,围着一圈苹果片,插上5根棒棒糖……面对这"山寨版"蛋糕,六一乐得直拍手。出发时，她才4岁出头。这一年，她走过独一无二的路。这一岁，齐海亮觉得好庆幸，能陪她度过每一天，真正一起长大。

才吹灭5岁生日蜡烛，神山冈仁波齐迎来了这对特别的父与女。一开始，齐海亮压根没敢想去转山，在同伴鼓励下，索性试一试。做好了全程背女儿的准备，没想到，小六一简直像个小"铁蛋"，蹦蹦跳跳就冲在了最前头，一副天不怕地不怕的劲儿："我可是徒步小专家，这点难度不算什么。"

然而不断升高的海拔，也终于让六一迅速腿软了，开始各种撒娇，想要爸爸抱。齐海亮试着和她讲起大道理："要是爸爸抱你，这全程走完的荣誉可就不属于你了啊……"六一似乎明白了，咬牙继续爬坡。逼近海拔5700米的卓拉山山口，眼看着女儿眼光开始涣散，齐海亮有些怕了，忙说："实在不行，爸爸抱你吧。""不行，我一定要战胜困难，给我小妹也做个榜样。"女儿一脸认真的小模样，让这个老爸差点儿落泪，自己这一路的榜样没白当。

仅用2天，53公里，平均海拔5000米的转山路，这个年仅5岁的姑娘，竟真的一步步自己走完了全程。沿途藏人一个个竖着大拇指，直夸六一是他们见过的最小内地转山者。齐海亮既心疼又骄傲：这是他女儿。

◎ 爸爸不死

最难的新藏线，没想到一步步也就快闯过去了，眼看胜利将至，提前送去乌鲁木齐的七仔却走丢了。犹如晴天霹雳，一路陪伴他们的七仔失踪了？电话里听到这消息，身后正一遍遍传来女儿的念叨："马上能见到七仔啦。"齐海亮开始如坐针毡了。

"这是七仔照片，求求大家了，我女儿今天想七仔想得哭了半天，我们真的离不开七仔……"他只能一边瞒着六一，一边悄悄求助网络。没想到这一则寻狗信息，瞬间刷屏朋友圈，转发过万。两人一狗的奇特旅行，引来乌鲁木齐无数不相识的人，一起寻找一只环中国的狗。

当晚，流浪狗救助站就打来电话，一番核对，"是七仔，没错！"他激动得差点从床上掉下来。终于抵达乌鲁木齐，当七仔摇着尾巴，飞奔着扑向六一，齐海亮也控制不住泪了，为万千陌生人的热心，也为亲人般的重逢。一路同甘共苦，连这只小狗，也快成他离不开的孩子了。

满心以为接下来的路,该比高原容易了吧,挺过一路风浪的齐海亮,自己都没想到,会差点栽倒在新疆。8月戈壁,天上就像下火一样,气温直逼50摄氏度。他最怕热,迎面却是一天比一天更强烈的热浪。每天出发,简直是咬牙上烘烤架。唯一庆幸是,六一坐拖车里还算阴凉。尤其是骑进沙漠公路,整整几十公里,都没找到饮用水。干渴得有些神志不清,他只能用仅有的一点力气,本能地踩着自行车,不忘把仅有的几瓶水留给女儿。

最后10公里,几乎是一米一米熬过去,脑子里就一个念头:到了城市就有凉水,有冰棍,就可以躺下了……终于熬到落脚点,他难受得已经快走不动路。中暑、拉肚子、头疼、呕吐,各种症状一时全涌上来。这一路,他的极限在哪儿?大概就在那时那刻。

窝在空调房里,望着外面的火炉,一心向前的汉子,这回有点退缩了。小心翼翼试探六一:"咱们要是不能完成环中国,你会不会觉得老爸很没用?"这婉转的退意,六一却像没听出来:"爸爸你不是说过吗?咱们一定要坚持骑行走遍中国,我也要做中国最勇敢的小朋友呀!"

齐海亮忘不了,那时女儿认真的目光。外面就算真是火炉,这个老爸也只能往前走了。他希望孩子能在路上学会顽强,就必须自己先经历抽筋拔骨。他也忘不了继续向前,路过戈壁墓地时,六一像个好奇宝宝,不停问着:"爸爸,什么是墓地?什么是死?"

"爸爸老了也会死的。"一句话,六一又哭了半天。

"爸爸说过要永远陪我,不许骗我。"

"好,爸爸不死,一定会永远陪着你。"

她在长大,他在老去。他怎可能陪伴女儿一生?但相信这一路的爱与记忆不死,

5岁的小六一,走在海拔近5000米的转山路上

会永远陪伴六一的。

　　坚持着走出新疆,小六一也终于和妈妈重逢。2016年秋,抵达敦煌的齐海亮,特地带小六一飞了趟北京。首都机场再见那刻,5岁的小六一简直是飞奔过去,可真到妈妈面前,却又一下拘谨得有些不敢拥抱了。妈妈则是心疼得抱了女儿一路,反复摸着小脸小手,感慨着孩子晒黑了,长高了。曾经在怀里小小的女儿,快一年没见,怎么一下这么大了?

　　整整一周,母女都形影不离。小六一一回到妈妈手里,又是打扮,又是重新修剪头发,一下又从灰头土脸的野孩子变成时髦小公主。但这对父女的骑行路,还想继续往前走。北京西站告别时，六一居然一点没闹。直到火车开动，望着妈妈远去的身影，小姑娘这才开始默默流泪了，一遍遍问爸爸"妈妈什么时候还会再来呀"，整整问了一路。

"女儿真是长大了。以前说哭就哭，这一次却会掩饰自己的情绪了。"齐海亮有些心酸，小小的她竟也知道：要忍住不舍，为了未完的路。

在路上成长的，不仅是孩子，还有齐海亮自己。2016年10月，骑进四川茂县，迎向自己的35岁生日。车轮下的路，已不再是茫茫荒野，换作一路隧道、窄道、急下坡。路况最难的大西部，似乎终于走完。可眼前川流不息的大车，也在提醒他一刻不能放松，新的风险与困难，还随时可能出现。

尤其是想起上一个生日，在海南撞车、迷路的一路狼狈。转眼一年，他都有些恍惚：那时跟跟跄跄的他们，时隔一年竟还在路上。一路上，许多人不信，这对父女真是骑车环中国一步步走来？六一总会煞有介事地翻出照片，一脸神气："这回相信了吧？我爸爸可是一个英勇的爸爸。"

听到这里，齐海亮忍不住欣慰地笑了。他有时也不敢相信，自己怎么能走出这样长的路？"可能是因为爱吧。因为背后有女儿在看着，我就想把爸爸的背影印在六一心里，告诉她，这个背影会带着你披荆斩棘，无所不能。"

◎ 终点也是起点

"我们都骑行环游中国了，再没啥困难能难倒我们，是吧？"2017年7月，骑回故乡唐山的前夜，齐海亮写完又一天的日记。摸摸身边女儿熟睡的小脸，心中既骄傲又万分不舍。这一路，他每天都会写日记，哪怕忙到凌晨，哪怕自己最头疼写作文。他怕会记不住陪伴六一的每一天。一天天，不觉间，日记写了761天，车轮也骑过4万公里。在穿过茫茫大西部之后，他们又骑经中东部、内蒙古、东三省，真的即将走遍中国。

"想起出发，就好像是昨天的事。"离家只剩最后几十公里，蓝色路牌"唐山欢迎你"跃入眼帘，故乡风物扑面而来。街道还是那个街道，路上还是一成不变的生活，齐海亮感觉像是做了一场梦。

这个梦，他真希望能一直做下去，希望时间能再慢一点。但车轮向前，正滑向必然的终点。终点是父母、妻子，站在门前热切眺望，一如两年前出发时的情景。迎向终点的他们，脑子里却是满满回忆，心里装着整个中国。

"陪女儿的路，终于走完。忽然又面对脱离两年的社会，自己以后的路又在哪儿呢？"站在家门前，他感觉自己像个大学刚毕业的人，不舍过去，也有些迷茫未来。回过身去，看见正和家人热烈拥抱的小六一，从4岁到6岁的脱胎换骨，又觉得一切都非常值得。未来未知，但至少这一刻，他可以自豪地说一句："六一，带你一起环中国，爸爸做到了。"

"丫头，还记得在新疆，爸爸是怎么带你骑车的吗？"又一年夏，背上背着六一，齐海亮在家附近又蹬起自行车，已不再是为了去旅行，而是带女儿学骑车，教她如何掌握平衡。猛点着头的小六一，趴在爸爸背上，更沉了。一晃她已7岁，小学一年级都上完了。还记得开学那天，他以为女儿准会哭鼻子，离不开自己。没想到小丫头挥挥小手，头也不回就和小伙伴们跑远了。留下身后的齐海亮百感交集，庆幸自己没错过她的童年。"能陪她一起长大，真是这辈子最正确的事情。"

旅程结束快一年，这对父与女，从朝夕相处走向了漫长分离。齐海亮又开始在各地忙碌赚钱，从亲子骑行到户外教育，面对错综复杂的尘世路，他最终选择了年少最爱的音乐，在杭州、福州等地开起3家琴行，重整旗鼓，开始了人生的新爬坡。

梦醒了，生活还要继续，梦想也还在坚持。从前是一天天骑车，如今他日复一日在练琴，常常是一天10小时，直练到积满老茧的手指都磨破了。而每天最重要的事，是和远在老家的女儿视频2小时，远程教她弹吉他。隔着网络，他们还在共同成长。

"虽然没在一起，但经常错觉身后她还在喊爸爸。"一夜夜望着视频那头也在练琴的女儿，齐海亮总觉得他们不仅是父女，更像是继续一起战斗的朋友、战友。而那段环中国的经历，更像种子，在她心里持续影响一辈子。

就像现在，回老家探亲的他，带着女儿一碰自行车，所有的记忆又一次清晰涌现。六一一边试着自己用脚滑行，一边嚷嚷着："爸爸，等我长大赚钱了，我给你买辆大摩托。我们还要一起骑行去非洲呢！"

相信到那时，就不再是他拖着女儿的小拖车，而是两个人并肩走在路上。甚至换他在身后，望着女儿的背影，仿佛看见太阳刚刚出山。仿佛此时此刻，扶着后车架的爸爸，站在晚风里，放开手，孩子终于一个人骑行向前。

你的背影，我的长路

和这对父女初识时，他们刚穿过大西北的炎炎酷暑。晒脱相的齐海亮，自己都觉得有些不可思议，感叹所有奇迹是因为她——正四仰八叉睡在他身旁的小六一。一只宽厚的手，情不自禁一遍遍抚摸着女儿额发。父爱无声，还将陪她走向更远的遥远。

再见到这个爸爸，旅程已结束一年，让我有些意外的是，正忙碌新事业的齐海亮，和六一如今会天各一方。一只结茧的手，拨弄吉他，只能用琴声继续陪伴女儿。

但其实，人生是孤旅，每个人都只能陪我们走一段路，即便是父母。

正因为注定分离，曾经的陪伴，才会是如此珍贵的礼物。

谈到远方的孩子，齐海亮虽思念，却非常放心。因为他已经以最男人的方式陪伴过女儿了，用761个日日夜夜，4万多公里，给了她独一无二的童年。

回望最初，他们一个是跌入低谷的大男人，一个是娇气任性的小公主。

一路上，他心里装着的都是身后女儿。女儿的呼唤，就是他勇往直前的动力。

一路上，她眼前掠过数不尽的山川河流，路过的全世界，都由父亲的背影引领。

虽然有一天，他注定老去，目送女儿远去。她也会越飞越高，飞向自己的世界。

但曾追着父亲背影，奔跑在路上的成长，会像一束光，陪伴彼此一生。

并让人深深懂得，这世上，没有哪一个男人，会像父亲一样爱你。

回望来路，我们也一样是眼望着一个男人背影，走过童年。

眺望远途，我们也一样会成为另一个孩子眼中背影，走向老去。

只是，我们总忙着向远方赶路，却时常忘了回头。

回过头去，再看一眼父亲的背影、孩子的依恋——那才是我们人生的起点与支点。

用孩子的目光，再追随一回父亲。

用父亲的背影，去引领一个生命。

无论路多长，无论走多远，最深的爱，就在一转身之间。

一起面朝雪山的父女俩

生命

这世界,我来过

有人永远长眠,自由之魂依然醒着
我们都还活着,一颗少年心又是否早已沉睡?
在时光洪流中,拼命记住他们
更要记住的,是那一种真正执着的追求

本篇供图：周 鹏、李 兰、清华大学登山队

严冬冬、周 鹏

自由之魂，
冰封裂缝

两个男人，在天亮之前出发。一根绳索，在两条生命之间穿过。一前一后，攀爬在幺妹峰和一座座传奇山峰……周鹏、严冬冬这一支"自由之魂"组合横空出世，一度被视为中国新一代"登山双子星"。

然而才张开的羽翼，不到3年，却被生生折断——2012年7月9日，新疆西天山，年仅28岁的严冬冬坠入暗冰裂缝，从此长眠雪山。

理科状元、奥运火炬手、第一个登顶珠峰的清华学生……6年过去，穿过大众记忆中的模糊标签，更真实的严冬冬，短暂一生究竟在追求什么？何以抛却名校前程，走上一条近乎流浪的路？

为了唤回不应忘却的记忆，我寻访了周鹏及多位冬冬生前好友，却发觉真正的"自由之魂"并不仅是登山，更指向内心和漫漫人生。

这也并非一个人的追求，而是一群少年人，朝着自由，在理想与现实夹缝中，奋力飞翔过的青春故事。有理想、有热血、有天真、有失败、有成长，也有沉重却无法回避的死亡……

◎ 当学霸遇见登山

7月炎夏，新疆西天山深谷的一夜，却正大雪笼罩。"冬冬，听得见吗……"深达20余米冰裂缝旁，长达5个多小时的救援，任凭一遍遍呼叫，幽深冰缝却是死一般沉寂。这是2012年7月9日深夜，精疲力尽的登山者周鹏，失去了他的黄金搭档严冬冬。

"我们以后搭档的名字就叫'自由之魂'，怎么样？"时间退回4年前，2008年奥运会前夕，6500米珠峰前进营地，肩负奥运火炬传递任务的两个"80后"年轻人，同睡在一个帐篷，正同做着一个更自由的登山梦。

"这名字，真是越想越'牛'啊！"彼时24岁的严冬冬，推推眼镜，还是一脸学生气，枕着正在翻译的《极限登山》英文版，兴奋得简直睡不着。却不知在同寝的周鹏眼里，他真正"牛"的地方，是所选择的不可思议的生活。

"那阵子，冬冬从桌缝里摸到几个遗落的硬币，就像中大奖，因为够他买几块煎饼，填饱几天肚子了。"这样捉襟见肘，让周鹏一开始非常吃惊："他清华毕业的，居然把自己搞那么惨，还一心想着自由自在去登山？"

"看，他就是严冬冬！"记忆继续倒退，2001年夏夜，辽宁鞍山旧书市场，同学们一吆喝，众多家长立马围堵住一个腼腆男孩，缠着他介绍经验。刚结束的高考，他以678分拿下鞍山市理科状元，名列辽宁省第二。

高考决定命运的大环境下，严冬冬本被期许的应是另一种人生。早在6岁，智商测试150分，他被父母送进了当地"超常班"。然而，4年读完6年制小学的方式，很快被质疑是否在揠苗助长。最后严冬冬父亲等家长前往教委游说，这才保住这唯一一届实验班。

"我们是一群被实验、被特殊对待的小孩。"在严冬冬小学同桌回忆里，课堂后面旁听的大人比学生还多。前所未有的重视，超前教学的英、理、化多门课程，带来压力，也确实让他们跑赢了起跑线。同学后来大多留学、上名校，前程似锦。但，像冬冬这样不走寻常路的，独此一人。

从小被当作学霸，可冬冬并不那么自信，"我其实做什么事都没太多天赋，全靠跟自己死磕"。大家佩服他常年第一的成绩，没看到的是他高一一学期做的练习册，堆起来有他个子高。同学惊叹他高中英文词汇量就高达2.2万，他只是一直在"强力地背单词、强力地做题"，连梦话都常说着英语。这种死磕，尤其体现在体育上。这是学霸的短板，他还极易发胖，被戏称"熊猫""冬瓜"。可越是不足，他越有意识去训练。

攀登中的严冬冬

高二开始，400米操场，严冬冬每天跑30圈，越下雨越坚持。

但即便如此刻苦，进入清华生物系后，有同学看见他报名山野协会，还是不免诧异："这胖子也能去登山？他在我眼里实在没什么运动细胞，跑步都能把自己绊倒。"同学的诧异，很快被热血气氛盖过。当清华登山队队歌《白鸽》响起，迎新视频里那一句"人年轻的时候，应该去登一座雪山"，深深触动每一个年轻人，其中也有才大一的严冬冬。

"Brave heart（勇敢的心）进入我的生活，真是一个奇迹。"哪个少年不渴望拥有一颗"勇敢的心"？尽管据同学回忆，冬冬是个听见狗叫都会吓跑的斯文小胖子。清华山野协会，校园论坛版面名称"Brave heart"——因为这个名字，严冬冬几乎是误打误撞进了清华登山队。"第一次训练的感觉，几乎要死掉。第一次听学长登山报告会如听天书，觉得离自己十万八千里……"但一个不同以往的新世界，也就此打开了。

"雪山！这不就是雪山吗！平生第一次见，只觉得庄严与神圣。"2002年暑假，这个少年志忑交上登山申请表。有幸18岁就接触到登山，冬冬在日记里这样描述和玉珠峰的初见。除了雪山壮美，更让他难忘的，是"20多个人一起流汗、手把手走过来的路"。

同学少年，青春热血，母校、集体与理想高于一切，这是清华、北大等校园登山队远不同于社会组织的精神气质。"相比登山，我最初喜欢的是组织登山这件事。"中国农业大学登山社团中走出来的周鹏，回忆起最初，也是相似感受。"一群人朝着一个圣洁方向努力，那感觉既热血又投入，就像一起干革命。"

每年暑假一座雪山的成长，让严冬冬发现了真正的热爱。但大学4次登山，居然从未登顶。尤其2005年毕业去登念青唐古拉山，终于距离顶峰不到100米，新队员何浪却高原反应到剧烈呕吐。"4年了，第一次，这么近……"已是攀登队长的冬冬万分纠结，却最终拍板："我们放弃！这个决定我负责。"

"所有人都明白4次都没到顶是什么滋味。我敬重他，从那时开始。"后来成长为清华登山队队长的何浪，对冬冬更大的敬重，是眼看他毕业后漫长的漂泊与坚持。被视为天之骄子，清华毕业生大多是出国、进名企，比拼着一个比一个更牛的工作。曾是理科状元的严冬冬，却让所有人大跌眼镜——去山东泰安的三夫户外商店做店长。朋友们觉得他疯了，他却目标明确："我对未来的梦想很简单：可以自由自在地去登山，自由自在地安排生活。"

◎ 理想与现实

虽被笑话"和登山八字不合"，但严冬冬的狂热在协会是出了名的。为提升技术，他宿舍的床栏杆都垂满一条条路绳，各种打法的绳结，密集得像蜘蛛网一样。更出名的是，实力更强的队员们都在毕业时回归"正途"，冬冬却成了第一个要把登山坚持下去的人。尝试过做户外店长、户外编辑……以户外为业的想法，短短几个月就破灭了，他得出结论："上班这种事完全不适合我。"

为暂时糊口，他开始发挥英语特长，接各种翻译。最初稿酬每千字仅30～50元，哪怕翻译一整本书，回报也才几千元。收入微薄零碎，一多半钱还被他一掷千金买了装备。回忆最初漂泊，冬冬坦言一度在"饥饿线上挣扎"。毕业后，他还蹭在清华食堂吃饭，最省时一个月饭卡只花了30多元。2005年秋，他甚至搬进清华14号楼楼顶，房租也省了。

那是登山队活动室,器械凌乱的角落里,一张防潮垫,一个头发乱如鸟巢的男孩,白天睡觉,晚上翻译、训练、一心痴迷着攀登。衣服上有破洞,眼镜腿断了,他就用透明胶随意粘着……

但这个蜗居没持续多久,他就被管理人员赶了出去,又群租在清华西门外,在没暖气还漏风的小平房里,度过了瑟瑟发抖的冬天。

看着这近似流浪的生活,心怀理想者不禁要奉之为偶像,"他在做我们想做不敢做的事。"现实一些的同学则不免讥讽,当他是迷途青年,"别以为年轻有资本挥霍,等有天,想回归正轨,同龄人已经事业有成,有房有车,他却可能什么都没有。"

"他比所有人都成熟,也比所有人单纯。"何浪眼里,冬冬是学长,也像个小孩。"认定自己想要的,不在意他人眼光和世俗价值——这是他的成熟,也是他的单纯。"但随着时间推移,何浪也感觉到冬冬有些着急了,好几次听到他在电话里和父亲争吵闹翻。更让何浪惊讶的是,这个一向温和的男孩,和家人竟一度措辞激烈到"再逼我,就断绝关系"。

严冬冬出生在知识分子家庭,父亲是鞍钢集团技术领导。作为理科状元,他自然是家中骄傲。严爸爸的同事提到严冬冬,都会双眼放光:"老严头儿家那孩子,简直太棒了,将来肯定是块材料!"背负如斯期许,毕业却离经叛道,需承受的家庭压力可想而知。

更茫然的是,顶着巨大压力,想要的生活却毫无头绪。登山对技术、装备要求极高,毕业一年,他的装备尚需东拼西借,90%的活动还依附在清华登山队。2006年5月,冬冬总算第一次尝试独登雀儿山。才到5300米,望着绵延亮冰和裂缝,没有搭档,实在心里没底,他只能撤退。

"像这样搞下去,一年登不了几次山,要过多少年才能达到我梦想中那个境界?"雀儿山归来,冬冬陷入新一轮迷茫:想往自由的方向走,但连这个方向究竟怎样都认不清楚。而这样的生活还能维持多久?梦想和激情又能支撑多久?

最茫然时,计划传递上珠峰的奥运圣火,竟神奇点燃了命运转机的火焰。靠着清华团委一纸介绍信,2006年秋,他"混"进了这支正在招募学生队员的队伍,集训时间长达两年。"简直到了天堂,两年不用愁吃喝,可以安心训练了。"可真啃上这块天上掉下来的馅饼,冬冬很快又觉得不对劲。珠峰采用的是喜马拉雅式攀登*,向导全程修

---

* 登山有两大派系:喜马拉雅式登山和阿尔卑斯式登山。前者需反复适应、修路、建立多个营地、多人多工种支援,仰仗保障和团队。后者仅携带少量物资,在最短时间内完成冲顶,没有后勤补给,人数一般两三人,更多仰仗的是个人技术和能力。

路，只需跟着前行。集训队对学生只有单调体能训练，几乎没有技术培训。

当清华登山队在桃源仙谷教学攀冰时，珠峰火炬队却让学生背着迷彩军包一遍遍爬楼梯，走公路一走一整天……2006年冬，何浪和严冬冬在冰壁前短暂重逢时，感觉他路过的小眼神都充满哀怨。

"训练方法陈旧而不够科学，集训队里弥漫着功利性的竞争气氛，攀登中的关键决定完全要看领导的脸色……我觉得窒息，我想要的是真正的、自由的攀登，不是这些东西！"严冬冬在回忆文章里这样写道。但紧接着，他欣喜地发现："集训队里还有一个人跟我一样感到窒息——周鹏。"

"到底去还是不去？"进入珠峰火炬队，最初曾让农大在读的周鹏万分纠结。成长于湖北农村的他，第一次对登山有概念，是2002年看到北大山鹰社5人遇难的新闻。"一直想不通，都能上北大的人，为什么还去干登山这么危险的事情？"进入大学，带着好奇，周鹏进了农大登山社团，终于见识到什么才是"城里人"的登山，并爱上了那种"攀登时几乎忘掉整个世界的专注感"。

但两年封闭式集训，意味着脱离大学学业，未来职业都可能改变。"刚进城时，想着以后总算可以坐办公室，不用下地干活了。可真接触到城市浮华，却很不想走那种升职加薪的职场路。我还是更喜欢山野，想未来在登山领域做些事。"

带着抱负加入，现实却也让周鹏充满失落。直到2007年秋，他和严冬冬被集训队分到同一间宿舍，意想不到收获了彼此。冬冬最初给周鹏的印象也挺怪：说话从不留情面，总在别人长篇大论时，来一句"那又怎样"，然后续上一通"严氏理论"，爱抬杠到被称为"杠头"。他甚至不吃猪肉，常和朋友说，猪是懒惰的动物，自己是异常勤奋的人，"完全容不下"。

但对攀登的热爱，还是让同龄的他们迅速热络。冬冬接到《极限登山》的翻译工作，顿时爱不释手。"这实在是一本让人翻起来就停不下的书"，每个夜晚，冬冬翻译得热血沸腾，每结束一章，第一个读者就是周鹏。

青春热血、求知渴望之下，两个年轻人就着书中内容，从技术到理念到精神，常常聊到天亮还毫无睡意，彼此欣慰着"终于有个能聊到一起去的人了"，对书、对人，都是相见恨晚。

现代登山自欧洲发源，迄今已发展200余年，但直到20世纪末，才在中国大众化。即便是冬冬和周鹏，那时对真正的"自由登山"也还认知朦胧。小队伍，两三人，自行背负装备，凭着搭档间合作和个人技术挑战各种地形——《极限登山》呈现的阿尔卑斯式攀登，闪着自由之光，犹如启蒙，终于为这两个茫然的青年打开了一扇窗。

2008年奥运火炬传递中，严冬冬成为第一个登顶珠峰的清华学生

尤其是获知珠峰登顶机会由领导决定，而非能力决定，两个年轻小伙备受打击：原来将近两年的"搬砖"，也许只是空欢喜一场……2008年4月底，枯守6500米前进营地，压抑于体制内登山的束缚，他们忍不住更加憧憬《极限登山》指出的另一条道路。"别人不让我们爬，我们就自己搞。"理想与叛逆之下，这两人决定以后一起去登自己的山，不仰仗这些庞杂团队，全凭双方搭档，并一拍即合，"就叫'自由之魂'！"

半个月后，严冬冬还是幸运获得机会，成了第一个登顶珠峰的清华学生。一时间，高考后的更高赞誉蜂拥而来，他却觉得："这两年我最大收获不是登顶珠峰，而是收获了周鹏这个朋友，一辈子都可以信赖的登山搭档。"

24岁时，这个从生活到登山都一度不被看好的人，抵达了世界之巅。更重要的是，他认清了下山后的自由之路，并遇见了对的那个人。

◎ 光环与弱势

珠峰让严冬冬又一光环加身，但在朋友眼里，下山的他还是像个流浪汉——和朋友蜗居在月租400元的房子里，永远脏兮兮的登山衣，破洞用透明胶随意贴着，地上捡块糖直接就塞嘴里……当朋友忍不住问起父母态度，他沉默了一会儿，说："他们现在不支持也不反对吧……"

"我上珠峰就像中了一次奖，活动完了就完了。我要有自己的登山活动，我的目标是'14座'。"

珠峰只是起点，严冬冬最初也曾梦想过登顶全球14座8000米级山峰，并在2009年夏，咬牙东拼西凑了很多钱，第一次参加商业队，前往海拔8027米的希夏邦马峰。出发前，他充满期待，把希夏邦马峰当作朝"14座"迈出的第一步。归来后，他却异常失望，"这不是'登山（mountaineering）'，而是'登山旅游（mountain tourism）'，也就是说完全不是我想要的东西。"

那么，对珠峰火炬队、希夏邦马峰商业队一再感到窒息，最终放弃"14座"的严冬冬，想要的"登山"究竟是什么呢？他要的是2008年冬，和周鹏第一次搭档速攀半脊峰的自由随性。13个小时39分钟，别人两三天才能完成的路，他们一天冲顶、往返，"比之前想象的还爽"。他要的是再不需要服从任何人指挥，只要两个人彼此信赖并异口同声："一天把它搞了怎么样？"他要的更是2009年秋，追随他的榜样——英国登山者布鲁斯，12天连登6座6000余米未名峰的酣畅。这是最让严冬冬大开眼界的一次，原来登山可以是两三人扎个大本营，就把周围山头都扫荡一遍……不依赖团队，没有外界补给，靠着登山者自身力量进行登山，这才是阿式登山的精髓。

带着越来越清晰的认识，2009年11月，严冬冬与周鹏第三次踏上幺妹峰的攀登。这座被视为神一般的山峰，初出茅庐的两个毛头小伙，一开始想都不敢想。一年前，他们意外跟上了一支队伍前往幺妹峰。虽只登到5600米，但两人惊喜地发现，原来只要敢尝试，并不是连机会都没有。

二次折戟之后，他们各背负不到8公斤背包，第三次采取了更纯粹的阿式攀登，沿途不设一个营地，也没有哪怕一米的固定绳索，唯一能御寒的仅有一条睡袋。比登顶更凶险的下撤夜，唯一能容身的，是海拔6130米山脊上刨出的小雪洞。两个血气方刚的男人，并排挤在雪洞里，硬坐一晚，只有对方为伴，只能和颤抖为伴。无比漫长的夜，无数次醒来都不是天亮……

总算熬到天亮，他们平安走下这座技术攀登的圣殿。在南壁留下的名为"自由之魂"的崭新路线，却如平地惊雷，意外引来世界登山界权威奖项——金冰镐奖的关注与提名，更让国内登山者备受鼓舞。登山前辈十一郎甚至感慨："这次幺妹峰攀登，也许将成为划时代的标志。从周鹏、严冬冬他们这一代人开始，中国有了真正意义上的自由攀登。"

横空出世的这对双子星，终于迎来光明前景。但让人讶异的是，紧接着2010年一整年，两人并没趁热打铁，继续一起登山。周鹏开始异常忙碌。一度深受冬冬影响，他也选择毕业不走职场路，却同样遭遇迷茫。一个刚毕业的学生，如何能自由登山，又生存于这个社会？他和冬冬依然在各自摸索。最终周鹏选择进入中国登山协会做教练，尝试起边工作边登山的另一路径。

冬冬的亲密搭档，此后一年多，换成了女自由登山者李兰。幺妹峰的潮水赞誉，并没冲昏头脑，那依然不是让他真正满意的"自由攀登"。"领攀，才是真正的攀登。"在年度总结里，严冬冬坦诚地反思自己："登顶基本都是依赖别人。"尤其第二次登幺妹峰，基本全是周鹏在前面领攀，自己处在"全面心理弱势"。

真正的自由，不能依赖他人，更不是自欺欺人。哪怕头顶更大光环，明明可以借力搭档，冬冬还是把新一年最大任务设定成"尽可能领攀"，甚至尝试单人独攀。他一心要建立不依赖别人的独立性，想要的自由，不仅是登山方式和成绩，更在于自己的心。

"在我眼里，他俩简直像一对技术宅男和功夫高手的组合。"有朋友回忆起他们攀冰的样子，周鹏的动作堪称行云流水，令人叫绝；冬冬却明显是个书生，动作迟缓，甚至双手都不太敢伸直，但胜在渊博超前的理论。

而在周鹏眼里，严冬冬甚至有些胆小，对登山始终恐惧。他总会做各种噩梦，落石、滑坠、镐尖穿进自己胸口……然后狂叫一声，好几次惊醒同睡的周鹏。一次进山前夜，冬冬突然的噩梦惊叫，甚至震醒了整个院子十几号人，吓得鸡飞狗跳。"但他越恐惧，越会和自己较劲。这是他特别强大的地方。"冬冬曾和周鹏回忆，大学参加集训，一个人落单在山野都害怕。但越这样，他越会有意识脱离队伍，选择独行甚至独攀，逼迫自己变得勇敢。"为了克服自己各种弱点，他其实做过很多别人看不见的事。"

"第一眼，真看不出这是个登山很牛的人。"曾任清华登山队队长的赵兴政，至今记得与冬冬的初见。2009年还是新人的自己，正在校园岩壁上磕一条线，怎么也过不去。冬冬过来拍了拍他的腿肚子："小肌肉群可以一夜恢复的，你今天使劲磕一磕，明天一定能过去。"

1.70米左右，微胖身材，架着圆眼镜，想不到就是传说中的"大牛"严冬冬。更想不到他的攀岩天赋，会和自己一样差。但越是弱，他越死磕。"对自己特别狠"的态度，还让他在清华登山队有个著名外号——小变态。

"他有一种矛盾感，追求自由，也极端自律。"在赵兴政眼里，冬冬甚至有点压抑自己的本能，活得并不随性，甚至像个苦行僧：既不抽烟也不喝酒，甚至有5年单身计划，总说情感会麻痹神经……他怕一旦恋爱，就没法这样自由登山了。

◎ 这一群自由的年轻人

更让赵兴政印象深刻的是，当自己也狂热爱上登山，甚至想以此为业，冬冬却顿时严肃："千万不要这样。爱好不要变成职业，那样会没有自由，就不能自己搞了。"

"我不会容许登山沦为赖以糊口的职业。"面对机会和劝说，严冬冬始终坚持着这一点，代价是刚毕业时，在饥饿线上挣扎；去哪儿都只能坐绿皮车硬座，睡觉就直接钻座位底下；幺妹峰归来虽获品牌赞助，经济依然处于"城市居民底层"……但，没有人能生存在真空里。最初暂时糊口的英语翻译，最终成了严冬冬的职业选择。不出去攀登时，他就通宵达旦翻译，甚至颠簸在车厢里，也能旁若无人，不间断翻译上万字。但收入依然微薄，稿酬虽涨到千字60~80元，哪怕一年翻译100万字，他的所获也不到10万元。

"我觉得这是选择这样一条路的人，所必将经历的过程。"多年摸索后，冬冬坦然接受了这个自由的代价。他一辈子都不想做房奴、车奴，哪怕大多同学出了国，有人已成千万富翁。他反倒想起玩过游戏里，"自由职业者"也叫"自由枪骑兵"，多么中听的名字。

像个崇尚自由的骑兵，他从此把"自由登山者、自由职业翻译"当作了自己选择的身份，也终于找到了梦想和现实的平衡。而翻译《极限登山》的快感与收获，也让他瞄向了更多国外攀登书籍。紧接着，2009年《登山手册》、2010年《完全攀登指南》、2011年《国际登山技术手册》……坚持不从业的他，也希望通过翻译，对国内登山界做出实实在在的贡献。一本本译著，带着真正的专业与热爱，也着实打开一扇窗，让更多人看见了更自由的攀登，一如最初两个年轻人。

最初的两个年轻人，在一年各自成长之后，也重新走到了一起。中登协的忙碌工

同学们走向社会，他独自选择登山

作，让周鹏几乎再难有时间登山，最终还是辞职离开体制。他还是想自由自在去登山。等着他的是更多激动人心的攀登计划，及黄金搭档严冬冬。

赵兴政至今怀念，2011年走出校园后，蹭住在周鹏和冬冬家里的那个夏天。北京郊区密云，他俩合租的毛坯房里其他什么都没有，全是登山器械装备。冬冬床上甚至没有枕头被褥，在家也直接钻睡袋里睡。

每一天，三个男人直奔白河去攀岩。烈日下，岩壁上，一爬一整天。满身是汗，满手是粉，心满意足回家，他们又继续畅谈人生和理想，经常谈到深夜还眼睛放光。趁着青春正盛，这几个年轻人把物质生活降到最低，攀登热爱却放到了最大。但有关自由，冬冬依然没有满足。在他眼里，面对山峰，想怎么爬就怎么爬，还只是最低层次的自由；更高的自由，应是面对人生时，想登山就去登，想不登就不登，无人能左右，自己能安排。"通过一点点提升自己的境界，去达到更高的自由，没有比这再爽的了！"

自由的磁石，也持续吸引着相似追求的人。2011年秋，女摄影师李爽开始追随周鹏、冬冬的攀登。李爽原本做着设计师工作，喜欢雪山的纯净，却很不喜欢跟随商业队那种被伺候着登顶的体验。于是她尝试以拍摄的方式，去亲近雪山和那些真正在组织攀登的人，并在慕士塔格峰遇见了临时帮人带队的周鹏。周鹏让她知道，原来还有这样一种自由登山方式。越了解周鹏和冬冬，李爽也越感慨：人就应该这样生活。她忍不住好奇："5—10年之后，这两个可贵的年轻人会变成什么样呢？为什么不从现在就开始记录？"

2011年10月，四川贡嘎深处，天还未亮起，"自由之魂"又一次整装出发，迎向白茫茫冰雪，向上攀行。追逐着周鹏和严冬冬的，已不仅是山尖的阳光与风，还有山下来自李爽的镜头。

在周鹏记忆里，那是最意味悠长的一次攀登。他们终于第一次把曾经的梦想变成现实，像许多西方自由登山者那样，在贡嘎山区深处建一个大本营，然后一连开辟了勒多漫因、嘉子峰、小贡嘎3座山峰的3条新路线。"于我而言，这是一个开花的季节，之前对于攀登的所有积累全都绽放了。"

"我们把它叫作自由之舞，好不好？"登顶嘉子峰的风雪中，冬冬意犹未尽。他给线路起的名字，也成了李爽这段拍摄记录的命名。在《自由之舞》里，多次出现这样的远景：一根绳索，在两个男人之间穿过；两个身影，一前一后，嵌在洁白冰壁，爬过阳光和阴影的界限……巍峨山体，两个生命的存在，那么渺小，但也让李爽觉得是那样美。

更让人难忘的记录，是更多登山者抵达这片秘境时，陌生的自由灵魂，偶然又必然地聚在一起，分享着不同攀登体验，还有不同的人生和音乐。来自俄罗斯的登山者甚至抱着吉他，弹唱起远方的民谣。不知道他们在唱什么，但每个人的表情都很沉醉。回想起多年前那个画面，李爽说："那就好像一种在路上自由自在的味道。"

◎ 暗冰裂缝的坠落

　　自由的味道如此甘美，但除了需付出漂泊的代价，有时还需面对沉重的死亡。2011年贡嘎山域攀登，同时藏着严冬冬的一个夙愿——攀登勒多漫因北壁，以纪念陈家慧。那个登山遇难的年轻姑娘，有着格外灿烂的笑容。他们曾共同攀登这座山，最终风雪中遗憾下撤。以为还能并肩攀登，一年后，噩耗却传来。

　　2010年夏，当清华登山队登顶格拉丹东峰归来，大家伙正忙着欢庆，冬冬却失了魂般站在旅馆门口，谁也不搭理。发愣大半晌，他才和身边的赵兴政幽幽说了句："知道吗？陈家慧死了。"烈阳陡然暗了下来。

　　那一晚，赵兴政少有地见到严冬冬喝酒。热闹的登山庆功宴上，从不喝酒的冬冬竟倒了一满杯，什么也没说，闷头开喝。没多会儿，两个大男孩一瓶多白酒下肚，醉得抱成了一团。"登山就是这样。也许哪天你在报纸上看见遇难新闻，仔细一看，那个人就是我。""你不要这样！"一听这论调，赵兴政简直想打他，但事后回想，那也是第一次感受到冬冬心里的沉重感。他不止一次说过，活着就要像一朵花尽情绽放，活着是为了想要的极致体验。可登山真可能会死人。

　　3个月后，他们更在云南玉龙雪山共同经历了真正惊魂。没有任何征兆，保护塞从岩缝脱了出来，最先掉下去的是严冬冬，紧接着是连在一根绳索上的赵兴政和李兰。完全来不及反应，三人急速滑下灰白岩壁，幸运地被一个小水台拦住，这才避免了从40米高处直接拍到地上……3个人叠罗汉般摔在一起，压最下面的冬冬挤出的第一句话是"都活着吧？"之后的三四天里，撤回客栈的3个人陷入沉默，几乎都不说什么话。

　　这次意外，毁了他那年剩下的攀登计划。可当重新捧起《极限登山》，他还是感觉和当年一样热血沸腾，一样充满攀登欲望，想立刻回到那冰雪与岩石的垂直世界中去，在距离死亡一步之遥的地方，寻求那种无可替代的深刻体验。在冬冬看来，危险性也正是登山运动独一无二的魅力之一。就像提到美国登月计划时，肯尼迪总统说的："我们之所以会去做这件事，不是因为它容易，而恰恰是因为它很难。"

更大冲击，发生在2012年元旦。和周鹏、李爽一起在河北攀冰，接近冰瀑顶端时，冰锥竟滑落，严冬冬直接从20多米冰壁上半滑半滚到底，头部遭受撞击，当即昏了过去。昏睡3天后，他的意识才仿佛被重新激活。

再回到冰壁，周鹏明显觉到冬冬所受的巨大心理冲击。总担心绳子会断、冰锥会掉，什么也不敢相信，甚至每爬几步，他就忍不住大叫，直言"这太恐怖了"。但他还是不依不饶地爬，哪怕每一次都爬得很糟，紧张、害怕、挣扎，却又大喊着，拼命想要克服本能的恐惧。

"他一直在和自己对抗。一方面很脆弱，甚至懊恼自己怎么这么弱；另一方面又超强大，强大到可以靠意志改变自己。"眼看着冬冬在冰壁上拼命死磕，周鹏感慨："这种内心强大程度，真是超出了我和常人。"

几个月后，朋友在攀冰地再见到冬冬。他已恢复往日平静，坦言自己用了很长时间克服心理障碍，直到有一天能坦然接受自己随时会死。"这没什么，因为喜欢，所以选择去做；因为足够喜欢，所以愿意承担一直做下去可能会造成的后果。"

"我，严冬冬，现在清醒地宣布：我理解登山是一项本质上具有危险性的活动，可能导致严重受伤或死亡……"没多久，他甚至在博客上发表了一篇《免责宣言》，进一步表态。朋友问及原因，他回答得轻描淡写："很简单，只是希望如果有一天我在登山时'挂掉'，不会有人因此而给我的搭档施加压力。"仿佛一语成谶，这成了严冬冬的最后一篇博文。

"最后半年，总觉得冬冬有点不太对劲。为克服恐惧，他反而会做一些激进的事。"2012年7月，当他们走进神秘的西天山，面对一个异常凶险的冰川，周鹏明显感到危险，冬冬却执意要上去看看。"本来考虑，回去后，我们的搭档关系是不是该暂时冷静下，避免更激进倾向。"但一路绷紧神经的周鹏没想到的是，最有难度、风险的区域都安全走过了，在最不该发生意外的地方，意外却突然发生。

那片永远留下严冬冬的西天山，原本寄托着他真正的长征雄心。相比多数人蜂拥向热门山峰，他们更热衷这样从未有登山者涉足的山区。一年前从北侧首次深入，冬冬遗憾没搞定目标线路，"否则会是一次真正意义上的世界级攀登"。2012年他们换南侧进入，依然没能靠近目标却勒博斯峰，最后临时起意改登了另一座5900米的未名峰。成功登顶，直撤到4400米，冬冬想起在峰顶曾俯瞰到的一个小湖："那一定是个鸟语花香的地方，我们今晚就去那小湖宿营吧。"

不远处，那个鸟语花香的小湖，最终没等到他们的到来。寂静莫测的山谷，周鹏走在最前面探路，李爽紧跟其后。正小心往前走着，忽然听到咔嚓一声，回头一看，走

严冬冬和周鹏,曾以"自由之魂"为名的登山搭档

在最后的严冬冬竟掉了下去。这时是18点15分左右。7月9日,和两年前陈家慧遇难的日子,竟是同一天。

"冬冬,他还有希望吗……"4天后,面对严冬冬父亲克制着绝望的眼神,护送他去新疆的赵兴政,一时语塞。交往多年,他和冬冬竟几乎没谈过彼此家人,或许潜意识都在回避这永远无法割舍又沉甸甸的爱……"叔叔,你看我所有登山装备都带了,我比任何人都想马上进山去救他啊!"那是他第一次,也是唯一一次看到,一夜白头的严爸爸再也忍不住地失声痛哭。后来哪怕面对周鹏交代全程,严树新都是一脸极度忍耐与平静,和严冬冬神似。而晒得黝黑的周鹏,整个人瘦了一圈,在赵兴政眼里,像是"一下子垮掉了"。

"怎么可能……"对于这个意外,周鹏至今仍感到太意外了。那条明显被雪覆盖的暗裂缝,走在最前面探路的他,甚至用雪杖戳出窟窿标记,提醒后面两人小心。以冬冬的经验,怎么可能……

那一天,周鹏甚至绳降到冰裂缝底部,一直救援到绳皮磨破,体力完全透支,再无计可施，也没能救回失去意识的冬冬。那一夜，剩下的两人露宿在冰裂缝旁，从不曾有过地残酷与无助。幽深冰缝，大雪纷飞，时间一分一秒流逝，一个28岁的年轻生命，无可挽回地逝去了。

太阳照常升起，阳光洒在一个个面对石碑沉默的人背上。面朝雪山的石碑上，新刻下两排红字：自由登山者严冬冬，与天山共存。由于事发地难以接近，他们最终只能放弃救援，让冬冬的遗体永远留在了天山怀里。

"这个登山呐，我要是年轻时有这个经历，可能也会爱上这项运动吧……"站在石碑附近的小山上，严树新望着儿子长眠的山川，努力微笑又沉默。在严爸爸提议下，周鹏特地陪他登上附近一座高500余米的小山。他用这样一种方式，深情送别了儿子，也给出了一个父亲最大的理解与宽容。

而山谷外的世界，轰炸报道也潮水般涌向四面八方。理科状元、奥运火炬手、第一个登顶珠峰的清华学生……又一年高考刚结束，人们热议着这个众多光环的年轻人，或惋惜才华，或赞赏勇气，或指责轻率不值得，却没有多少人真正理解他短暂一生苦苦追求的自由，究竟是什么东西。

"冬冬寄托着我们当年的梦想。"尘世中忙碌的同窗朋友，纷纷停下来，不止一个这样反思："我们是让他代替自己，去实现自己不可能实现的追求。"但严冬冬生前纪念陈家慧时，自己却曾这样写道："'死在山上是最好归宿'这种没心没肺的话，在现实面前显得如此荒唐和脆弱。"他接受了这个可能性，并不意味着不珍惜生命。恰是太热爱生命，才会在所有人走向俗世时，独自选择登山——这件他觉得"更接近生命本质的事"。

"如果当初知道未来会是这样，估计会高兴得跳起来。"出事前两个月，他曾如此感恩此刻拥有的自由生活，并始终希望可以多一些时间，去感受更多生命极致体验。只是遗憾，他没有了更多时间。2002年7月踏上第一次攀登，2012年7月坠落暗冰裂缝，一个人的热爱与青春，从雪山上开始，也在雪山上结束，正好10年。

◎ 铭记自由

"他就这么留在山里，我却再也找不到他了……"帮忙料理完后事，赵兴政南下四川雀儿山从事高山向导工作。一直视冬冬为榜样的他，在23岁那年，成了清华登山队第二个脱离正轨的学生。只是面对茫茫雪山，再看不见冬冬那一袭红色冲锋衣，还有那一个在前头领攀的身影。他只能和同行的何浪一起，一遍遍回忆点点滴滴，有关他们曾经的导师、搭档和兄弟，这个对他们人生影响最大的人。

"将你铭记，唯有继续攀登。"下山之后，从没做过翻译的何浪，接过严冬冬没翻译完的《登山进阶》，开始了长达半年的翻译，最后把全部稿酬转交给了冬冬父母。赵兴政则把"remember 严冬冬"的小字文在了左臂内侧，因为这里离心最近。同年秋天，他在云南白马雪山自己开辟了一条新路线，命名为"Regards for freedom"——致敬自由。

而一年之前，严冬冬在开辟新线路"纪念陈家慧"时，曾这样说过："就像海明威《战地钟声》里的话，没有人是孤岛，每个人都是整体的一部分。作为攀登的人更是这样，彼此之间如果没有这个心意相连，那就什么都没有了……"

丧钟鸣响，记住他的人，以各自方式继续前行。风暴也长久持续在一些人内心，其中遭受打击最沉重的莫过周鹏。"为什么要去登山？""我们怎么会爱上这样的运动？""付出这么大代价，真的值得吗？"拖着沉痛和疲惫，回到北京密云，周鹏一度有些怀疑人生。空荡荡屋子里，再也不会响起冬冬的夜半笑声。唯有梦里、视频里，时常又出现两人一起爬山的样子，还有他最后坠落在冰缝里的样子……

不断有人问他、采访他，冬冬究竟是如何离开这个世界的。每重复一遍，对于周鹏，都像拿刀割肉一样。许多人都在等待他写事故报告，但严爸爸极不希望儿子的离去被公开分析、各种评说。他答应了老人的这个愿望，把细节吞进肚子，也背负上了一些人的误解与指责。

"周鹏习惯永远冲在最前面承担，那段日子压力比我大得多。"眼看周鹏低落，唯一的共同亲历者李爽，只能陪他一遍遍回忆，并也忍不住自我怀疑过："生个娃，两个最好，然后死心塌地过个生活？忍不住反复问自己，这样的人生我能过好吗？"

"一年了，你怎么样？我还在这条路上缓慢前行。如果有如果，我们又多了好几条路线，你又有百十万字进账了。我们不能选择自己的出生，亦很难决定如何离去，但我们选择了自己喜欢的方式去渡过生与死之间的距离，夫复何求！"2013年7月9日，周鹏在微博上留下这段话，又踏上西藏未登峰的远征。是在雪山上，他们从热血少年成长为男人。也是在雪山上，他们经历了死亡的残酷和无助。是时候继续勇往直前，雪山却又一次给予重击。

和李爽、赵兴政共同攀登拉轨岗日峰时，意想不到的雪崩来了，3个人像被卷进滚

攀冰中的严冬冬

筒洗衣机,翻滚滑坠近200米……"那时候真觉得一切都完了,还好都没受伤。但如果出事,他们的父母怎么办?"这种可能的后果与沉重,忍不住笼罩周鹏心头,让他真正放缓了脚步。此后5年,周鹏很少再碰雪很多的山了,而是专注在冰壁、大岩壁,这些对技术要求更高,风险也更可控。不少人对他扼腕叹息:不再触及冰雪临界点,要错过多少名气与成绩?周鹏却坚持着:"我想爬就爬,不想爬就不爬。不想被绑架,也没人能给我压力。"他只愿用心享受攀登,而"活着才是最重要的事"。

今天的周鹏像个半隐居的高手,依然住在密云。但不再是那个生活中只有登山的大男孩,他有了一个幸福的家,一个自己搭的小院,院里还留着冬冬的自行车,和一起露营过的帐篷。小院的女主人是李爽,曾扶持共度的艰难时光,让他们一度成为伴侣。

"30岁之前,我生活的核心就是攀登。现在尝试做一些改变,把攀登变得少一些,让生活更多一些。"2015年底,周鹏开设"享攀"学习班,传授攀冰、攀岩课程。岩壁上那些或生涩或死磕的学生,总会让他又想起冬冬,想起冬冬曾说的话:"周鹏,我们在一起总会创造奇迹。"

再回想那个全是登山器械的老房子,两个放下一切去登山的男人,一无所有,只有理想的"自由之魂",周鹏不禁有些感慨:"那真是永远有着青春味道的日子。"

"你今天使劲磕一磕,明天一定能过去。"清华大学小岩壁下,望着奋力攀爬的少年,赵兴政脱口而出这句话时,仿佛时光倒流,又回到初识严冬冬的那一天。那一天,阳光灿烂,透过树叶照在冬冬眼镜上,他也是这样鼓励才大二的自己。

曾是小兄弟的赵兴政,现在已经比当时的冬冬还大一岁了,也创办了自己的高山探险公司。终于以雪山为家,他却很难再有时间去自由攀登了。"年近而立,切身体会到男人肩上有多沉重,也愈发敬佩那时的他。28岁了,还能那么纯粹地追求自由。"

时光远去,但冬冬没有走远。今天的阳光正照在岩壁角落里,一块白色大理石雕出的面容上。那是遇难4个月后,冬冬满28岁生日那天,清华登山队为他在校园里设立的纪念处。

10年之前,当冬冬从这里眺望未来,曾说:"将来,当生活积攒了足够重量,或许终会将它拖回地面。在那之前,就让'少年之心'自由飞翔,领略这个世界的美和奇异吧!"

10年之后,光阴不动声色,改变着一个个人。不变的是定格在纪念碑上永远28岁的脸,长眠在天山深处的那一颗少年之心。还有来来往往的学生,不变的青春,不变的向往自由,不变的爱如少年。

存少年之心，怀自由之魂

"6年了，我终于和你同岁了。如果你还在，会在做什么呢？又翻译了哪几本书？搞定了几座未登峰？还在坚持你的自由吗？"

时间冲淡记忆，但还有人在念念不忘。6周年忌日，严冬冬纪念网站，仅有的5条新留言中，一位刚满28岁的年轻人这样感慨。在时光洪流中，拼命记住他，更想要记住的，是那一种对于自由的真正执着。

人人都向往自由，爱我所爱，行我所行。

但多数人仅是喊个口号，埋头继续苟且，身不由己江湖漂。

深入冬冬的故事，最感慨的莫过，如此短暂人生，却有如此追求自由的行动力。

名校毕业，前程似锦，却自愿选择漂泊。

护送圣火登上珠峰，下山却放弃"14座"，走向不为人知的山峰。

头顶幺妹峰光环，却坦言能力不够，拼命死磕自己的弱。甚至甘愿清贫，不愿以热爱为业，固守着内心纯粹……追求的自由，并不仅是面对山峰，更在于内心，还有漫漫人生。

这样的自由很昂贵，想得到，必须配得起。

是多年苦学的英语，让他得以平衡理想和现实。

更是自律、死磕，才让这个书生底子的人，硬生生成长为攀登先锋。

并非想象中天赋异禀，朋友印象最深的，几乎都是冬冬在岩壁上有多笨拙。

可敬的并不是天生强者，而是天生脆弱，却能和自己对抗，硬生生逼出另一个更强大的自我。

这样的自由也不轻松，更要承受的是代价。

脱离正轨，代价是漂泊，不被理解的孤独。

放弃名利，代价是清贫，物欲被降到最低。

冲出舒适区，代价更可能是危险，甚至生命……

投去艳羡目光时，更要看到的是这一份份沉甸甸代价，才是一个追求自由者真正走过的路。

冬冬永远长眠，但自由之魂依然醒着。

我们都还活着,一颗少年心又是否早已沉睡?

重温这一段冰封雪山的记忆,愿更多人记住他曾来过,更如一位冬冬的朋友所言:"我不会活得像他们一样,但他们会是我生命的参照系,让我找到自己的坐标。"

诚然,我们总有这样那样借口,也许永远无法如此活着。但这个毕生追求自由的人,这一群曾"无问西东"在路上的少年,就像参照系,每个人都能从中照见曾经年少的自己,还有今天的自己——

和自由的距离,是更近了,还是更远了?

心中不死的向往,又是什么?

要跟他保持连接的方法也很简单
就是记住,remember,就这样简单
不需要做任何形式的东西
或者至少不需要刻意去做
但是你心里记住这个人
他的影响就不会那么容易散掉

——严冬冬《纪念陈家慧》

天山石碑

| 杨春风 |

枪声之后，
8000米之上的雪山梦

雪山脚下，子夜枪响，10名各国登山者同时遇难……2013年夏，南迦峰惨案震惊世界，也成了中国登山史的沉痛一页。当时最优秀的民间攀登者就此离世，其中一人是杨春风。

为了不应忘却的纪念，我寻访了杨春风生前挚友、亲人，以及南迦峰惨案唯一幸存者张京川，更有幸打开随死亡尘封的登山日记。

穿过有关老杨的追忆，穿过他生前11座8000米级雪山的攀登历程……这一个草根登山者，一路走来，究竟需要闯过多少艰难险阻，持有怎样的热爱与追求？

时间冲淡鲜血，记忆还存活在许多人心里。枪声之后，8000米雪山之上，逝者灵魂，还活在生者继续追求的脚步之中。

◎ 师从天山派

"老杨可能不行了,在大本营遇到袭击……"2013年6月23日6点30分,一阵急促铃声,电话那头杨春风助理麦子的哭声,犹如兜头冷水,猛惊醒了还没起床的王铁男。

在新疆荒野驰骋20余年,王铁男算是历尽生死。可那时那刻,快60岁的他,拿电话的手不禁颤抖,半天说不出话来。就在那天凌晨,异国枪响划破夜幕,中国登山界失去了顶尖的民间登山者,王铁男失去了令他最骄傲的小兄弟。

陷在悲痛里,记忆如开闸洪流,奔涌向15年前那一场影响两人乃至新疆户外的雪山攀登——1998年8月,当王铁男作为第一个中国人登顶险峰博格达的画面出现在《新闻联播》,被振奋的无数观众中,就有彼时30岁的中医杨春风。

"有个叫杨春风的还没来。"2个月后,王铁男组织车师古道探路活动,第一次听到这个姓名。这人却迟到了半小时,一直不见人影,气得老王火冒三丈,当场撂下狠话:"这样不守时的人,我们不能吸纳进来!"

没想到大队伍已经上路了,小伙子却打着车硬追了上来。瘦弱斯文,架着一副眼镜,才跳上车,他就开始到处找人:"谁是登上博格达峰的那个老王?"冒失又真诚的热情,让王铁男多少消了点火。更令他刮目相看的是,这年轻人个头虽小,却表现出惊人的潜力,一路上,背得最多,步伐最大,没人赶得上他。

博格达峰首登,在世纪之交,掀起新疆探险热,也让"天山派"迅速成为中国户外的一个独特分支。被吸引来的杨春风,自然也无比向往雪山。从此,天山派的大小活动,他总是积极参与,累活苦活抢在前头。大伙围坐畅谈登山往事,他的兴致总是最浓。可一年后,当王铁男组织起首支民间队伍去登慕士塔格峰,每人需交的2000元活动费,却硬是挡住了杨春风。一向"穷大方"的他,个人诊所那一点收入全用来请大家吃饭了,自己却连买装备的钱都没有,只能望山兴叹。

为了帮帮这个渴望却登不起山的年轻人,王铁男格外热心肠。2000年夏,恰逢北大山鹰社走出来的登山者曹峻等4人来登博格达峰,需要一个当地协作背物资、带路。老大哥赶紧抓住"免费机会",大力举荐:"带上我的小兄弟吧,他绝对没问题。"

因为王铁男的担保,一贯谨慎的曹峻才勉强带上了杨春风。但其实老王自己也心里没底,博格达峰以险峻著称,那时的杨春风压根还没真正登过山。他只能郑重地把登山协会唯一一双专业登山鞋——还是一件塑料壳的60年代老古董,交付兄弟手中,并相信这双鞋一定会带给他好运。

"一进山，就感觉小伙特有兴奋劲。"只是初识，曹峻也明显感觉到这个年轻人对攀登的渴望。本是安排他背着物资在后面跟着就好，他却跃跃欲试，动不动就提出："能不能由我来领攀一段？"这是杨春风宝贵的第一次，因技术不成熟，竟一度滑坠十余米。他还一路念叨着听说外国队在"5080营地"遗弃了一顶名牌帐篷，千方百计想找到甚至捡回去用。这也让曹峻不禁为新疆登山者的"穷酸"，倍感心酸。

凑来的装备，甘愿做背夫协作换来的机会，终于让杨春风踏上梦想的雪山。2001年，又在王铁男引荐之下，他获得了去登慕士塔格峰的宝贵机会。没想到的是，那次攀登，大部队才勉强建好二号营地，他却一马当先，自个儿先抵达了山顶。一心向上的劲头，让他忘了自己只是个协作，任务是要陪人登山。

为此，王铁男第一次劈头盖脸痛批了这个小兄弟的失职，却又偶然得知他为了这次登山，每天坚持长跑10公里，穷得肉都吃不上，午饭只一碗凉面，一度饿晕在操场……再想起那时杨春风挨批时的沉默，王铁男也莫名有些心酸："他也许有不成熟的地方，只是太想登山了。"

1998 年，跟随王铁男，他开始走向新疆荒野

◎ 弃医从山

太想登山的杨春风，经济始终拮据。尤其爱上户外后，个人诊所更是经常关门。几次以协作身份登山，他见识到另一个世界，也终于决定改行——从事商业户外服务，同时满足自己的登山渴望。

"我们都不知道他怎么忽然就踏上这条路了。"在杨春风妹妹杨春亚眼里，那些年哥哥虽成天呼朋唤友，烟一根接一根，却有说不出的落寞。虽开了个小诊所，但他不喜欢每天被拴在这狭小几平米空间，一辈子过一成不变的日子。再加上1997年离婚，他的家庭、事业都很迷茫。直到遇见了户外，"光看照片都觉得他整个人气质变从容了"。但一家人最初并不理解他的追求。对于寻常家庭，玩户外像是不务正业，更别提以此为生。

家人不支持，杨春风却没有动摇。2002年冬，当王铁男又给了个去世界第二高峰乔戈里峰做协作的机会，他立马欣然赴会。冬季近100天，无数次背送物资往返于海拔

关闭中医诊所，他成了"以山为家"的登山向导

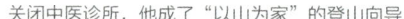

5000多米的营地间,他却连徒步鞋都没有,穿着王铁男送的塑料高山靴,把卡槽硬生生磨平了。如此清苦,但杨春风甘之如饴,只因乔戈里峰可是世界攀登高手的舞台。那是他第一次学到国际全新登山理念,跃跃欲试,只可惜连1号营地还没到就不行了。

8000米山峰如此遥远,但第一次亲密接触之后,一颗种子默默种下。2003年,企业家王石等人组成的首支民间登山队登顶珠峰,掀开民间攀登全新一页。远在新疆的杨春风也恰逢其时,开起了一家户外店,名字就用乔戈里峰的英文简称——"K2"。

只是杨春风一贯大手大脚,开店也被朋友戏称是"秀才搬砖"。大家都在计算他的店铺倒闭时间,他却在2005年进一步和朋友开起了高山探险公司,真正投入慕士塔格峰、博格达峰刚兴起的商业带队。逐渐崭露的攀登天赋,让他获得山友首肯。几年间,称谓也从"小杨"慢慢变成"老杨"。一副文弱书生模样,"那么瘦,能行吗?"是许多山友对老杨的第一印象,一登山,却无不被他的慷慨和幽默所打动。

每次带着山友拉练,他总是一边捡着别人丢弃的烟头再抽两口,一边却自掏腰包买烤羊。只顾让大家吃好喝好,自己最后却囊中空空,连回程票都买不起了。除了请客吃饭,他还要抚养父母代养的幼子,捉襟见肘之下,不得不在办公室里打地铺住了两年。在当时共事的回族姑娘麦子眼里,他这样既拮据又慷慨,真是压根没把自己当商人,完全就是在享受攀登。

终于可以以山为家,但在享受登山的老杨心里,依然有着漂泊感。一年年在慕士塔格带队,他永远对山友挂着笑脸,但也和朋友说起,感觉自己是飘零的,不知未来会飘去何方。"那时登山终究不成气候,我们也总劝他,这实在不是个谋生饭碗。"回顾最初岁月,杨春亚觉得,哥哥真正开始有人生目标感,是在2007年登顶珠峰。

每个登山者都有珠峰梦,杨春风也不例外。然而几十万经费,像是比珠峰更高的高山。经费始终没有着落,他却没放弃努力,并在2007年终获新疆啤酒赞助,也终于打开高高在上的8000米大门。

"如果不是2007年珠峰打开的窗口,他可能一辈子也只是在新疆带带队。"见证杨春风成长的王铁男坦言,为他出发送行时,都感觉喝高的他特别兴奋,简直势在必得。杨春风也不负众望,在那一年5月16日清晨,仅用7小时冲顶,作为第一个新疆人站上了珠峰。听到哥哥登顶成功的电话,杨春亚在向祈祷多日的母亲转达时,一度哽咽得说不出话来。一家人以为珠峰也登上了,他该收收心了吧。却没想到,这才是真正的开始。

"我还想不断登山,珠峰虽高,但只是一个门槛,还有太多的山在前面等我。"新疆人首登珠峰的荣誉,让杨春风终于名声大振。他却并不满足,登山者的崇高理想——K2,一直都在心中。2009年夏,总算又拉到赞助的他再赴K2,连续两次攀登到

7400米的3号营地，却都因天气原因不得不下撤。K2再次折戟，但那时杨春风的眼界不一样了。2009年，在山友投资下，他迈出人生重要一步，前往成都创办个人高山探险公司，并给自己的山友QQ群起了个意味深长的名字——群山沸腾。

见识过珠峰、K2之上的群山沸腾，新疆的小圈子已经留不住一颗向往更多8000米的心。只是攀登一座8000米级雪山，一般需2万～3万美元，资金问题始终是民间登山者的难题。如何平衡理想与现实，他能想到的是"以山养山"——通过商业带队，自己不就能跟着共同攀登了？

"2009年是重要分水岭。"基于欣赏，曾经的同事麦子亦前往四川，从此成为老杨助理，负责公司后勤。在她看来，那一年重要的不仅是老杨走出新疆，更是他带着民间登山队伍第一次走出了国门。

8000米级雪山的魅力，吸引着每个登山者。可国内可供攀登的8000米级雪山只有珠峰、卓奥友峰等几座。对于如何去境外登山，当时国人还是一头雾水。一样没去境外登过山的杨春风，其实并不了解得更多：山峰情况，只能参考欧美的零星资料；面对尼泊尔上千家夏尔巴服务公司，更不知和谁合作。更大短板是，老杨英语不行，足足用了一年，才总算把成句的英文磕磕绊绊说出来。

"一开始，所有事都是两眼一抹黑。可他最推崇勇敢精神——敢去、敢尝试。"麦子眼里，老杨的勇敢并不仅体现在雪山之上，也在于山下"吃螃蟹"的探索。

靠着自己摸索，2009年秋，杨春风选中8000米级雪山中最适合入门的马纳斯鲁峰，率领首支民间队伍走向尼泊尔。王石、张梁、王静等知名登山者作为队员，共同见证了历史一刻。马纳斯鲁峰最终全员登顶，也激励了他继续开拓，很快把人生第四座8000米级雪山瞄准了世界第七高峰道拉吉里峰（道峰）。依旧是首次民间组队，也沿袭着他希望"以山养山"的思路：每人收取1.3万美元——这仅够交纳当地夏尔巴公司服务费，老杨的公司其实没有盈利，他所占的便宜就是可以一起免费参加攀登。然而，站在时代前端的境外摸索，却在这一次付出了惨烈代价。

◎ 走出最低谷

2010年5月13日13点，当全员登顶道拉吉里峰，一个可怕问题陡然降临：合作的夏尔巴向导经验不足，始终没找到正确下撤路线，接应的人也没上来。直走到天黑，队员还在绝命海拔上打转，体力越来越不支，风雪也即将来临。

绝望感笼罩下，19点天黑之际，来自深圳的山友李斌再也走不动了："你们走吧，不要再拖……"当活生生山难在眼前爆发，没有人知道老杨经过怎样的挣扎，在海拔7600米之上放弃了奄奄一息的挚友李斌。

"那时候我要是不率先去找下山的路，可能所有人都完了。"在友情、团队和自己的生命之间，他第一次感到那么深的无能为力，恐惧着大家可能都走不下去了。紧接着第二个队员体力衰竭，瞬间滑坠。更大的恐慌弥漫，杨春风自己却第三个滑坠。深夜22点，他们还困在7500米处。走最前头的老杨竟透支到开始产生幻觉，恍恍惚惚以为到帐篷了，本能往前钻，结果眨眼就滑了下去，直撞到一个大雪包上。醒过来已是凌晨5点，把老杨硬背回的夏尔巴向导救了他的命。而那一夜，却有3名山友永远留在了道拉吉里峰。

境外雪山上，第一次发生如此惨烈的山难。这震动了国内户外圈，也把作为组织者的老杨推到舆论风口浪尖。仅一家户外论坛的相关讨论就达上百页，诸如"干掉杨春风""把他清出登山界"的言论，让麦子等人只能劝老杨尽量别上网。而无论理性分析，还是激愤指责，几乎所有人都给他才起飞的事业判了"死刑"：杨春风不可能再带队了。

那是杨春风最难挨的一年。舆论压力还是其次，情感折磨更让他陷入持久痛苦，因为逝去的3位山友都是挚交。队友死了，他还活着，曾一起登山的点点滴滴时不时就涌上心头。他开始成天闭门不出，却在电话里和王铁男回忆兄弟情谊，提及李斌曾说"老杨你过得太差了，回头我帮你买房子吧"，一度失控，痛哭得像个孩子。

"以前觉得我们是山友的圆梦人，现在怎么觉得这样不积德啊？以后不要再劝人登山了。"沉痛之下，老杨对事业和人生也产生了怀疑。一次喝醉，他站在15楼阳台，摇摇晃晃着迈开腿，看起来像要跳楼。这一举动，吓得麦子等人赶忙把他架走，从此更换成没阳台的房间，避免他再出现酒后自残。

远在新疆的家人也倍为担心，可每次联系，他总说不需要钱。故作轻松背后，却是越来越沉重的现实压力：投资人就此撤资，公司一年多再无活动收入，办公室只能搬去乡下朋友的别墅，一度靠压缩开支、借钱度日。好在他的两个助理不离不弃。麦子在网上卖装备，张伟垫付过开销，眼看大家一起吃苦，老杨也曾焦虑想过放弃。"他让我做好随时回新疆的准备。"麦子回忆起那段艰难时光，最欣慰的是痛定思痛之后，老杨还能继续坚持这条路。

哪怕很难再申请国内8000米级高山，哪怕再没人敢跟他的队，甚至被嘲讽"珍惜生命，远离老杨"，他还是想登山。也仿佛只有心爱的雪山，才有可能带他走出这人生最低谷。

"如果现在止步了，心里永远有未完成的事。" 攀登精神是永远向上，人生亦然。所有人以为老杨再也爬不起来了，他却真正明确了攀登全球14座8000米级雪山的目标，并行动起来。他的执着，打动了一家户外品牌赞助。深圳登山者饶剑峰，也在这时声援了老杨。不惜淡出地产事业追求着登山热爱的老饶，一样有着"14座"梦想。他也是道峰山难亲历者，付出冻伤代价，却公开表态："我相信老杨，我会继续跟。"

因为这份共同执着，2011年5月，杨春风和饶剑峰低调踏上海拔8586米干城章嘉峰的新征程。时隔一年，重回8000米级雪山攀登的杨春风万般感慨，试着去抱营地前方巨石，一度觉得自己老了，力量、协调性都在下降。但没老的，是一颗依然勇敢的心。面对莫测天气，顶部时速可能达50～60公里的狂风，外国登山者觉得"这时还上的人，都是疯了"。杨春风却在登山日记里自问："敢不敢行动？""一点不敢去拼，是更大的失败。"

敢拼的老杨，最终把握住了稍纵即逝的时间窗口，站在了世界第五高峰。他终于再次看见了心中的"群山沸腾"，并在紧接着的8月，不到20天内，连登了迦舒布鲁姆I峰、II峰。

"没被逼到极限，你都不知道自己可以多强大。"山难一年后，杨春风就这样爆发式跃升，一举成为当时登顶最多8000米山峰的中国民间登山者，并斩获当年中国户外金犀牛奖的年度突破奖。但他最终没去现场领奖，代为领奖的王铁男，欣慰着小兄弟的触底反弹，也有些感慨："道峰山难之后，他变了很多，很低调，甚至有些孤僻了。"

◎ 十年圆梦 K2

个人成绩获得业界肯定，公司也迎来转机。时隔一年，杨春风2011年秋季重开的马纳斯鲁峰活动，终于有人报名了。第一个报名的，是云南登山者张京川。他在2005年攀登慕士塔格峰初识老杨，更在2007年珠峰加入老杨队伍，彼此结下过命之交。登顶珠峰之后，张京川本没有再登其他8000米的想法，可眼看兄弟坠入低谷，一度动摇"这事做不下去了"，他忍不住相劝，并用实际行动支持，"别人不跟你，我跟。"

时隔4年，再次和杨春风并肩攀登，张京川也明显感到老杨成熟了，再不是慕士塔

走出人生最低谷,他又一次次重返 8000 米之上

格峰上那个内心飘零的向导，有了明确的人生目标和登山理念。更让他跟着自豪的是，老杨越来越丰富的实力经验，正在赢得国际登山界对中国人的认可。在第二年安纳布尔纳峰攀登中，面对深达胸部的雪，夏尔巴向导表示没法再上了。不肯放弃的杨春风硬是"游"了过去，并准确判断了第二次冲顶窗口，成为2012年喜马拉雅登山季第一个登顶8000米级山峰的登山者。

下山后的大本营庆功宴，老杨更被当作带领大家登顶的核心攀登者，主刀切分了庆功蛋糕。在张京川印象里，最初去境外登山，老外看到中国面孔，总是很诧异，甚至轻视。"现在能获得这样的认可，甚至主动到他帐篷来请教，真的很给中国登山者长脸。"

声名在上升，围绕杨春风的争议也始终存在。张京川却欣赏他抓住机会果断攀登的"狠劲"，并在2012年7月和老杨、饶剑峰3人踏上了K2征途。"老杨特推崇这座山，他总说如果"14座"是登山者的皇冠，K2就是皇冠上最大的明珠。"明知异常凶险，杨春风对K2的多年热情还是感染了张京川。

K2也果真是变化莫测，他们在大本营苦等了一个月天气，也没找到最佳登顶时机。当后方气象分析专家终于传来两个登顶时机的消息，分歧出现了：夏尔巴向导认为第二次机会更大，杨春风却倾向更早一个。"赌不赌，信我就跟上！"当张京川跟老杨都到了1号营地，却发觉居然只有他们两个人，再没人敢跟上来。毕竟在和死亡相伴的K2，一点误判，后果致命。

那一天，老杨只能在对讲机里一遍遍喊着，喊到自己都想放弃时，二十几个国外登山者竟然跟了上来。最终，所有人选择了相信杨春风。无比艰险中，他们穿过最危险的冰崩雪崩区，总算接近海拔7500米的3号营地。正率队前行的杨春风却一下蒙了：再往前竟然没路了。连夏尔巴向导都不看好这次攀登，已经放弃修路。面对垂直200米高度，老杨心一横，由张京川做保护，他来打通道路。

力排万难，终于抵达8100米，新的意外出现——修路路绳全部用完。再向上，最后500多米将没有安全保护。是进是退？老杨也一度纠结，时间却容不得犹豫。最终所有人无保护继续前行，老杨第一个站上了K2顶峰，张京川紧随其后。从2002年作为协作第一次仰望K2，到2012年成为核心攀登者站在顶峰，杨春风用了10年。

然而，来不及为登顶喜悦，因为还有更惊险的下撤路。一个夏尔巴向导发生滑坠，竟把结组在一起的张京川等3人带倒。4个活生生的生命，瞬间就翻滚而下，整整滑坠出400米，眼看必死，竟被一道冰缝卡住，而10米之外就是悬崖。当惊魂未定的张京川回到大本营，这才知情的杨春风忍不住和他抱头痛哭："你要是'挂'了，我可怎么和你妈妈交代？"哪怕十年终圆K2梦，道峰阴影依然还像巨石压在杨春风心头。他不畏险峰，最怕的却是面对遇难者家人。

"回来之后，感觉他整个人都'轻'了。"穿过惊心动魄，老杨对张京川无不欣慰地说过："登顶K2，14座已是坦途。"而山下等待他们的，是名动江湖的盛赞。作为首支登顶K2的中国民间登山队伍，这一场里程碑式攀登，把杨春风的声名一时推向了更高潮。数以百计的山友，络绎来访，麦子都快成了能做各种菜系的大厨。但她眼里的老杨，却是越来越沉默了。"他从前是舍命陪君子，后来渐渐推说'不在家'，其实成天躲屋里不出来，并爱上了烟斗。"麦子觉得，这大概就是"高处不胜寒"吧。

仅仅两年时间，从道峰的千夫所指，到K2的潮水盛赞，穿过沉重生死，重上一座座8000米巅峰，没有人能真正体会杨春风所经历的人生起落，"他的心思只有烟斗知道"。内心越来越孤独，但好客的老杨依然习惯对来访山友说，这是"家里"，尽管他其实是没有家的人。两次婚姻失败，虽也有过痴心等他的姑娘，但老杨始终没有再婚，常年攀行在生死雪线，他已自认"给不了别人幸福"，也信奉"了无牵挂，才能无所畏惧"。

但割舍不掉的，还有亲人。自从到成都发展，每逢换季，杨春风都会给多病的父母寄去自己配的中药，聊表亏欠。远在新疆的儿子不那么亲近了，他也有些失落，只能自我安慰着"我没有财产留给他，能给的是精神财富，相信儿子将来会理解我的"，并在每次登山时购买100万元高额保险，受益人写上儿子的名字。

◎ "登山家"的梦

"完成14座，你真可以称得上登山家了。"最后一次见到回新疆的杨春风，王铁男拍着小兄弟肩膀，感叹他的今非昔比。老杨却连连摆手："中国现在还没有登山家吧，我也担当不起。但成为登山家，肯定是每个登山者的梦。"

而在麦子眼里，没有家的老杨，随着一次次突破，尤其登顶K2之后，也在梦想成为一个真正的登山家。"登山者满足的是个人，登山家的视野却是行业发展。老杨最推崇的，其实是罗塞尔那样的世界级登山指挥。这些年，他一直在让我做山峰各种资料整理，就是想摸索出中国自己的商业登山规律。除了'14座'，他想做的还有很多很多……"

　　2013年6月,曾名动江湖的"K2三人"再次踏上南迦帕尔巴特峰的征程,张京川也明显感到杨春风已经"志不在14座"。最后一晚,南迦峰登山大本营,围绕"14座"隐隐有着竞争的杨春风与饶剑峰,曾开诚布公谈到夜深。此时老杨已登顶11座8000米级雪山,老饶已登顶10座,各自都已胜利在望。老杨却在张京川面前这样说过:"我和老饶谁先完成14座,已经不重要了。重要的是若能带动更多人不断攀登,那才是更大的能量。"

　　正当这两位遥遥领先的登山者还在深夜倾谈,意想不到的悲剧却突如其来。巴基斯坦时间6月23日凌晨0点30分,张京川从睡梦中惊醒,被硬生生拖出帐篷,跪在还穿着羽绒服未眠的老杨身边。塔利班一柄柄枪杆,冰冷地顶在了11位多国登山者头顶。

他更想做的,已不是个人攀登,而是带动更多人登山

"别担心,这些人只是为了劫财。"这是杨春风最后安慰张京川的话。劫财之后,却是无情枪响。唯有暗中挣脱绳索的张京川,本能撂倒身后的武装人员,玩命狂奔了出去。沉沉黑夜,密集枪声中,他跳下几十米山崖,连滚带爬,在冰缝里不知躲了多久,才斗胆匍匐回去。他试图拿到救命的卫星电话,更一度爬到倒下的杨春风身边,期待还有奇迹,却不得不面对无比残酷的现实:10名登山者同时遇难,老杨、老饶没人幸免,自己是唯一幸存的人。

几个小时后,麦子接到张京川从南迦峰打来的紧急求救电话。惊慌断续中,听到一句"老杨不行了",麦子心一下抖了。头脑空白了不知多久,她颤抖着手,给王铁男等人一一拨去了电话。

震惊与悲痛，在6月23日，沿着电话和网络扩散，深深冲击了每一颗向往雪山的心。"这是中国登山界最灰暗的一天，我们失去了两位至为优秀的民间登山者。"而让所有人无法置信并难以接受的是，他们竟是以这样一种方式离世……

"老杨其实早已做好'牺牲'准备。"当接到杨春风死讯，麦子潜意识里仿佛是迎接一个必临的结局。道峰山难之后，"假如我挂了……"就已经是老杨的口头禅了。"他也会怕死，但更怕没真正活过。希望趁还活着，拿出一些值得留下的东西。"可让她一想就痛的是，这样一个爱山的人，竟不是留在一生心爱的雪山，没能完成终于看清的理想。

潮水般哀叹中，最痛心的终究是家人。6月25日，归国的张京川带着老杨最喜欢的帽子、烟斗等遗物，跪在杨春风父母面前。70多岁老妈妈一声"儿啊"，震得张京川无法承受地痛。

"大家怀念的那个妙语连珠的杨春风，和我哥哥是一个人吗？"杨春亚长久心痛，成长于彼此都不善表达的家庭中，她竟从没有真正理解过他的追求。但即便不懂，她也知道哥哥的生命更应属于雪山。

时间冲淡鲜血，真情却还流淌在许多人心里。一年后，带着杨春风部分骨灰，杨春亚和张京川、张伟，一起踏上了前往尼泊尔珠峰大本营的路。这是杨春亚第一次出国，也是第一次徒步，只为哥哥生前曾提起的"若有一天我死了，希望把骨灰撒在珠峰"。

她一直遗憾，在哥哥生前，没能太理解他。现在了解越多，越觉得一个人能一生忠于热爱，是多么可贵。可是，作为亲人，她终究更希望他还好好活着，哪怕没有那么高成就。"这是很矛盾的心情，但也更真实。"

忍着高原反应，翻山越岭，终于走到第六天。视野里忽然拥出一片雪山深谷，一簇簇鲜艳帐篷遥遥晃动。"原来那就是哥哥一直工作的地方。"那一刻，杨春亚热泪奔涌而出，"就觉得，我终于走进哥哥的'地界'了……"

然而，这穿过千山万水的还愿，没能如愿。2014年4月，珠峰孔布冰川冰崩，16名夏尔巴人遇难，迫使那一年所有珠峰攀登活动取消。2015年4月，8.1级大地震，震碎尼泊尔，再次震碎了登山者的梦——这其中就有一年又一年到来的张京川。2016年春，张京川第三次奔赴珠峰，直登到海拔7900米4号营地。面对难以登顶的大风，他心一横，默念着杨春风和饶剑峰的名字，一个人继续向上，几乎豁出性命，也最终把杨春风的部分骨灰撒在了珠峰。

"老杨，你在那边好好的，等着我。"站在珠峰顶，张京川和逝去的兄弟说了会儿悄悄话。这是离天堂最近的地方，他觉得，老杨会听见的。而他自己，3年后，也以这样一种方式终于走出了南迦峰惨案的阴影。

死亡带不走的记忆，还在雪山继续回荡。一年之后，海拔4900米的珠峰墓地，第一座纪念中国境外登山遇难者的墓碑悄然落成。纪念碑四面镶嵌着9位已故登山者的照片，望着其中杨春风、饶剑峰等一个个熟悉面容，主导立碑的张京川眼中有泪，仿佛再一次与老友重逢。

"希望每一个路过的人能记得他们，希望激励也警醒更多后来人。更希望他们还飘荡在高山上的灵魂能安放在这里，真正安息。"这已是张京川连续4年来到珠峰脚下，他还想着过两年带杨春风的儿子一起来这里，看看父亲和他曾走过的路。

几天后，墓碑前思绪万千的，是正前往珠峰攀登的王铁男。异国他乡，珠峰脚下，再次面对曾经被他引向雪山的小兄弟，无数记忆，忍不住在他心头翻涌。那个一无所有、地地道道的草根登山者，奇迹般创造了那么高的攀登成就，怎么比他还早就离开了呢……王铁男想起的，还有近30年一个个长眠雪山的山友。他们走了，他还活着，还将带着登山人才懂的追求走向雪山，并谨记着一定要平安归来，只因生命不仅属于自己。

"老杨，我又来看你了。"久久伫立碑前的，还曾有正在珠峰大本营工作的麦子。她还继续着老杨的遗志，哪怕2015年尼泊尔地震4条肋骨骨折、脾肾大出血的重伤，也没击溃这个弱女子。她在2016年终于登上珠峰，从后勤人员蜕变成了团队主帅。

"一想到他落到最低谷依然向上的样子，我又怎么能放弃？"尽管杨春风走了4年，可对于曾朝夕共事的这个女人，却仿佛从不曾离去。而此刻，麦子更想和老杨汇报的，是她正在筹建的民间登山历史馆。这些曾为登山做出贡献的人，那些用生命、泪水换来的珍贵资料、数据……不应被遗忘，理应被铭记。

墓碑上，照片中的人，永远定格。走过墓碑的人，迎着浩荡春风，拉开喜马拉雅又一年登山季大幕。如杨春风所愿，更多人正在走向更多山峰。或许，生者和逝者还将一次次会聚，在继续向上的脚步里，在山那里。

念念不忘，春风回响

  春风已故，阴阳两隔。我只能顺着见证他人生的挚友、亲人的记忆，试图接近他的灵魂。4年过去，文中每个人回忆起老杨时，记忆还新鲜得仿佛他还活着，情感更亲切得仿佛他还在身旁、在雪山上，面容含笑，眼中有光。

  为什么有一些人，死亡也带不走他的存在？

  无疑，杨春风是一个至为优秀的攀登者。短暂一生，在中国民间登山的风起云涌中，以11座8000米级雪山领攀，摸索出境外登山之路，带动了许多人走向雪山。

  但让老杨依然还活在许多人心中、持续发光的，更是他在人生这座山峰的执着向上。

  一介草根，怀着高昂的登山梦，不惜"弃医从山"。

  也曾飘零茫然，却坚持着攀上了世界最高峰，从此打开8000米大门。

  也曾坠落深渊，却能在最低谷触底反弹，走向更波澜壮阔的"14座"征程。

  即便面对潮水盛赞，依然有着更高理想。却最终令人无限唏嘘，倒在了追求的路上……

  年复一年，让人念念不忘的，其实不仅是一个登山者的成就，更是一个人一以贯之的攀登精神，无论山上还是山下。

  而灵魂回荡在雪山的，还不仅是老杨。

  就像张京川所说，在珠峰下立下的墓碑，不仅是对一个人的怀念，更是对一群人的纪念。

  哪怕雪山之上，生命渺小得如蚁如尘。

  可这世上，总有这样一群人，听从内心召唤，走向雪山，走向了世界之外的世界。也许不被理解，他们却一次次出发，攀登，向上。

  这其中，有人虽永远留了下来。但对生的追求，还活在一串串脚步里，在山上，也在山下。不会死，也不会忘。

位于珠峰墓地的纪念碑。墓志铭写着：他们摆脱了尘世的枷锁，触及上苍的脸庞

自然

人与山的不了情

人征服不了山
人只是攀爬上山
如孩子爬上母亲的膝头

本篇供图：段建新、马锅头

梅里山难

消失的登山队，
17条人命和一座神山

云南梅里雪山，一夜间，一支17人登山队离奇消失——这一起中日登山史上最大的山难，和同期爆发的海湾战争，在1991年新年，曾一起震惊世界。

山上的人全部遇难，山下的众说纷纭，却持续20余年，直把历史演绎成传说。有人说，这是神山的力量。有人说，是山难神化了神山。也有人说，这是17条人命的大广告，让曾经闭塞山区，变成今日最热旅行地……

无数争论中，那些真正亲历山难、与山息息相关的人，究竟如何看待这座生死之山？我为此深入寻访当年登山组织者、幸存者和三代当地藏人，却发觉，真相远比传言更曲折复杂：梅里雪山原非卡瓦格博峰，登山者也远非印象中模样……

17人已逝，影响却远比想象深远，近30年来，始终折射在这一座如此多侧面的神山之上。

◎ 当神山遇见登山

远在30年前，滇藏交界还远如四极八荒。沉寂雪山深处，曾破天荒涌出几顶宝蓝色帐篷，朝向云南省最高峰卡瓦格博峰，静候着最后的冲顶良机。

"登山17年，我还从没见过这么漂亮的雪山。"朝着对讲机，中日联合登山队队长井上治郎忍不住赞叹："老弟，你无论如何也要上来看看！"一席话勾起日方秘书长佐佐木哲男无限向往，破例上山。与此同时，中方队员张俊正在下山路上。当他和佐佐木上下交会，不远处，坐落在海拔5100米冰雪原上的3号营地，正会聚着此次登山大队人马。

这是1990年12月29日，新年将至，顶峰在望。所有人都满心兴奋，井上队长甚至连登顶电报都拟好了。张俊同样乐观，和佐佐木作别之时，庆功计划都已在心中盘算。却没想到，这一错身，自己逃过一劫，身后远去的佐佐木等17人，竟再没有下山。

其实两三年前，张俊还几乎不知登山。20世纪80年代末，除了官方组织，中国民间还罕有登山者。虽是云南体委官员，张俊也以为，登山不就是锻炼、呼吸新鲜空气？直到第一次赴日考察，99%登山术语都听不懂。当时，他就想退缩了，"这中日联合登山干不了……"

开弓却没有回头箭。对于梅里雪山攀登，云南方还抱着远超登山本身的期望。那时的云南80%地区尚未开放，一个字：穷。趁着扩大开放的东风，云南省想到昔日"乒乓外交"：一枚小球，竟打开大国之门。那么借由独特山川河流，是否也可以打开云南之门呢？

这个意向，迅速得到国外响应。江河上，美国人率先掀起漂流热潮。神秘雪山，也迎来美、日的首登竞逐。然而，相比"抠门"的美国人，日本人对联合登山的"诚意"非比寻常。50万登山特许费、包揽中方在内的数百万登山费用、3次攀登累计赠送15台车辆……日本人财大气粗背后，是战后40年的经济腾飞。全社会正锐意进取，勇攀高峰被视为一种时代精神。仅梅里雪山攀登，就有上百家企业愿意赞助。

日方京都大学学士山岳会更是实力强劲，一直以"先锋开拓"为标语，崇尚首登各地未登峰。而80年代打开国门的中国，雪峰林立，堪称宝库。梅里雪山位于滇藏交界，地理意义、未登峰价值，使其早在1980年就被他们当作攀登目标。

"那时的云南登山基础为零，连一个锁扣都没有……"面对日本的先进与慷慨，张俊觉得这真是再理想不过的合作。"基本上一分钱没花，还能赚那么多经验。"唯一的顾虑是:"只有日本人登顶,这联合登山可怎么交代?一定得有中国人同时首登。云南是肯定没实力登顶,所以求助中国登山协会派人支援。"

日方求探险,云南求开放,中登协来为国争光——分处两个时代的两国,三种诉求之下,一场命运多舛的联合登山开始了。那时的梅里雪山,则是资料为零。研讨会伊始,中方组织者张俊丈二和尚摸不着头脑:"卡瓦格博峰是什么?"而当侦察队前往当地侦察,与世隔绝的村民也满心疑惑:"梅里雪山是哪里?"

这近乎荒诞的错位,源于20世纪50年代军用地图,错将卡瓦格博峰的名字标成北面另一座山——梅里雪山。这个彼此误解,从一开始就为无穷争议埋下了伏笔——不知卡瓦格博峰的登山队,不知围绕它世世代代生活的藏人把其尊为最高神灵。不知梅里雪山的藏人,也完全不知外面的世界还有一种现代运动叫"登山"。

对彼此文化的无知,却使开局其乐融融。当1987年先遣队首次前往德钦县,当地中小学甚至停课,全城夹道欢迎,敬献哈达。热烈程度,直把张俊吓一跳,感慨"太隆重了";更觉得如能借助登山,把这个闭塞的边陲小城推出去,意义非凡。

"在山难之前,我们并没遇到反对,队里甚至还有8名当地藏族协作。"当张俊等登山队员终于听闻有关神山的故事,也以为是美丽传说。"就像珠峰也是神山,当时并没人明确说不能登。"

"一开始,以为登山就是普通爬爬山,后来才搞清状况。"时间推移,波澜终于暗涌。一部分藏族老人,开始忧心忡忡:"这是对神山不敬。神山要是发怒,灾祸就会降临……"彼时的明永村村长大扎西,担心会引发自然灾害,悄悄去找了县政府领导。得到的答复是:"这是国家间签订的合同。"登山涉及国家利益,顾大局的大扎西最终没有公开带头反对。

1990年年底,登山队正式进山,亦是一路绿灯。在登山队炊事员段建新印象里,大部分老乡其实很务实。"4吨登山物资,每公斤3.7元运输费,对于当时人均年收入才三四百元的村民,这是多好的事。作为亲历者,段建新也觉得:"当时真是一丁点没感到什么敌意。"

在当时的中国,无论登山文化还是神山崇拜,都是远离大众,充满神秘。而当这两种文化初相逢,双方更多报以的是好奇、惊叹。尚不知围绕梅里雪山,两种文化的交流与冲突,也从这一年开始了。

◎ 山上山下

忽视了当地文化的登山队，此时注意力更多集中在凶险自然。尽管卡瓦格博海拔仅6740米，在按高度论英雄的思维下，它一度被低估，但作为云南与西藏的界山，异常复杂的地理气候，却在1990年之前，让美、日两国3支队伍惨败。

面对频繁冰崩、雪崩，超90度大冰壁……中日联合登山队1989年首次攀登，最终在4350米就被迫止步。当时的中方队长王振华深感难度出乎意料，这座山虽不高，却"比珠峰还险还难"。而登山的魅力也在于迎难而上。屡战屡败之下，1990年11月，又一支队伍集结大本营，开始二次攀登。这是一支更有备而来的队伍，7人有8000米级雪山攀登经验。日方队长井上治郎，本身就是著名气象专家。

中登协则派来4位队员支援云南。中方副队长宋志义，在1988年中、日、尼三国双跨珠峰时，曾任北坡攀登队长。从北京出发时，宋的妻子甚至没去机场送他，她很放心，在丈夫十余年登山生涯中，梅里雪山只是高度最低的一座小山。

中日主力实力强劲，登山基础为零的云南籍成员，却是最薄弱一环。当地藏族协作只培训过半个月，还经常嫌冰爪、绳结等太麻烦，擅自不用。才上山几天，一块巨石呼啸而下，砸向协作林文生，直把他背上的担架砸得粉碎。大家庆幸林文生命大，秘书长佐佐木却在日记写下，他认为此行最大的困难是协作水平，一些中方成员基础攀登技术都得临时教。

面对险峻未登峰，宋志义觉得最好是短期、迅速攀登。怕出事的日方却更倾向于谨慎上行，很少加班修路。然而时间越长，风险越大。他们不仅浪费了梅里罕有的持续晴日，更在3号营地选址上又僵持休整近5天。

日本队员技术强，高海拔适应性却偏弱。他们倾向于"开门见山"，营地离要登的山脊越近越好，以节省体力。中方却认为，靠近山脊有雪崩风险，坚持越远越好。争论之下，中日一度在各自选的位置搭起帐篷，谁也不听谁的。脾气火暴的宋志义向大本营表态："在这个问题上，我绝不让步！"却最终不得不让步，毕竟这一场耗资几百万的联合登山，日方出资。从一开始，双方就已约定：中方负责大本营及以下安排，大本营以上由日方为主进行决策。

最终结果是各让一步——中日各前移、后移数百米，3号营地建在距离山脊400米左右处。对此，宋志义依旧不甘，撂下一句赌气话："反正要死也不是我一个。"而建成的3号营地，很快就迎来了雪崩考验。12月20日下午，一阵炸裂般巨响，震得留守在2

为卡瓦格博峰所震撼的日本队员

号营地的炊事员段建新冲出去,却见不远处山脊上冰雪轰隆隆往下掉,崩塌气浪直扑向2公里外的3号营地。他吓得对着对讲机直喊,近一分钟后,宋志义镇定的声音传来,这才确认3号营地安全。

然而这一场虚惊,并没有引起警惕。在日方登山日志中这样记载:"雪崩堆积物距3号营地约有200米。在这之间有一道大冰裂缝相隔,估计再大一点规模的雪崩,也不会影响到3号营地安全。"

这是一片开阔的冰雪原,几天后,段建新陪队员运物资到3号营地,倒也丝毫没感到危机。在他眼里,那几顶蓝色帐篷,渺小得就像一个篮球场中间的几只蚂蚁。

"对于蚂蚁,足够宽了。哪想得到篮球场外一幢楼塌下来,会压到自己呢?"匆匆离去时,段建新怎么也没想到,自己会是到过3号营地,唯一还活着的人。

"已经没有克服不了的难点了。"连续一周的晴朗下,登山队终于修通4号营地。日方队员船原尚武在日记结尾满怀信心写道:"明天一次性登顶!"

12月28日,营地所有对讲机一早打开,大家热切期待着胜利。宋志义、船原尚武等5位中日队员,却在离顶峰只差270米的位置遭遇天气骤变。霎时间,天黑地暗,狂风夹着暴雪,连来时的绳索都被掩埋。揪心下撤,却没有打击登山队的冲顶信心。毕竟

6470米，这已是登山史上攀登梅里雪山的最高高度。他们相信把握住下一个好天气，登顶指日可待。

相比雪山上的士气振奋，山脚下的当地人却忧心忡忡。藏人终于搞清登山是怎么回事。"对神山不敬，灾难就会降临"的说法，伴随风雪，席卷入越来越多人心中。明永村村长大扎西印象里，正对卡瓦格博峰的飞来寺前，来烧香的老百姓一天比一天更多。焦虑的，跺脚的，念念有词着"神山显灵"。

山下人群里，却也有大扎西看来"不懂事"的藏族年轻人，只是在看热闹，好奇于登山队要如何登到山顶。山上摩拳擦掌的队员里，两位藏族协作——斯那次里、林文生，此时更主动请缨，希望能代表德钦加入冲顶队伍。这似乎也印证了，当地年轻人一开始还存在另一种态度。

◎ 无人应答

年仅22岁的藏族协作林文生，进山前才举行婚礼。此时的他，甚至不知妻子已有身孕。26岁的斯那次里原是德钦一个电影放映员，第一次参与登山的他，曾忍不住赞叹："啊，这么美。我在这里长大的，我都不想下去了。"想不到，一语成谶。

和斯那次里一样，山上的年轻人无不为雪山的壮丽所感染。段建新眼里，日本人不拿登山当唯一目标，更经常在享受自然。特地带了7个镜头的近滕裕史，作为职业摄影师，陶醉于拍摄雪山风光，每晚在星空下给家人写明信片。32岁的米谷佳晃，为了这次登山，辞掉了IT工程师的工作，还带着老父亲特地为他做的别致小雪橇。因为井上队长的赞叹临时上山的佐佐木，终于见识到壮美黄昏，又为协调中日语言不通的障碍，就此永远滞留……

首次接触登山的云南成员，更是充满新奇。本该下山的云南体委干部李之云，爱好运动，怎舍得错过这个学习登山技能的机会？他不止一次说："不，我暂时不下去了。"翻译王建华原计划过几个月就去日本留学，他为调停营地之争而上山，任务早已结束，却想待在山上多认识几个日本朋友。就连宋志义，为保存体力，也坚持"再等几天，登顶完再下山休息"。

离登顶仅一步之遥的信心，最终把日方全部队员11人，以及中方6人，全都吸引在了3号营地。1号、2号营地都没有人，大本营也只剩张俊等几位中方后勤人员。这违反了登山常规，所有人却憧憬着触手可及的登顶。没有人想过，头顶高悬着怎样的危机。

山上，是万事俱备、只等天气的17位登山队员。山下，是日日祈祷着神山显灵的信众。1991年的新年钟声，在两方不一样的翘盼中，伴着风雪敲响。

和新年一起到来的，是更狂暴不息的风雪。原定于1月4日登顶的计划，不得不推迟到8日。山上的人依然乐观，却忽视了400米外，正前方山脊上，成千上万吨冰雪，犹如千军万马正日夜积聚，暗藏杀机。

风雪封锁中，大家或一起打牌打发时间，或抒发着下山后的憧憬。承担着登顶任务的宋志义，倒是对气候有些忧心，不时惋惜之前进度太慢，没把握住好天气。更多人开始思归。有人在对讲机里，甚至即兴编了封家书电报，最后落款"你的云"。谁是谁的云？这个话题，让离家快两月的汉子们兴奋了半宿。

被拿来开涮的"云"，是张俊的同事李之云。1月3日晚，当李之云向大本营汇报"雪积到1.2米，帐篷都快被埋了，每几个小时就得出去扫一次雪"，张俊也差点以为李之云在开玩笑，毕竟帐篷也只有1.5米高。"雪大得方便都出不去，只好撒塑料袋里往外扔。"当晚22点15分，最后的通话，在李之云的打趣声、谈笑声中结束。没有任何人感到一丝不寻常，此时大本营甚至已用松枝搭起凯旋门，就等他们凯旋。然而，这一夜之后，17人再没有归来。

1月4日，醒来以为是寻常的又一天，直到清晨8点，张俊才隐隐感到一丝异样——平时五六点，对讲机里就会开始叽叽喳喳："懒鬼们，起床啦！"此时，竟没有一丝动静。以为这群懒鬼真在睡懒觉，8点半、9点……依旧无声的另一头，却让张俊等人有些不安了。试图安慰自己"登山失联很正常"，17个对讲机始终没有回应的死寂，却让人不能不发慌。

大本营所有人开始紧张了，每人都拿着对讲机不停呼叫，然而17人无一人应答……时间一分一秒推移，焦虑像雪球越滚越大，他们终于在10点向云南体委报告"失联"。而此时，连日风雪收住，久违的阳光再次普照，仿佛发生了什么，又什么也不曾发生。

那时的德钦，从昆明过去还得坐五六天车，直升机都飞不了，山地环境资料为零。连续4天，枯守大本营，天空没有一丝云，山顶更没有一丝回音，张俊只能是一会儿哭一会儿发愣，各种可能在脑子里打转。可即便此时，谁也不曾想过最坏结局。想不到，也不敢想。

直等到4天后，救援队终于赶到，又一场暴风雪竟也应声而来。即便实力最强的西藏登山队，在频繁冰雪崩中，最终也只到了2号营地，挖了2小时，却竟连一个帐篷角也没发现。

1991年1月23号，失联第二十天，绝望的救援指挥部宣布，救援失败，山难成立。"最后通过一架美国产高空侦察机，用红外线拍摄3号营地位置。照片显示山体上有30万吨以上冰雪堆积物，推测是发生了雪崩……"

17人同时遇难，这一起中日登山史上最大的山难，在1991年，对于中国，就像是天方夜谭。对于日本，则是举国震惊。

"天天活蹦乱跳的一群人，一夜间消声灭迹，那感觉太茫然了。"侥幸活着的人，带着依然难以置信的心情，缓缓踏上归程。身后渐渐远去的梅里雪山，却又一次雪过天晴，近乎残酷地展露着不变的雄姿。

17条生命，就这样蝼蚁般消失，不可思议，不留一丝痕迹。可张俊始终还抱着一丝幻想——他们或许是被外星人接走了，等再见时，说不定比我们还年轻。

◎ 卷土重来

一样无法置信的，还有日本人。京都大学学士山岳会成员小林尚礼，彼时才读大三。登山队最年轻的笹仓俊一，是他最好的朋友。曾经一起登山的记忆，还那样鲜活，怎相信会无一人归来？

"总觉得他们一定会回来，一定还活着。"直到前往笹仓家中通报消息，一对老父母沉默听完，礼貌克制地表达着谢意，笹仓父亲一句含泪的感叹："21年的短暂人生啊……"始终找不到遇难实感的小林，心颤抖了，忽然间就泪如泉涌。"那个瞬间，我终于知道什么东西结束了……"

无法接受的悲剧，成为不能不承受的事实。2个月后，挂着17人遗像的追悼会分别在北京、日本京都举行，遗骸不知在何处，遗属们无不哭成了泪人，遗孤们却都还是三五岁小孩，一个个天真玩耍着，尚不知他们的父亲已经全不在了。

3号营地返回2号营地的路上，曾下山议事的井上队长

雪崩只是瞬间，风暴却持续在一些人心里。两年后，刻着"镇岭"二字的慰灵石碑，在日本比叡山落成。立碑是为逝者安息，一直放不下往事的小林尚礼，却忽然想再登梅里雪山。他害怕有关好友的记忆，就这样永远远去。他希望至少留下"我们一起活过的证据"。

此时梅里，这一场神秘山难，陆续吸引来更多勇敢者的登山申请。出于对死难者的同情，云南为京都大学山岳会保留了5年首登权。再进梅里的路却异常崎岖。从1993年秋开始筹备，大半年没招到主力队员。1994年，日本登山队在中国贡嘎雪山，也遭遇雪崩，又4人遇难。接连悲剧，加深着恐惧，也使计划不得不一再延期。直到1996年秋，合同期限最后一年，筹备3年的登山队这才终于上路。

心有余悸的，不仅是日本人。这一次，中登协再没有派来队员，云南只得发动社会招聘。而此时，登山刚在中国民间开始萌芽，1995年刚完成哈巴雪山首登的金飞彪等人最终入选。"那时很多人不敢去，心里有畏惧。"

这是一次沉重又矛盾的登山。怕悲剧重演，中日一开始就约定"有伤亡的登顶都算失败"。怕当地反对，反复强调要尊重民族情感，"保证不登到顶点"。最后却又追加了特殊一条："如沿途找到了遇难者遗物，则可以登顶，并把遗物就地掩埋。"

背负着17位遇难者遗愿，他们在飞来寺前誓师。日照金山的"好兆头"下，11位日方队员竟齐刷刷跪倒，神情肃穆，又祭前辈，又敬雪山。凝重氛围，让站一旁的中方队员讶然，也让金飞彪第一次感到日本队员怀有的恐惧。

比恐惧更需直面的，是意想不到的激烈阻拦。才抵达澜沧江边，竟有上百位当地村民横在大桥上，已经等了三四天，满脸决绝："如果登山队要进山，就踩着我们过去。"

山难风暴，同样冲击着当地人的心。大扎西觉得："山难让人更加相信，神山神圣不可侵犯。尤其之后自然灾害越来越多，最初没反对的其他村，也都慢慢'觉醒'了。"

僵持在桥头，两种文化思维前所未有地碰撞。村民们不断强调着："我们的一切都是神山给的。对神山不敬，引发了各种灾害，怎么办？"再次出任中方联络官的张俊，只能一遍遍苦口婆心相劝，试图让村民们理解，通过登山将达到哪些好处。"这是开放造福，不是欺负你们……"

各执己见之下，三方整整用了5天磋商，横在登山队和雪山间的路，才得以勉强通行。当300箱行李终于被运到大本营，刚抵达登山起点，一路听不懂的小林尚礼，已经忍不住两眼发热。想起3年来的筹备，和这一路的寸步难进，他几乎觉得："到达大本营，就像是到终极点了……"

唯一欣慰的是，梅里雪山这一次格外友善，一连20多天好天气。沿着和当年一样的线路，他们一路都在寻找，却也没有发现17个人曾活过的一丝证据。白茫茫雪山，近乎残酷得干干净净。而当他们终于登抵海拔6240米，正兴奋于"再过一两天肯定能登顶了"，东京气象厅却传来紧急预报：未来两天内将有巨大暴风雪云团，规模可能超过1991年。

"我无论如何都想登顶，路绳都铺到离顶不远了……"顶峰近在眼前，多年心血却将毁于一旦。对于小林尚礼，这简直是晴天霹雳。一时间，懊恼几乎冲毁理智，他甚至怒道："不如把攀登队长换了吧！"恨不得当场重新组队，或明天自己去冲顶。

"我不想死,也不想让谁死。"决意下撤的攀登队队长也无比痛苦。害怕悲剧重演,更多人只能喃喃自语:"难以相信,难以相信……"

"这是上天在开玩笑吗?"身在大本营的张俊听到下撤决定,忍不住仰天叹息。更大玩笑却是,当登山队紧急撤回大本营,新预报传来:印度洋暖湿气流把云层吹走了。梅里雪山依旧晴空万里。而此时,他们已把登顶装备一骨碌都带了下来。更关键的是,斗志垮了。

"再想重来,不可能了。"被彻底击垮的日本队员,回到起点飞来寺,面对1991年立起的17勇士纪念碑,长跪不起。无颜面对亡灵,更无法接受,自己最终竟是败给了恐惧。

◎ 神山的另一面

始于1987年,终于1996年,这一场跨度10年的中日联合攀登,最终以3次失败收场,并付出了17条人命。

一次次堪称离奇的失败,也一次次强化着信仰。最让大扎西欣慰的是:"以前还有些不太懂事的年轻人,现在所有人都更相信神山的力量了。"

"我绝不会再来这儿组织登山了。"为此忙活近10年的张俊,则是心灰意冷。本想为民谋利,没想到最后万民反对……深感伤心的他,觉得这是自己最后一次来了。却不知两年后,这片神秘雪山等着他的,还有更大的伤心事。

"他们回来了!"1998年7月,不可置信的消息随着电波,飞向昆明、北京、京都。3个放牧的明永村村民,看见近4000米冰川上,居然出现大片花花绿绿的东西……"才踏上冰川,就看见一颗牙齿,我的腿当时就软了。"张俊直到那一刻,才终于相信他们是真的不在了。时隔7年,梅里雪山以缓缓融动的冰川,就这样将死难者送还。

"下一个念头,就是找李之云,那是我最好的朋友。"没几步,张俊就找到了,然后再走不动一步路了。睡袋上模糊的"云"字——"谁的云?"记忆里的玩笑,眼前却成了悲怆。阔别7年的老友,人还躺在睡袋里,只是头没了……而这,还是所有遗骸里最完整的一具。冰川持续运动中,所有遗骸、遗物都被撕扯成碎片。大块残肢伴随遗物,东一块,西一块,散落冰川上。满地狼藉,触目惊心,却也让雨中搜索的中日队员,感到心酸的亲切:"7年了,终于回来了啊……"

转山中，虔诚诵经的藏人

　　那个破雪橇应是米谷佳晃的，父亲手作的礼物伴他在雪山长眠7年。照相机是井上队长的，胶卷里或还记录着壮美雪山。日记本是年仅21岁的学生工藤俊二的，记着打扑克的比分，还有他喜欢的歌词。还有近藤裕史没来得及寄出的明信片，残破褶皱，写着："我们预计1月初登顶，我期待着回国后的再见……"

　　是夜，17名搜寻队员在大本营，为17位逝者，敬上17支香烟、17支蜡烛。生死两隔间，祭奠亡灵，也欢迎他们重返人间。但，当地人依旧不欢迎他们进村。每一件遗物，对于登山者，是活过的证据。对于村民，却犹如神山吐出的不洁之物，甚至污染了7年水源。

　　对立与排斥，依然没有停止。在当地抗议声中，首次搜索到的10具遇难者遗骸，没法久留，只能直接被送往大理火化。在那里，千万里赶来的家属们，已翘盼7年。

　　"这么多年，终于可以带他回家了。"怀抱骨灰盒的白发双亲，头发更白了。遗孀们带来的孩子，在"爸爸很快就会从雪山回来"的童话里成长，一个个也终于长大，并等到了父亲的真正归来……火葬场一片哭声中，曾有一句话，让小林仿佛被拯救："遇难7年，终于有一个了断了。"回到日本，一切却依然难了。

　　1999年春天，明永村传来消息，又有遗体被发现。村民希望"干干净净捡走"，不能污染水源。登山组织方亦希望派人常驻当地，尽力搜全遗骸。"本以为对梅里雪山没有留恋了，但心里仿佛还被什么勾着。"小林主动接过了任务。在惨败惨痛之后，他还是放不下这座让朋友失去生命的山。他想知道这座山的真面目，以及那儿的人究竟为什么反对。

但那时的梅里山区，依然偏远神秘。当他满心忐忑，一个人进入明永村，只有狗在狂吠，没一个人出来。他像个不被欢迎的客人，直到看见明永村村长大扎西家门前，竟写着"小林你好"。这四个字，他一辈子都忘不了。

早在1998年遗体搜寻时，当小林一个人走在最后捡垃圾，大扎西就深深记住了这个年轻人。"他一个外人，却知道爱护我们的环境，这点让我感动。"哪怕全村人反对，大扎西还是力排众议，让小林免费住了下来。

怀着感激和不安，这个曾一心想登顶梅里雪山的人，开始了山下的路。他一度希望能解开误解："登山不是来触犯神灵、征服自然，而是要去感受自然的存在。"村民却一见到他就回避。一位老人甚至在小林的记事本上，神情严肃地用汉字写下："请日本以后不要再来攀登卡瓦格博峰了。攀登的人都会死的。"

一边跨越着文化鸿沟，一边在冰川上搜寻着碎片，时有收获，也不时哀痛。遗骸残肢，惨不忍睹，一度让小林心痛得忍不住大呼。"小林，你在干什么？镇定些！"回响着冰崩声的危险山谷，陪同搜寻的大扎西，成了他唯一能依赖的人，甚至渐渐亲如兄长。

随着友谊深入，小林在一次下山路上，终于壮胆，向大扎西问了一直不敢问的："对于梅里雪山攀登，你怎么看？"大扎西顿住脚步，回头瞪起了眼："神山对于我们，就像父母一样的存在。站在父母头上，就算日本人，也会发怒吧？对待神山，我们藏族人可是赌上性命转山朝拜，你们知道吗？"

小林一瞬间愣住了，他被大扎西"赌上性命"的话语所慑服。想到每个清晨，村民都早早爬上屋顶烧香，面对雪山，祈祷山神庇佑的虔诚……朋友被吞噬的"魔山"，却是他们每天都在祈祷的神山。

"它原来是这样一座孕育生命的丰饶的山，甚至是当地人心灵依靠的神圣的山。"真正生活在山中，小林才看到了梅里雪山作为卡瓦格博峰的另一面。孕育着冰川、森林的雪山，让人和动物得以生存，犹如母与子相依为命，甚至就是生命之源。作为登山者，眼里只看到这座未登峰的顶部，却对住在山脚下的人的生活，一无所知。"这样远道而来的登山，又到底算什么呢？"

◎ 转山与登山

真正让小林更开阔地去了解神山，是当地转山活动。1999年秋，当他第一次踏上梅里转山路，想去寻找的，是还没有人侦察过的西侧登山线路。那时的他，其实还放不下梅里登山梦。1996年顶峰前的被迫下撤，"那样的不甘心，一辈子都不会忘记。"

然而，2000年秋，当他完成第二次转山，眼看着藏人围绕神山，步行转圈，甚至一路叩着长头，"我们只想着要登上山顶，他们却崇拜着整座山，如对待神明一样信仰。"一次次感受着人与山的共存与敬畏，小林也一次次自问："攀登难道不是在践踏他们的信仰？"他不禁对还想寻找新登山线路的自己，开始有些罪恶感。"我不再想去攀登梅里雪山了，最终也觉得是不能攀登的。"

尤其当抵达神山南面，云开雾散之下，醉心摄影的小林，正得意于自己大概是全世界第一个拍到神山南面的人，转头却见转山人，一个个正在五体投地叩首。相形之下，他惭愧难当。"这片山早在我拍照前的千百年来，其实就和当地人息息相通。忽略掉这些人，谈什么世界第一，是不是太自以为是了？我以后可再不能自封什么世界第一了。"

就在小林反思之际，外部世界对于梅里雪山攀登的争论也正达到沸点。山难与屡次惨败，让藏人更加笃信神山有灵，也让登山者对这座未登峰燃起更大热情。1999年，西藏登山队准备再次发起对梅里雪山的攀登。而这一次，已经不仅是当地藏人反对，梁从诫、奚志农等中国环保人士，也加入了这一场世纪大辩论——

登山者觉得，无高不可攀，未登峰的艰险，才倍显人的勇气与可贵。

执政者觉得，雪山大都在贫困地区，应利用自然资源，脱贫致富。

环保者觉得，为什么地球上不能多留几座人类未曾染指的山峰？

当地人则觉得，世界上那么多山，为什么非要登我们的神山？把个人成就建立在践踏民族信仰之上，这是不道德的……

纷争之下，1999年登山活动被暂停。2000年，数十位中外学者、宗教人士和当地人发起禁登卡瓦格博峰的呼吁书。2001年，德钦县人大正式宣布，禁止任何登山队伍再攀登梅里雪山。这是中国第一次有山峰因为信仰，被禁止攀登。小部分人的登山，就此退出神山历史舞台。更大众的旅游热，却才刚刚掀起大幕。

登山之前，还几乎无人知晓梅里雪山。惨烈山难、再登失败、遗体重现、禁登激辩……贯穿10年，一次次登山事件，充满玄机与离奇，也吸引来越来越多目光。

1998年秋，当登山者带着遗骸悲伤离去，观光者沿着新建公路，开始大量拥入。人们好奇于山难，想亲眼看看这究竟是怎样一座神奇雪山。1999年，德钦接待游客首次突破10万。距离冰川最近的明永村，很快成了最富的村子。全村都忙着去给游客牵马，村里70多匹骡马，根本顾不过来……而一直是全国特困县的德钦，1999年旅游收入近2000万元。这在10年前，根本不敢想象。即便是抗议登山的当地人，也不得不承认，是1991年那一场山难打开了一扇窗子，梅里雪山从此进入公众视野。

旅游热潮，比想象来得更快。在明永村，骡马很快取代了其他牲口。家家户户忙着牵马迎送游客，即兴而歌的场面开始少了。自由农牧生活，开始一点点被旅游业所取代。更不可控的是，明永冰川在加剧消融，速度之快让人忧心忡忡。虽然科学结论是全球气候变暖，村民却认为这是神山警示，是近年外来的登山、旅游所导致。外人看到的是自然原因，当地人看到的更是人为因素，是文化冲击。

"明永村以后会更富裕吧？"1999年起常驻当地的小林，恰好也见证了旅游时代的来临。"那当然。"大扎西甚至准备在家接待游客。小林最初被这个想法惊到："那你打算把明永村打造成民宿街吗？"更忧心的还有，随着旅游热，神山还能保持它的神圣吗？

"我们正因为有卡瓦格博峰才能生活。如果它不再是神山，我宁愿死了也行。"大扎西再次赌命的话语，总算让小林有了信心。作为村长，他为藏族传统自豪，却也肩负着民生。"我最大愿望就是能让村民都富起来。但，也不能变得和外面一样。"

冰川在消融，文化也是。当村民忙着致富时，另一群藏族年轻人开始了自我保护。他们生于20世纪70年代，接受现代教育，却忧心着藏文化流逝。毕业于云南艺术学院的斯郎伦布，曾最难堪的是，同学问他的名字用藏文怎么写，他竟不会。而这，并非个例。1962年起，德钦取消藏语教学，年青一代几乎不会藏文，对传统文化也很无知。无怪乎，登山队最初进驻时，不少年轻人态度模糊，甚至不那么关注。而山难震醒了更多人，让他们更加意识到神山之伟力、传统之重要。

"你能用母语写你的名字吗？"也是在1998年，斯郎伦布贴出这样一句标语，自掏腰包，在德钦办起了藏文培训班。"语言是一个民族的灵魂，只有把藏语传承下去，我们藏族才不会丢失自己的根。"

德钦迎来旅游热的1999年，他和几个藏族小伙则发起了文化社，并坚持社名一定要有"卡瓦格博"四字。虽然德钦为提升旅游知名度，将错就错，沿用了因山难而闻名于世的"梅里雪山"之名。但对于所有当地人，"卡瓦格博"这个名字不可取代，意义非凡。

日出时的梅里雪山

那是斯郎伦布至今铭记的日子，冬日凌晨的飞来寺，穿着最隆重藏装的5个年轻人，怀着最虔诚的心情，一起面朝神山，口诵誓词："尊贵的卡瓦格博神山啊，我们是你的子民，世世代代受你呵护。现在我们借你之名，成立卡瓦格博文化社。我们看到，在你下面的这些子民中，文化正走向濒危。我们只想借你的威力，来恢复传统文化……"

那一刻，清晨第一缕阳光正点燃雪山。灿亮金光之下，无法抑制的斯郎伦布，泪水唰唰掉了下来。一起立誓的兄弟说，双眼模糊之际，他感觉卡瓦格博峰真的就站在面前，看着他们。

在开发和保护交织中，2003年藏历羊年，卡瓦格博峰迎来前所未有的转山高潮，仅转山者就超过10万。藏人相信神山有生命甚至属相，而卡瓦格博峰属羊。羊年转山，功德百倍。

朝圣热情的另一面，是用以焚香的香柏树被大片砍伐，2元一枝卖给蜂拥的游客。为了保护香柏树，卡瓦格博文化社请来活佛劝导村民："焚烧神山身上最好的装饰品，来敬卡瓦格博峰，这样怎么会有功德？"香柏树这才幸免于难。

在这一年转山热潮中，也有小林尚礼第三次来转山的身影。前两次转山，是为了自己内心情结，并终于重新认识了这座山。而第三次，他下决心为山难17位逝者而转，告慰他们的英灵。

这一次，他对藏人的转山行为，已不再感到丝毫讶异。"走进给予自己生命的存在，围绕它，转山祈祷，这是非常自然的事。"让他一路唏嘘的是，遭遇山难的1991年，正是上一个羊年。生肖12年一轮回，12年前的雪夜，终结了他们的生命，也不知不觉改变着这片雪山和人民的命运。12年后，剩他还走在这片相信生死轮回的大地，面对共同仰望过的雪山，一一默念着消失的17人的名字。"山难以来，岁月流逝，这座山也终于对我们露出了笑脸。"

◎ 望向雪山的眼睛

又一次面朝神山，心中浮起逝去友人，已是2017年春天。从1998年发现遗体，小林至今每年都会再来。如今，映在他眼里的卡瓦格博峰，已和最初完全不同。登山时代，他眼里只看到了皑皑白雪的山顶。20余年，深入雪山下的腹地，却看到了更广阔的人与天地。

曾经封闭的山区，也不再如往日。游人簇簇，酒店林立，早已成为中国热门旅行地。昔日落后的中国，经济总量也已超越日本，跃升全球第二大经济体。从1991年直至2017年，在神山千年历史中，只是短暂一环，却也是发展最飞速的一环。有幸见证的小林，却对未来持有乐观，"时代改变了，但我相信这里对神山的信仰没变。"

而他自己，也还继续着对神山的探寻。30次冰川搜索，让16人得以归来，只剩最后一位清水永信，始终不见踪影。抱着说不定还能找到的心愿，小林还会每年都来。而

面朝卡瓦格博峰，虔诚朝拜的藏人

已发现的16具遗骸，在睡袋里的有10人；遗物中，有7个人的日志，正在写最后一夜，却戛然而止——这两个细节，似乎暗示着雪崩来临时刻在1月3日22点半左右，17人即将就寝之际。只是没有人知道，他们究竟是以怎样的状态去迎接最后的瞬间……

为了亲眼看一看亲人最后的所在，一些遗属也曾跟着小林，一起远道而来。在飞来寺前的一个黎明，目光追着霞光，投向正一寸寸被燃成金黄的神山。每一个人都双手合十，目不转睛，一瞬光影也不舍得放过般，痴痴望向亲人永远消失的山顶。那是一双双含泪的眼，凝视的眼，微笑着问候亲人的眼，小林永远忘不了那些眼睛……

今天的梅里雪山，每一年，每一个清晨，同样位置，同样角度，依然有不同身份的一双双眼睛，热切仰望着，盼能一睹日照金山。而当一拨拨过客，把梅里雪山当作旅行对象时，又是否真正领会卡瓦格博峰的意义？错位依然存在于这座山下，神话也还在代代流传。时至今日，最闻名的依然是那一场"梅里山难"。在当地，你总能听到一句"阿尼卡瓦格博"，总会看见"禁登神山"的提示，还有一部循环播放的山难纪录片。

飞来寺岗坚宾馆的老板格茸吾烁，为了招待客人，自己都看了一千多遍纪录片。每看一遍，格茸和游客都不禁一起为"神山的胜利"所感叹。真正亲历过的张俊等人，却自称看不懂这部片，"太多神化、炒作，甚至以讹传讹，说得都不像当年实际发生的事了"。

这么多年过去，山难成了祭品，成了真假掺杂的传说，成了神山一道光环。这让已年届60岁的张俊至今伤心："17条人命做了一个大广告，发挥了那么大的正面作用，现在却被塑造成负面、反面的……"这个把登山与开放最初引进来的人，每提及梅里雪山，还有太多心绪难平，哪怕近30年岁月已流过。

而刚满26岁的格茸，生于1991年。那一年伊始，17人消失，新的生命也在诞生，在传说中成长。19岁开始跑车的格茸，两年前贷款210万元，成为飞来寺52家宾馆中的一户。所有村民，也都从事着旅游生意。但飞来寺的宾馆，90%是外地人在经营。"大家是有钱了，但压力也更大了。"远离传统的年青一代，面对现代文明，却没有外地人的竞争优势。被旅游业拴住，被银行贷款压住，格茸非常怀念少年放牧时和神山相伴的日子："如果有可能，我情愿回到过去，至少很自由。"

"我最大的愿望实现了，但也有新的担心。"不远处，明永冰川管理站，卸下村长职务的大扎西，面对日益消融的冰川与人情，心里也依然怀着重任。那是曾对小林的承诺："只要我还在，这里就绝不会往离谱方向发展。"

还在苦苦奔走的斯郎伦布，虽向我自嘲着"文化社快熄火了"，曾对卡瓦格博峰立下的誓言，却言犹在耳。文化保护的路，还要继续走下去，因为山也在看着人们。

无论喜忧，人与山，都不可回避地随时代前行。但幸运的是，他们还有神山。困苦时，它是衣食之源；富裕时，它更是心灵所依、文化之源。

　　格茸记忆里，儿时只在初一、十五烧香敬山的村民，现在天天烧香，比以前更加感恩和依赖神山。而飞来寺烧香台，同时也是神山的最佳观景台。一边是村民们对着卡瓦格博峰重复着千百年的祈祷，一边是游客对着梅里雪山发出赞叹。当第一缕阳光又来，以卡瓦格博峰为首的十三峰，云雾蒸腾中，如众神肃立，正一寸寸镀开金光。

　　这金光穿透时间的迷雾，曾迷醉一群梦想登顶的登山者，曾安慰另一群痛失至亲的遗属，曾感动苦苦搜寻碎片的小林，曾激励立誓保护传统的藏族青年，更千年照耀着一代代信仰朝拜它的山民……这金光从过去抵达今天，还将照向未来，照进更多人凝望神山的眼睛。无论怎样变，山不变。

山，也在看着我们

消失的17人，一度被塑造成一意孤行的挑战者。穿过无数传说，我最初最想了解的是，他们究竟为什么而登山？

在真正的亲历者讲述中，才发觉，面对一座山，一支小小登山队，就涵盖了来自两国三方的诉求——云南求边陲开放，中登协来为国争光，日方怀着对未登峰的崇尚。

只是那时的他们，竟不知还有另一个群体——他们与山息息相关，与山有着比任何人更强烈的情感。

为什么登山？最普遍的回答是，因为山在那里。

然而，当我们一次次把目光聚焦在山顶，却往往对山脚下的人，一无所知。

消失的17人直至遇难，还不知山下的反对，更不知身后的无尽纷争。

这一点，一度让我深感意外。然而近30年过去，当我们一次次从远方归去来时，对于当地的人与生活，又有多少了解？这样的无知与忽视，其实至今延续。

为什么转山？带着了解渴望，没能登顶的小林，在山脚下，却终于重新认识了这一座山。

最初作为登山对象的梅里雪山，在他眼里，慢慢变成了神山卡瓦格博。

而我们各自心中的那一座山，和当地人相依为命的山，又是否一样？

围绕雪山，一次次的相逢，已经不是一起简单的登山事件，更是对自然、对他人、对文化的不断理解、尊重与反思。

雪山如镜，投射着太多不同人的情感。

对于山民，它是犹如父母的神性的山。

对于遗属，它却是夺走亲人生命的魔性的山。

对于消失的17人，它是感知生命的高度的山。

对于深入此地的小林，感受到的却是一座孕育万物的丰饶的山……

每一种人怀有的情感，都如山的一个侧面。

你怀有怎样的情感，雪山的镜面就会反射给你怎样的答案。

每一种文化，也都是人类文明的一个侧面。

存在即合理，都有各自闪光。当它们共同投射向雪山，交锋也在相互影响。

一场山难，让17人生命走到终点，也让千年隔绝的人与山，不觉踏上了新时代的起点。

新的时代，更多人的涌入，更多人与山的不了情，也还在持续改变着这片土地。

只愿更多人望向雪山的眼睛，带着理解，含着敬畏。

因为山，也在看着我们。

雪山上的白塔倒影，犹如天堂的阶梯

本篇供图：子 君、麦 子、王铁男

珠峰雪崩

一场大地震，
5个女人的珠峰梦

2015年4月25日14点11分，尼泊尔发生8.1级地震。堪比汶川地震1.4倍的能量，震碎大地，也震惊了世界。

这也是珠峰登山史上最沉重的一天。地震引发的珠峰雪崩，一瞬间，将大本营夷为平地。上千名被困者中，首支中国女子珠峰登山队，因伤亡最惨重，一度备受国人关注。

5位来自中国大都市的白领丽人，为什么会一同去攀登世界最高雄峰？这3年，她们又如何走出重创阴影，一个个再登珠峰，甚至改变人生？这不仅是5个女人的故事，更是围绕一座山，一年年，一次次万众瞩目的珠峰攀登缩影。

山崩地裂，只是大自然一瞬。但，登山人的故事，却远比想象曲折。就像珠峰攀登，也远比或光环，或妖魔化的争议更波澜壮阔。

◎ 登珠峰的女人们

"嘿,欢迎来到珠峰大本营!"海拔5334米,尼泊尔珠峰南坡底,每年4月登山季开启,嘹亮人声划破荒寂峡谷,近千顶帐篷几乎同时涌现。乱石冰雪,彩旗飘扬,来自世界各地的登山客,汇成一座临时地球村。不同国籍、年龄、身份,却有着同样的热盼——抓住一年仅几天的好天气窗口,登顶这座地球上最高的山峰。

"姑娘们,我们终于到了。"2015年4月20日,徒步抵达荒凉中这一派繁荣,来自新疆的麦子深舒一口气,仿佛久别重逢。作为队长,她和另4个女人,此行雄心勃勃,志在成为历史上首支登顶珠峰的中国民间女子队伍。

自从1953年人类成功首登,这座8848米的山峰就让无数人向往。20世纪90年代初,西方探险公司开启的商业登山服务,更让全球近5000人,在向导协助下抵达世界之巅。但,这依然是个遥不可及的梦想,高海拔攀登能力、高昂登山费用等诸多门槛,挡住芸芸众生,女登山客比例更不足10%。此前的尼泊尔珠峰大本营,还很少有中国独立团队,更别提女子队。

"成立女子队,是老杨生前一个心愿。"不同于一般登山者,登珠峰对于麦子,更是为了事业。她曾是国内登山先驱杨春风多年助理,两年前,老杨却在境外登山中遭遇恐怖分子枪杀。这突如其来的噩耗,一度让她崩溃,也把她从后勤推到了前线。命运捉弄下,她一个女人要在异国撑起一家登山公司,必须自己先把最热门的山峰摸爬一遍。4位女客户的适时报名,也让她在悲痛后,终于重新开始。

开始却极不顺利。2014年4月才上路,珠峰一场冰崩,16名夏尔巴向导遇难的惨烈,迫使那一年登山终止。所有准备、期待,数十万报名费打了水漂,一年后,她和新女子队却不依不饶又来了。

"杨春风也和我提过,个人势单力薄,但组成女子队,由他去统一谈赞助,能更好推动有潜质的女登山者登珠峰。"队里最资深的四川籍登山者凌桑,也是第二年重来。早在2007年登完海拔7546米的慕士塔格峰,她就曾把目光投向了最高的珠峰。超4万美金的登山费,却让她望而却步。赞助无果之下,这实在是个遥不可及的梦。

很长一段时间,凌桑和多数人一样,把精力转向了赚钱奋斗。直到7年后,面对忽然抛来的女子队邀请——这是老杨未了事业,珠峰也是自己多年心愿,只用了一天考虑,她就爽快答应了。却没想到,这个一天就敲定的事,会如此命运多舛,让她一度举债数十万,2015年上路时,还卖掉了咖啡馆股份。"是否再来,我当时也动摇过。但最后还是一狠心,去!我怕今年不去,自己会后悔。"

5位女队员,从都市走来,都是独当一面的中产精英。从33岁到46岁,全部单身。要把这些个性十足的女强人磨合到一起,本就难度极大。而珠峰之路,还远比想象复杂。

在男性主导的珠峰世界,这支亮丽的女性队伍,一度备受瞩目。沿途许多外国人竖起大拇指:"Chinese women good(中国女人好样的)!"她们也曾倍感自豪。可出发才两天,一则"某公司赞助中国民间女子队攀登珠峰"的假新闻,就给她们上了特殊的一课。只是几张合影,就会被毫无关系的人利用,甚至大肆炒作?珠峰难道真是传说中"世界海拔最高的名利场"?犹如多米诺骨牌被推倒,还没走到大本营,各种问题开始考验这支队伍。

"平时登山就是个人爱好,很简单。可到了珠峰脚下,感觉许多事变敏感了。"复杂超出了一些队员的预期。或许是登珠峰掺进了太多关注,它似乎不再只是一个人的事。"我一度怀疑自己来错了地方。"来自杭州的金融投资人柳青,曾是最积极支持女子队的人。她来登珠峰,更因为登山的人。十多年前,因为当时男友爱登山,她早早接触到雪山。这一次,是因为女子队集体攀登珠峰的历史意义感,让她欣然加入。甚至在赞助还没谱的情况下,她默默多掏了不少钱支持纪录片拍摄。

"中国女性也有高于生活的追求,当时就想记录下这崭新形象,传达给世界。"这是纪录片投拍初衷。但也有队员并不认同跟拍:"登山是很自我的事,尤其登珠峰更需高度专注,若媒体介入,难免会被干扰。一路配合镜头,成了义务,但对应权益是什么?"

对纪录片的支持与反对,进而引发赞助分配分歧。是平分,还是用于纪录片拍摄等团队支出?珠峰商业攀登环境下,每个人都投入了巨大资金和精力,既是队员,更是一心登顶的付费客户。团队荣誉与个人追求,孰轻孰重?每个人有不同答案。

或许,登珠峰的队伍,一样是社会缩影。但,珠峰本身,却比想象更冷峻庄严。近千人聚集的大本营,不过是珠峰一个脚趾。个人情绪纷争,更渺小犹如浮尘。

"你们都要轻装,轻装再轻装!"一到大本营,麦子开始反复强调。"带着情绪上山,会有生命危险。这座山容不得任何杂念。"这些身姿柔弱的女登山者,能经得起8848米的冷酷考验吗?身为队长的她,心里隐隐有着不安。尤其是凌桑帐篷里,一夜夜传来咳嗽声。几乎咳得睡不着,凌桑也担心自己可能得肺炎了,却没敢对外多说。"攀登队长会根据情况,决定你是否能参与冲顶。这已经是第二次来,太不容易,我不想失去这个资格。"

"我都报名了5月底的珠峰马拉松,想着要从珠峰大本营一路跑下去,一定非常酷。"来自上海的韩子君,倒是初生牛犊不怕虎。"80后"的她是最年轻的队员,几年

整装待发的女子登山队员们

前,还蹬着高跟鞋,妆容精致,一个人扛着上亿销售指标,穿梭在都市楼宇。2011年的藏地之旅,却让她看到不一样的世界;而她更在2013年刚接触登山时,就被雪山深处的静谧给迷住了。

"以前成天围着工作连轴转。雪山让我关注到内心,更惊喜的是发现自己竟有这么大潜力。"5000米、6000米、7000米、8000米……短短两年,"一心想着爬更高点"的子君,竟一步一台阶走到了珠峰面前,还加入到中国民间首次组织的女子队伍中。虽然队伍一路摩擦,但她还是高兴能见证这一切,却没想到会被卷入另一段不可思议的历史之中。

◎ 雪崩来临

无论不安还是乐观，希望还是失望，所有人关注点都渐渐聚焦向了山顶。山脚下，400余位各国登山客蓄势待发，连同提供向导、保障的上千人，没人想到，最安全的大本营即将迎来一场史无前例的灾难。

阴雪纷飞的4月25日，正值中饭时间，脚底忽然开始猛烈晃动。地震了？子君几乎是最快速度冲出帐篷，只听山谷里轰隆隆巨响，就在她们帐篷正前方的山上，一道道排山倒海的雪浪，竟汹涌扑来。

雪崩！几乎来不及思考，她扭头就跑。才跑出两三步，冲击波就来了。猛一下，她被打趴跪地，只能本能抱头，拼命缩紧身子，任由飞沙走石在后背噼里啪啦猛砸，快窒息之际，一切戛然而止。试探着抬起头，子君几乎不敢相信眼睛。就像穿越到灾难片现场，天地白茫茫一片，到处碎布断杆、惊惶呼喊。刚才还帐篷簇簇的大本营，瞬间就毁了。

"My leg……（我的腿……）"一个日本女人在惨叫，左腿明显断了。凌桑站了起来，还好躲过一劫。身边的香港女队友曾燕红，却满脸是血，目光呆滞。所有人都蒙了。顾不得温热鲜血正顺头淌下来，子君只庆幸自己还活着。却有人顷刻间，被推到了生死边缘。当子君爬起来，迎面撞见几个夏尔巴向导正手忙脚乱。从冰湖中拖上来的人，一脸煞白，竟是柳青！

雪崩来临时，柳青还躺在帐篷里。鞋还没来得及穿，才跨出帐篷一步，她就感觉身后一个巨大黑影猛压过来，啪一下，直接把自己后背和前胸拍在了一起。一秒钟，就被封住了呼吸，什么都来不及想，就知道出大事了。任凭强劲气浪碾压着，一分多钟，长得就像是一个世纪。有一两秒，柳青以为自己已经完了，唯一的闪念是："我不想死……"

也在生死线上挣扎的，还有队长麦子。那时那刻，她整个人被压在帐篷杆下面，正惶恐于身体像断成两截，下半身完全动不了了。身后传来的一声声呼喊，是一个个还活着的队员。她听见了子君、凌桑、曾燕红……怎么唯独没有柳青的声音？而三四米外，正趴着一个被气浪瞬间撕碎上衣的男人，脊背肌肉一阵阵抽搐——那是濒死的征兆。麦子只能眼睁睁看着，却不知这个背对着她挣扎的男人，是同行男队友戈振芳。

珠峰大本营蜿蜒在一条3公里左右的峡谷，女子队营地处在最直接受雪崩冲击的中部，伤亡也最惨重。除了戈振芳，还有2位夏尔巴向导及纪录片录音师，同行4人就此丧生。

一瞬间，山崩地裂，有人已经生死永别。当麦子终于被人从雪堆里挖出来时，没人敢告诉她这些噩耗。脾肾大出血的她，自己也正危在旦夕。而此时，三面环山的大本营，中部被夷为平地，唯一出路完全塌方。伤势最重的柳青和麦子，只能被送往临时搭建的医疗帐篷抢救。

穿过冰雪废墟，还没倒的3顶帐篷里，具有医护背景的登山者、野外急救专家，不分国籍种族，正迅速行动起来。面对史无前例的灾难，一切搁置，所有人都在疯狂自救、找人与救人。

一起被抬进重症帐篷的麦子和柳青，脚对着脚，相隔不到1米，却只能各自求生。4根肋骨骨折的麦子，无法动弹，无法起身看上同伴一眼。而柳青甚至感觉不到身体还在不在了，神志不清之际，她唯一念起的是，远在杭州的妈妈该有多伤心……怕妈妈牵挂，她甚至没让妈妈知道自己来登珠峰。

生与死的距离，如此之短。苦苦拉锯在生死线上，柳青只知道自己这一刻还活着，要努力保持活着，在真正的救援到来之前。每呼吸一下，唯一的坚持是，一定要再呼吸下一次……

"真正让我害怕的，不是雪崩，而是等待救援的过程。"灾难来得太快，快得来不及怕。可当黑暗吞噬废墟，唯一道路阻断，躺在另一个伤员帐篷里的子君，开始被恐惧笼罩。

此刻的大本营，成了人人想逃离的孤岛，可谁也逃不出去。几乎每小时一次的余震像催命时钟，帐篷外轰隆隆的巨响和惊呼声，更是让她的心一次次提到嗓子眼，生怕雪崩卷土重来。只能抓住唯一一点信号，在当晚9点通过朋友圈发出了第一条求救："地震，雪崩，大本营被埋，所有中国人平安，有受伤，请求救援。"

那是许多人生命中最漫长煎熬的一夜，直到4月26日凌晨5点50分，当直升机的声音隐隐传来，子君飞奔出帐篷，看到天外飞来的小黑点，这才长长舒一口气——马上可以安全了。

第一个被送出去的是柳青，那一夜她一度停止了呼吸。靠着人工呼吸，并及时转送，才捡回了一条命。紧接着是麦子。但，抵达尼泊尔首都，并不意味着安全。

整个加德满都，也是一片废墟。医院挤满伤员，死亡已超9000人。可怕的余震又来，大地又在颤抖,整个医院都在颤抖,到处是尖叫奔跑的人。躺地上的麦子,只能挪动唯一能动的右臂,拼了命爬向最近的厕所,试图找块安全三角区保命。还在重症监护室的柳青,只能直挺挺躺着,眼看玻璃、尘土掉下来,恐惧着"自己又要死了"。但感动的是,所有人都在往外跑,女子队的夏尔巴向导明玛竟一个人跑了回来,一把握住了她冰冷的手:"别害怕,我还在。"

而当明玛终于告知"大本营19人没了,其中4个是我们的人……",才活过来的麦子,又一次天旋地转。从业多年,老杨的遇难,早让她了解到太多生死无常,但也从不曾亲历过如此规模的灾难。

所有一切,噩梦一般。她只能祈祷还活着的人,都能尽快逃离这个余震不断的国度。大难之下,登顶珠峰的雄心壮志,已成梦幻泡影。安全撤离,成了所有人的燃眉之急。

5月1日,震后一周,为了更好救治,闯过鬼门关的柳青终于被抬上归程。飞机起飞十几分钟后,当珠峰最高山形从喜马拉雅群山中耸然而出,她的眼泪再也忍不住了。几天前,她们还在山的怀抱里。而此刻,却已飞越它的上空,更飞越了生死。还活着,就这么走了……隔着机窗玻璃,手指抚摸着珠峰身影,千言万语也无法描述这座山带给生命的震动。她的心底只有一个声音喃喃在说:"有一天,我会回来。"

◎ 穿越内心风暴

雪崩中19人遇难,这场珠峰登山史上最严重的事故,让2015年的珠峰41年来首次无人登顶。而山下,各自归去的人,内心余震还持续不息。

"我能好起来吗?还能登山吗?"浑身疲软,走个几百米都累的子君,第一次对自己不太自信。右臂带上固定器的她,没登上珠峰,却被朋友戏称成了"钢铁侠"。头顶8针的疤痕,回国后又被查出鼻梁骨折、手臂韧带撕裂性骨折。面对镜中浮肿的脸,爱美的子君一度不敢出门,甚至忍不住去看心理医生。结果就连心理医生也不能理解,为什么明知危险,却有人执着于登山?只好说她是"和死亡跳舞的人"。

一个月后,远在香港的队友曾燕红飞来上海,带来的是更深的茫然。头部受重创的曾燕红,颅骨留下6厘米永久骨裂,甚至离奇失忆。她特地来找子君,一夜夜彻夜长谈,谈雪崩,谈未来,谈到两个人又哭又笑,却还是无法找回丧失的记忆。

曾燕红一直是学生眼里的"神奇老师",2008年就骑行过西藏。但那时遥望珠峰,她

珠峰脚下，冰川之上，登山大本营数百顶帐篷，渺小如蚁

压根没想到自己会去登。2010年为带动学生们定下人生目标，面对怂恿——"老师你那么厉害，不如去登珠峰呗"，当着300多名中学生，只用了1分钟，她就答应了。却没想到，这个1分钟就定下的"最高目标"，会让她奋斗一年又一年，甚至创伤性脑损。

震天雪浪，挤满伤员的帐篷里，有人一直在喊她"千万别睡着"……除了这些碎片，曾燕红竟怎么也想不起地震期间的事。多日混沌，再清醒过来，4个随行生命已逝，连续两年努力的珠峰梦，竟又戛然而止……而她想破头，也想不起究竟发生了什么。而那一座山，还回得去吗？

"我们究竟哪个环节错了？"躺在上海一家医院里，柳青也在反复追问自己。从行程、营地选择到逃生方式，想来想去，都没有答案。面对突袭灾难，死亡就是一种随机偶然。如果地震发生在夜晚，如果晚出帐篷10秒，如果……任何一个如果，她可能都活不了了。

大难当头，能活下来，已是极小概率的万幸。她终于拼命活了下来，可这世界，也有人拼命要死。医院里不时有被抢救的自杀者。她从事的金融行业，正迎来2015年股灾，千股跌停，哀鸿遍野。那些跳动的数据、财富的增减，却再难唤起她的兴趣。

"生死之外无大事。明白了死亡随时来临，什么才是生命最重要的事，什么才是更有价值的人生。"躺在重症监护室的3个月，远离金融工作的柳青，每天目睹着人间的生生死死，内心触动不亚于之前地震所带来的。

相比一个个暂别雪山的队友，凌桑的治愈方式，则是一回国就去了北美洲最高峰德纳里峰。从没有哪座山的攀登像珠峰这样命运多舛，让她几乎倾尽所有，却连续两年，一次比一次惨重。但就像希腊神话里的大力士安泰，唯有脚连大地母亲，才有源源不绝的力量。一样茫然的她，渴望重回雪山，找回内心的平静。

相比登珠峰依靠向导协作、庞大后勤保障，这一次没有专门协作，没人会替你多背哪怕一克东西，搭帐篷等所有事都要自己来。接近自由攀登，难度更高，体验却也更加深刻。"这才像真正的登山！"身在珠峰，从登山者到夏尔巴向导，所有人都被"登顶"的狂热包围，甚至不时有人铤而走险。在北美，她感受到的登山文化，却是安全第一，其次是体验，排在第三位的才是登顶。

回想这两年，自己的生活几乎完全围绕珠峰打转。一停下来，就忍不住想：还去不去珠峰？怎么去？还差多少钱……当试着投入另一座山峰，听山友畅谈世界各地的登山经历，凌桑忽然有些释然了：这世上有那么多雪山，真喜欢登山，永远登不完。为什么非得死盯那一座，不惜搭上性命和生活？她不想再继续被珠峰绑架了。

"登山怎么会残酷到这个地步？"远在新疆病床上的麦子，则陷入人生第二次抑郁。

继两年前杨春风逝后,她又开始一夜夜失眠,一度要吃百忧散。比骨折伤势更难熬的,是精神痛苦。相比一般登山者,作为组织者,她还要承受外界非议、团队分裂、一些队员的抱怨和退款纠纷……"每个人都有权利对我说——这个疯狂又倒霉的女人。质疑和不友善,一度爬满我的心和脑子。"连续两年,发生在珠峰,一次比一次惨重的死伤,也着实让麦子害怕,干这一行还要面对多少残酷?

"干哪一行不好?我还要继续做登山吗?"身处穆斯林文化环境里,女性本就不被认可从事这些"男人的行业"。除了父亲,她甚至一直对其他家人隐瞒职业,直到他们看见地震新闻。"可这时候退,岂不成了懦夫?会是我一辈子阴影的。"最迷茫时,她伏在爸爸肩头问:"我该怎么办?"父亲没有回答,却直接回应记者:"我女儿会继续登的。这一次她到哪儿,我就跟到哪儿。如果有意外,我会第一时间处理后事,不麻烦任何人。"

2015年9月,麦子再次回到了尼泊尔。千疮百孔的古都在重建,人心也在重建。只是接二连三重击后,她甚至都掏不起个人登山费。只能分出公司部分股份,对着明玛、普鲁巴两位资深向导,她越挫越勇地坚定表示:"请帮助我,明年我还要再登珠峰。"

◎ 迟来的"到了"

海拔5220米,西藏加错拉山口,当连绵的喜马拉雅群山闯入视野,子君不由得热泪盈眶,为了这百感交集的重逢。"珠峰,我又回来了!"这是2016年4月,沉寂一年的登山季再次开启,穿过内心风暴的子君,终于又回到珠峰脚下。只不过,这一次是山的另一面,中国境内的珠峰北坡。

选择北坡,是因为上一年的灾难隐患、女子队的不快与解体,也因为怕家人担心。对于子君,登珠峰最大的困难,是对家人的深深负疚感。她永远忘不了,劫后回家那天,妈妈一把抱住她,穿过日夜煎熬,说的第一句话却是哄孩子似的:"好了再去。"

母女相拥那刻,她忍不住流泪与自责:"登山的人是自私的,为了满足自己的欲望,却让家人跟着承受压力。这样,对吗?"可未了的珠峰梦,始终在心头,挥不去。"我这个人要么不做,一旦开始,就不会放弃。"

2015年10月,为打开心结,子君也重返过尼泊尔。漫长的大环线徒步,终于让她"满血复活",找回身心自信。可面对妈妈,坦白讲再登珠峰的想法,还是忐忑不安。妈妈轻描淡写一句"你去吧,但请一定注意安全"。她终于如释重负,却也深知这一句嘱托背后是怎样的惦记。漆黑冲顶路,当头灯突然扫到一具红衣尸体,虽有心理准备,子君还是忍不住心头一惊,第一个反应是:我一定要活着回去,不能让妈妈伤心。那是遇难不知多少年的人,红色外套都已泛白。攀上这座山的每个人,都有各自固执。但过分执着,也可能会死去……

失足、缺氧、失温,任何一个小错误都可能让人永远留在珠峰。这座山上尸骨遍横,累计遇难多达280余人。大部分抬不下去,成了"尸体路标",山下却不知有多少伤心故事。她只能更加小心翼翼,提醒自己千万不能变成"其一"。

前行者的死亡让人心惊,同道者的呼应却令人振奋。凌晨2点,当横切到海拔8500米,子君一抬头看到对面南坡上,一队头灯正缓缓移动。那是来自尼泊尔一侧的攀登者,看不清身影,可黑暗中的一带微光向上,成了整个攀登中她最难忘的一刻。"没有任何自然景观比这更让我感动,来自世界不同国家的人们,为了共同目标,向着同一个地方前进……"这个地方,就是世界之巅,地球上离天最近的那一小点儿陆地。

"终于到了。"2016年5月20日8点28分,子君站在珠峰顶,环顾脚下无垠大地,用力记住每一眼的风景。风景也终于被眼泪模糊,为了这个迟来的"到了",穿过雪崩逃生,穿过康复痛苦,穿过一路惊心的跋涉……1.63米的柔弱女子,终于站在了8848米的峰顶。"那一刻,世界最高点对于我成了8849.63米,那是属于自己的生命高度。"

没有更高的去处了,但前提是活着下山。珠峰遇难事故,约70%发生在更危险的下山路。眼前几千米悬崖,脚下三四十厘米碎坡,最窄处仅一脚宽。整个人暴露在8000米之上,贴着岩石一点点挪过去。"怕,真的害怕……"那一刻,子君简直不知自己是怎么上来的。更让她怕的,是7028米营地背靠的冰墙。雪崩阴影还在,她总怕冰墙轰然倒塌。顶着极度疲倦,她决意一次性下撤到更安全的6500米前进营地。那一天,从凌晨1点冲顶,子君一直走到24点,累到走路都快睡着,还得逼迫自己前行。一旦睡着,很可能会跌进密布的冰裂缝,甚至冻死。

对于每个攀登者,这都是最漫长的一天,每一分钟都至关重要。就在子君北坡登顶2小时后,10点30分左右,尼泊尔一侧,麦子正沿着南坡攀向珠峰顶。只差最后60米左右,迎面下山的人却说:"天气已经变坏,有危险。"脑子"嗡"了一下,是上?是下?这个抉择,和电影《绝命海拔》中1996年曾发生的山难何其相似:最后执意登顶的登山客和向导,迷失在下山风雪中,8人殒命。

24小时前,麦子还在连登海拔8516米的洛子峰,也是只差60米左右,眼睁睁看见一个修路的夏尔巴,在固定路绳时滑坠。时间仿佛定格,大山不动声色收走了又一条命——一个为登山者梦想铺路的生命。出于尊重,目睹这一切的40余位登山者集体放

走向世界之巅的路

弃了洛子峰首轮攀登。而此刻，珠峰顶已如此近，她无法想象连续第三次折戟，只能企求般望向夏尔巴向导明玛。

面对触手可及的至高点，理智与狂热并无清晰界限，每一个决定都生死攸关。好在这位无氧登顶过多座8000米级雪山的兄弟，最终给了她信心："可以，我带你。"

"如果那时我不站出来，整个团队就结束了。"登珠峰对于麦子并非梦想，只是职业选择，只是为了更了解这座山峰，并拯救登山公司。穿过连续两年毁灭性打击，这个47岁的新疆女人还是不肯信命，第三次几乎已是以命相搏。

5月20日11点30分，麦子登顶珠峰。在连续3年尝试之后，她终于给自己争了一口气。浓雾弥漫的峰顶，却已容不得登顶喜悦，她和明玛两人转身迅速下撤。一路紧绷着神经，却不慎拉伤小腿。第二天，她不得不乘直升机从2号营地飞离珠峰。

穿过冰雪世界，重回人间那刻，麦子绷了几年的弦，忽然就松了。落地在大雨倾盆的机场，一直没哭过的她，泪水忽然汹涌而下。所有往事都涌了上来，老杨走时那个清晨、地震雪崩的巨浪、队友垂死挣扎的脊背……她的梦想不是登顶珠峰，而是彻底宣泄这一幕幕——一年年从事登山业积累的阴影与痛苦。

那是麦子毕生难忘的一刻。她双手捂着脸，从不曾如此放肆哭过，从不曾如此渴望能有个男人肩膀可以依靠一下，身后却是空无一人……只有一个陌生机长，礼貌地远远看一个女人的痛哭，最后默默递来一杯热茶。

珠峰不是终点。喝完热茶，擦干眼泪，麦子独自转机回加德满都。那里云集着超过1600家探险公司，群雄纷争之下，她必须继续强悍下去。

然而，登山圈不相信眼泪。登完珠峰，外界毁誉依旧不息。面对登顶造假的质疑，麦子曾向我出示了登顶证书及喜马拉雅数据库资料——这个最权威的登山数据库，由伊丽莎白·霍利所建。这位90多岁的美国女性，曾为《时代》杂志记者，1963年前往珠峰报道，发现这么重要的山峰却无人收集登顶历史，从此开始长达50余年的记录，涵盖喜马拉雅几乎所有探险活动。

霍利一生没登过山，却因为毕生无私记录，被全世界登山者尊为"喜马拉雅女皇"。这也是麦子最尊敬的人，她越来越觉得："中国民间登山者，何尝不需要被记录和记忆？"2017年3月，在麦子主导下，中国第一个民间登山历史馆启动建设。把一代代登山前辈积累的资料和经验收集并传递给未来登山者，在她看来，这是比登多少山都更有意义的事。

◎ 第三次握手

围绕这一座山的故事，也还在一年年继续。2017年4月底，尼泊尔珠峰南坡又是帐篷簇簇。

又一年热闹非凡的地球村，一个集齐58位中国登山者的大聚会上，凌桑、曾燕红、子君，3个女人抱作一团。地震两年后，她们终于重聚在珠峰脚下，却已身在不同队伍，甚至再找不到当年被摧毁的营地。

去年才从北坡登顶，今年又来珠峰？连子君都觉得自己是疯了。2015年她原计划的是珠峰和洛子峰连登，"一次攀登两座8000米级雪山，我可以吗？南坡究竟是怎样不一样的景象？"她还是渴望回到故事的开始，给自己一个真正的圆满。

因受地震影响，2015年注册费1.1万美金的登珠峰许可证，被尼泊尔政府顺延到2017年前有效。为了省点钱，曾燕红和凌桑踩在最后期限，都已是第三次重来。

"第一次来，身边都是鼓励。第三次还来，却被不少人说太固执任性……"第三次重来的曾燕红，依然找不回雪崩记忆，但始终没忘7年前定下的珠峰目标，哪怕被非议。学校不给假期，她一咬牙把心爱的工作辞了，但也有些难过："最初是希望通过登珠峰，教育学生们也要为目标奋斗。现在却为了登珠峰，不得不离开教育岗位。这是我没想到的。"

距大本营30公里的山谷，一片墓地面朝珠峰，其中一座纪念中国境外登山遇难者的墓碑，也在此时刚落成。徒步路过时，凌桑给碑上的杨春风点了支烟。记忆伴着泪水，终于忍不住开闸奔流。这两年，她一直把自己沉在繁忙工作中，再不想被珠峰绑架。可这座山和一些人，以为再不会想起，其实从不曾忘记。

这座山与她的生命纠缠，却依旧剪不断。当她终于踏上等了4年的珠峰路，一路顺利攀登到距峰顶只差300多米处，风力超过10级的暴风雪却来了。探险公司误判了天气，夏尔巴领队通知全队下撤。"我一定不能下去！"凌桑顿时成了全队最坚决反对下撤的人，"这几年太难了，都到了这个位置。当时实在没法想象，还要再重来第四次……"

穿过这几年生死无常，凌桑一直觉得自己变淡然了。对生活得失异常淡漠，哪怕朋友常劝她，花登一次珠峰的钱还不如买台车，她也没心疼。但此刻，面对只差300多米的珠峰顶，她却忍不住万分纠结。"只要能在4号营地再等等，天气变好就一定登得上去。"一时间，她恨不得立生死状：自愿留下，一切后果，自己承担。可转念一想，她如果脱队，引起其他人效仿，甚至出事……就算自己登顶了，也会内疚一辈子的。

事实上，每一个人都在经历前所未有的心理斗争。置身8300米以上死亡地带，整整僵持1个多小时后，队里最德高望重的登山前辈王铁男，带头做出下撤决定。61岁的王铁男也知道下撤意味着梦想破灭，包括他在内的一些人也许再没有登珠峰的机会了。"对于一个工薪阶层，登珠峰太难太奢侈，不仅需要体力和攀登技术，更需要强大财力支持。"然而亲历多次山难的他，目睹过遇难家属的悲怆，更深深知道"生命不仅仅属于自己"……

凌桑直接痛哭出声，却不得不服从团队，就此踏上了下山路。4年3次尝试，克服了一个又一个难关，没想到最后最难的，竟是放弃。

在7200米3号营地，遇见哭着下撤的凌桑，正上山的曾燕红，也不禁揪心。能不能登顶，还有赖天气。珠峰顶终年气旋盘踞，每年5月中旬，才有一段极短暂的好天气。在此期间，登顶可能性较大，于是世界各地探险队都瞄准5月。

5月20日晚，海拔近8000米的4号营地，曾燕红终于迎来最关键的冲顶。才走出帐篷，就傻眼了：黑沉沉暗夜，星星点点的头灯犹如一条长龙，长达上百米，已经堵在最后冲顶的路上。

这是一条和时间、体能赛跑的凶险之路。一到下午，珠峰顶往往会出现高空风与暴风雪。适合登顶的时间只有上午短短几小时，并变化无常。眼前却是"走10分钟，等半小时"的拥堵。

山下重重阻碍，没有击退曾燕红。世界之巅的寸步难行，却第一次让她差点绝望。为了这个目标，她已经等了7年，不能再等，只能试着赶超一个个缓慢的登山者，不惜耗费更多体力。

连超上百人，在5月21日清晨，曾燕红顺利抵达珠峰顶。这个1分钟定下的"最高目标"，在7年之后，她实现了。

"子君，我登顶了！"3小时后，子君和安全撤回4号营地的曾燕红，紧紧相拥，欣慰于昔日队友终于圆梦。一天后，子君也又一次从南坡登顶珠峰，右手紧紧握住另一个女登山者——2015年她从雪崩中抬起头，第一眼看到的那个腿骨折的日本女人。

雪崩现场，她们曾恐慌地握住过彼此的手，本能地想从同类那里获得力量。救护车上，她们再次偶遇，再一次双手紧握，带着死里逃生的喜悦，传递着相互鼓励。大难之下，两个陌生女子怎么也没想到，两年后，竟能紧握双手一起重登上梦想的世界之巅。子君和珠峰的"第三次握手"，也实现了。

历经6年辗转，由麦子、曾燕红带队的中国民间首支女子珠峰登山队，终于在2019年5月以团队形式成功登顶珠峰，成为世界第四支实现此举的国家女子队伍

◎ 不想再登这座山

重回山下，遗憾下撤的人，盼着何年能再重上这座山；终于登顶的人，却大多数会把这当作人生唯一一次。

"我会随缘随兴继续登山，但不想再登'名利山'了。"曾燕红用了7年努力，去实现最初设定的"最高目标"。但珠峰一路交织的复杂，也超出了她最初设想。实现南北坡两次登顶的子君，终于圆满，但同样有些失落。海拔8600米冲顶路上，两具靠路边的"尸体"猛地抽搐了一下，曾让她心头一惊。还没反应过来，夏尔巴向导就把她拉走了。

"可他们还活着，还活着……"一旦意外发生在死亡地带，即便最出色向导也无力施救，以免连累更多生命。每个人都直奔顶峰，只对自己负责，她也不能例外，但内心却忍不住挣扎："上百人经过，没有人停下，或冷漠或无奈。只能留他们自己面对死亡，这太绝望了……"

欣慰的是，下撤时，那两人竟还活着。冒着独自下山的风险，子君赶紧让出她的向导，去参与救援。集体努力之下，深陷缺氧、失温的登山者和小向导，最终捡回两条命。紧接着，"男子登珠峰倒在8600米，超150人路过无人救援"的新闻，也迅速传遍世界，引发口水纷飞。网络围观者嘲讽，登珠峰也带不来精神升华。专业登山者则多数认为，在自身难保情况下，这是无知的道德绑架。诚然，8000米之上，无法苛求道德的尺码。但雪山扯去所有，人性也暴露无遗。

回到加德满都，心绪难平的子君，忍不住去探望幸存者。夏尔巴小向导多处冻伤，整整被截去8根手指，一直努力保持微笑，却也掩不住茫然。她不敢想象这个少年的未来，试图资助，更不禁感慨：一个不到19岁没经验的向导，怎会被安排带客户去冲顶？颇多事故不仅是自然严酷，更在于越来越混乱的珠峰市场。

20世纪90年代开启的商业登山服务，让珠峰从专业探险进入大众时代，攀登人数猛增。截至2017年6月，已有4833人登顶珠峰8306次。这也催生出一个庞大产业，每年总收入超过千万美金。

对此，保守主义者很恼火。1953年首登珠峰的希拉里公开抨击："收取费用以护送那些新手登上峰顶，是对这座山峰的大不敬。"揽来客户的探险公司则反驳："人人都有珠峰梦，都有权利抵达世界之巅。也正是商业服务，让普通人登上最高峰成为可能。"带客户上山的夏尔巴人却说："对于我们，珠峰是保护神，甚至母亲。母亲给了我生命，而珠峰给了我生活。但现在，也有些夏尔巴人把珠峰当作商品，而把客户当作上帝……"

无论支持或反对，越来越多人在走向珠峰。虽有后勤保障，但对于多数人，登珠峰依然是一个"要钱又要命"的生死场。登山公司不得不雇用更多夏尔巴人，当地真正有资质的向导却不足百人，于是出现了经验不足的向导陪伴冲顶所带来的更多风险。

混乱还来自更多能力参差、动机复杂的人不断涌入。面对珠峰高门槛，很多人并无与之匹配的攀登能力或经济能力。在子君、曾燕红等人的多次攀登中，就遇见过一些新手：冰爪都不会穿、只登过四五千米雪山便直奔珠峰而来；还有不少忙炒作、拉赞助、混圈子的"社会型登山客"。

"登珠峰不是最难的，却的确引人注目。"2016年北坡登顶后，子君也曾有段时间轻飘飘于众星捧月的赞美。但很快，她就意识到热闹只是一时。"不少人的夸大与美化，甚至会误导更多人。"2017年再登珠峰，虽然让她成了第一个实现南北坡登顶的中国女性，归来后的子君却格外沉默。她觉得自己看得更清了："这座山每年都在诞生各种'第一'及新男神、新女神。但其实每个人都只是被短暂接纳的过客。"

◎ 人生如登山

再多故事与光环，也只是过客。当时间之箭抵达2018年4月，新的登山者正徒步走向珠峰大本营。又一支由5名尼泊尔当地女性组成的队伍，一路吸引目光。这是继雪崩折戟的中国女子队后，世界第四支获许可攀登珠峰南坡的女子团队。

最先发起活动的女记者罗莎，做梦都头疼的问题是钱。但她相信，这将帮助她在个人层面实现自己的目标——例如在尼泊尔这个男女不平等的国度，在一些社会问题上能更有力地表达声音，"没有什么比攀登世界最高的山峰更合适的了"。

与之同行的，还有曾燕红的身影。2017年为登珠峰辞职的她，继续着间隔年之旅，正在为麦子公司组织的新活动友情帮忙。望着新的女子队，想起3年前走过的5个靓丽身影，如今已散落天涯。"如果能全部重聚就太好了。只可惜人与人立场不同，价值观差距太大，这或许会是比登珠峰更难的事。"

又在为新一年登山季忙碌的麦子，坐镇加德满都，她的高山沸腾公司终于渐入正轨。但她心底也时刻做好最坏准备。"山是越登越怕，这个行业最大特点是高危。"每次登山前，她甚至要求工作人员写好遗书。

面对充满幻想的新手，麦子不想做励志偶像，也不愿美化登山来招揽客户。"极限海拔里，高贵和丑陋、喜悦和忧患是并存的。登山只是让你更看清生死、真相和自己几斤几两。"

"当爱好变成职业，往往痛苦大于快乐。"现在的她，无房无车，也没丈夫、孩子，平日里喜欢种草养花，其实并不喜欢登山。但命运驱使，尤其面对业已积累的那么多登山资料、数据——"这都是前辈用鲜血和眼泪换来的"，她不能半途而废。明年还想组织新的中国女子队，更要忙碌在建的中国民间登山历史馆——这或许才是她想要去登一辈子的山。

"双脚是否站在山顶不重要了，重要的是发现生命最重要的事。"曾经伤势最重的柳青，是5个女人里唯一没再回珠峰的人，却也正在远方醉心爬着自己的"山"。3年前的珠峰遭遇，也曾让她陷于人生从不曾有的挫败感。独自前往加拿大班夫静心，没想到在这个户外胜地，反倒大开眼界。在这里，一个不起眼的老太太家里都可能有一堆滑雪板。真正成熟的户外文化，是体验生命，而非为了夸耀。

一次听课，一个美国人无意间提到自己曾扛着摄像机，5次登过珠峰。轻描淡写，却让她一惊：对于他，登顶不是目标，他的使命是记录。想起因雪崩中断的记录理想，想起国内户外纪录片领域的空白，一直觉得有什么事没完成的柳青，也不禁开始尝试。没想到，就此打开了人生另一扇窗。

从只会用手机拍照，到最近完成又一段顶级难度攀岩的拍摄，3年过去，柳青从一个投资人变成了专业户外摄影人。从前谈的是千万级项目，现在时常为照片多卖一百块讨价还价，她却乐在其中，并把每年的4月25日，当作自己又一个生日——这一天，她差点失去生命，也从此改变人生。

已远去的金融圈，她也许以后会回去，但目前心不在那里。地球另一头的珠峰，肯定也会回去，柳青心里却没有急迫："因为我现在仍然和山在一起呀。"

"珠峰只是起点。"雪崩3周年之际，子君刚好完成北极点徒步。"7+2"的目标就快完成，她又开始眺望更高的"山峰"——创办一家探险公司，把这些年学到的国外先进攀登理念带给更多人。

"这几年一直在玩，积蓄快花完，也需要努力工作了，但希望是和爱好结合在一起的工作。"这几年，她还迷上了滑雪、攀冰、潜水，间隔年一晃成了间隔5年……一直在路上，子君也一度担心过自己是不是太不务正业。眼看朋友公司都上市了，自己会不会跟不上时代？但随着不断成长，她终于相信，只要这是一种探索世界的"玩"，只要觉得自己的人生没有虚度，就值得投入。

"登珠峰是未完成的、会去做的事，但我不希望是孤注一掷。"凌桑临时放弃了今年攀登珠峰，因为右膝韧带不慎撕裂，也因为她希望有一天，是以真正平和的心态走向珠峰。去年从珠峰遗憾下撤，回国入关时，警官看着她晒伤的脸，好奇地问了句："那你登上去了吗？"一句不经意的问，就让她"哇"一声大哭："就差300多米，风太大……别人都等到好天气登顶了，就我没有……"

归来后一两个月，这份遗憾一直盘踞心头。信佛的她，最终只能觉得这是上天冥冥注定，为了让她继续修行，面对得失荣辱，成为一个更有智慧的人。"现在流行的心灵鸡汤：要么永不放弃，要么凡事随缘。但过于执着或淡漠，都是不成熟的。"3次登珠峰的曲折，至今没有画上句号，但深深影响了她的性格："以前骨子里特别轴，登山让我学会寻找平衡：要怎样才能既不失执着与坚韧，也不失淡然与平和？"

"山一直在那里，但生活中还应有其他梦想。"终日忙出差的凌桑，现在梦想的已不是珠峰，而是有能力养一只小狗——这意味着安定，和一个永远忠于自己的陪伴。对于一个独立要强的女人，她觉得，这反而是比登珠峰更遥不可及的梦。

◎ 母亲的膝头

"嘿，欢迎来到珠峰大本营！"嘹亮人声划破荒谷，还是3年前遭遇雪崩的冰川上，近千顶帐篷又一次在4月涌现。这座曾被美国记者乔恩·克拉考尔喻为"天然圆形剧场"的大本营，3年前，在雪崩中遭遇严重坍塌。3年后，山崩地裂的记忆，还在许多人心里，却也被大自然一把抹去痕迹。

热闹的大本营，一如往昔，迎来又一年新鲜面孔。地球村的格局，几年中，却也在悄然巨变：西方探险公司和登山客开始退潮，尼泊尔本地夏尔巴公司正在崛起，现在客户人数最多的，变成了新兴经济体的印度和中国。

62名中国人，今年将从南坡尝试攀登珠峰，也给尼泊尔带去了2000多万人民币的生意。而在2010年，南坡还只有8人。中国的民间珠峰热开始于15年前，此前一直是为国争光的政治登山。2003年全国抗"非典"之际，企业家王石等中国民间爱好者登上珠

这就是珠峰顶，我们星球的最高点

峰，通过央视直播，一时间吸引无数目光；同时让这座最高峰既成了"勇攀高峰"的精神象征，"人生成功"的典范追求，也让其攀登和攀登者遭遇着"有钱人的游戏""英雄"等或光环，或妖魔化的解读。

"珠峰就像世界上海拔最高的名利场，吸引的不全是山峰攀登者，更有社会攀登者。"面对客户携带的各种社会企业条幅，有人甚至背了一包60件旗帜，想带上山拍照。麦子公司最近发起了"抵制垃圾旗帜行动"：只允许携带国旗、赞助商旗帜和家人标贴，其他全部截留，哪怕为此得罪人。

"在山下可以尽情表演。但在山上，这可是夏尔巴向导和队员用生命在搏击啊！试问，谁能赞助一个人的生命？"

"山峰是无辜的。"在珠峰虽遭遇身心重创，但柳青却不认同"名利山"的说法。"心有名利的人，到哪儿都追逐名利。心无名利的人，环境再复杂，也能保持自己。就像山，从不会因人而改变。"

"这取决于个人。"因为贫困，童年就开始做向导的夏尔巴人普鲁巴·丹增，见过太多形形色色的登山客。"对于有些人，珠峰是一个不可阻挡的梦；有些人，是一场打破纪录的冒险；还有些人，是为了名气或通往另一个世界的门票，甚至最佳推广工具……"

每年4—5月，都是普鲁巴和他的夏尔巴兄弟最忙碌的时候。其实，早在全球登山客没出发前，近千名夏尔巴协作已在布满冰裂缝的山路上，蚂蚁般运输物资、搭建金属梯和营地。每年第一个登顶珠峰的，是夏尔巴人。是他们在没有保护的情况下，架设长达7000~8000米的安全绳，从大本营直连到峰顶。

没有夏尔巴人，就没有珠峰攀登。居于喜马拉雅深处的这个族群，无意间卷入人类最狂热的登山时代，构成了珠峰商业攀登的基石。光环和荣誉，却属于被他们带上山的人。大多数高山协作能获得的，是大约6000美元的收入。在人均年收入仅750美元的尼泊尔，这依然是个好职业，哪怕有着极高死亡率。

但有着天生登山能力的夏尔巴人，也一样是血肉之躯。29岁就已12次登顶珠峰的普鲁巴，虽然强悍到被称为"一个永不停止的登山机器人"，3年前雪崩，面对两个亲人遇难，也忍不住立下重誓："以后宁可饿死，我绝不会再去登山了。"可现在，普鲁巴又一次出现在登山路上，并担任起今年尼泊尔女子队的攀登队长。震后连续两年，他还曾带着尼泊尔政府授权的"我们将崛起"旗帜登顶珠峰。除了山，他们别无选择。

而现在，执意选择去登这座最高山峰的人，已从世界各地各行各业各自生活中走出，又一年会聚山脚下，即将步入空气稀薄地带。新时代的各种网络分享与直播，也将聚拢山下更多目光,共同投射向世界之巅——这一座闪着银光的三面金字塔,塔尖一小块不到1平米的陆地,我们星球的至高点——

在1852年被测定为最高峰之前,它只是喜马拉雅山脉中编号25的不起眼山峰。

在1953年实现首登之前,它让英国探险家乔治·马洛里感叹"山就在那里",并先后折损15支西方探险队伍,为了这个"全人类共同仰望的目标"。

在20世纪90年代之前,它是勇敢者的乐园,真正涌现过许多"第一",有16条登顶线路被开辟出来。

在2015年大地震来临前,它已历经20余年商业开发,接纳全球各色人等,登上最高舞台;也用一瞬间的雪崩,将人类的一切抖落如尘土。

在雪崩之后的3年中,许多人卷土重来,包括被认为是逆来顺受的中国女人们,演绎了一出出"只能被毁灭,不会被打败"的故事……

围绕这一座山,或永不言弃,或扼腕叹息的故事说不尽。这座山也像一面镜子,把人类的得失荣辱、商业的是非功过,照得清清楚楚。

翻过珠峰登山史最沉重那一天,5个女人的多年重登,只是其中一个缩影。而当时间抵达今天,又一批人砸下重金,穿过高强度考验,又将踏上曾被近5000人走过、依然被千千万人向往的道路,试图抵达巅峰。

在山下,无论是何身份,怀有怎样的目的、梦想、欲望与生命冲动。

踏上山,走向地球之巅的路,大自然都会扯去所有,只接纳极短暂停留。

就像我们与这座山纠缠的100多年,在地球恢宏的造山运动中,只是刹那。

就像1953年首登珠峰的夏尔巴人丹增·诺盖所言:"人征服不了山。人只是攀爬上山,如孩子爬上母亲的膝头。"

左起:凌桑、柳青、曾燕红、子君、麦子

自然 人与山的不了情

289

平凡之路

平凡之路

我们的奇迹

远方不是终点,道路更指向人生
真正的在路上,是去过你想过的生活

奇记，奇迹 — 292

我们的奇迹

人的一生,要有一个梦想
不管能不能成功,这个追梦的过程很重要
更重要的是坚持。坚持梦想,始终不渝
　　——夏伯渝

我们生活在一个美好的年代
我们选择自己的道路
我们选择自己的归宿
　　——闪米特

人生就像一场剧,我们都是平凡的剧中人
给自己多一次机会,做最好的自己
无论走在哪儿,别忘了抬头看
山在那里,光也在那里
　　——罗静

生与死,对于我,不过是存在的形式不同
就像一朵花的萌芽、绽放、结果
最重要的是,我们在一起,并在路上幸福着
　　——赖敏

人生何尝不是一种旅行
虽然有很多不确定,正是不确定才充满着魅力
既然看不见世界,那就让世界看见我
　　——曹晟康

登山,是了解真实自己的一个过程
但,它只是一段经历,绝不是生活的全部
回归山下,才是人生
　　——麦子·马丽娅姆

文字这一头，我们一起遇见在路上的奇迹。
文字另一头，愿你我他走在各自人生路上，遇见更奇迹的自己。
而这，才是奇记真正的奇迹。

图为在路上的旅人掠影，文为读者感言节选

道路即人生

奇迹，一次又一次冲击着我的认知与想象
我慢慢明白人生有无限可能
生活有无数方式
去过自己喜欢的生活，便是最大的成功
@一只在路上的驴

不踏上旅途
我的记忆不会被各种奇遇填满
不是每个人都愿意去做一种人
但每个人一定有自己想成为的人
@阿宏先生

因为你，让我明白原来人生能如此不同
所以我，也奔走上路，见到你说的世界
原来一千个人应该有一千零一种不同人生
@爱骑行的柳奇妙

我相信，上天给我们生命
一定是为了让我们充满奇迹
在路上，与全世界相遇
@会痛的石头

道路在远方

一次意外之旅,让我走到了雪线之上
从此心心念念的,便是那一份空灵之境
我读着传奇的故事,去寻找自己的天上之山
@阳明

不去行走,你永远都不知道世界到底有多大
不去挑战,你永远不知道自己身上存在多少可能
期待背上行囊,带上自己,有多远,走多远
@江强

远行是为了回归,梦想是为了起飞
心寄远方,抽一段时间,走一段孤独的路
从沉重的生活中剥离,去寻找生命的湖
@独行天涯

对未来的真正慷慨
是把一切献给现在正当青春年少疯狂的自己
疯狂走过的每一条路都是一种领悟
@来自成都的疯狂

道路即生活

领带、西装、办公桌,掩盖不住骚动的心
手套、头盔、公路车,填充了其余生活
奇迹,向着更远、更强的目标追寻
@01d5

今后,我们就是一对儿在路上的人啦
每一次启程时,你是我可望可即的远方
每一个归途里,我是你不离不弃的家
@夹带私货的小编德福

太白山巅为妻子戴上结婚12周年戒指
挡你此生风雪,共赴一世情长
愿携手去想去的远方,一起走到天荒地老
@准备带奇记穿越鳌太的小强

青芙蓉、云烟出岫、大山环大水
买菜、打扫卫生、找工作、打电话回家
奇迹,在路上,也在平凡生活里
@爱远方也爱柴米油盐的Lily程

道路有奇迹

其实是一个浅浅的相遇,渐渐却成了深深的相知
因为我在平凡里读到了生命的真谛
这一切,真是个奇迹
@行者无疆

平凡人不平凡的事,给我很大力量走出低谷
路依旧很长,但心有了方向,笃定走自己选择的路
年岁有加,并非垂老。理想丢弃,方堕暮年
@楚狂徒

一个人,一条路
一程山水,一程歌
一支笔,一份情,一席江湖一席谈
@星子

每一个在路上的人,都是倔强的灵魂
每一篇奇记,都是灵魂碰撞的花火
愿一个个奇迹犹如夜空最亮的星,照亮黑暗
@西文

天南地北,各自旅途,谢谢一个个素未谋面的你,循迹而来,一同歌唱,从一条长路到另一条长路,从一种人生到另一种人生……奇迹,不只是书中传奇,更蕴藏于一条条平凡之路。道路不仅在远方,更在脚下。愿我们以各自追求,活出自己的"在路上"。

写故事的人，穿过茫茫人海

    以笔为剑，采撷生命之火

故事里的人，走过漫漫长路

    以文为酒，笑谈风雨人生

故事外的人，读取脉脉真情

    以梦为马，闯荡各自江湖

后记

究竟怎么走，才是真正的在路上？

"好久不见，我也正在路上。"埋头采写的日子里，面对读者问询，这是我最常回答的话。最感动的，莫过于一句"在路上"，你就懂了。

是的，我也一直在路上。尽管这几年，忙于创作和孩子，自己很少远行，却一刻没离开"在路上"的生活。我曾把我的方式，戏称为"在家旅行"：借着一支笔，一个梦，在无边黑夜里，在一个个传奇行者的讲述中，用文字，打开通向世界的条条道路。

这一条条路，曾穿过大漠荒原，曾直上珠峰之巅，曾环中国画出心形，曾漂过滔滔江河……我有幸和一条条路上的人，并肩同行一程，如痴如醉；更有幸在路的尽头，遇见了你们，共鸣共情。

就这样一程又一程，讲述复讲述。一个个远方身影，让"在路上"这三个字在我脑海里盘旋，日日如新，也有了截然不同的认知。在路的转角，这本书的最后，我也想问问文字另一头的你，一样痴迷于远方的你，究竟怎么走，我们才是真正的在路上？

我知道你一定和我一样，曾从写字楼、琐碎生活里，目光越过街市，憧憬着远方的辽阔；曾拥挤在人山人海，害怕有一天走成流水线上一枚螺丝钉……直至意识到生命不能永生，终于再无法安于眼前苟且。

这时候，远方成了"内心引力"——一股力量牵引你向外走，挣脱按部就班的生活，投向广袤的山川湖海。笔直大路通向天边，这感觉如此美妙。黄金般大地，闪烁着各种未知新事，等着丰富你的生命。你终于感觉属于这个世界，又远离于世界。你仿佛真正成为自己，又仿佛从不认识这一个在路上的你自己。

"我还年轻，渴望上路。"这一股背包上路的热潮，过去十余年，正在我们的大地上蔓延。这不时让我想起1957年美国小说《在路上》里，那一群横穿大陆的年轻人。想起他们对物质主义的嘲讽："你看前面千百条路，千百万人在四处奔波，索取、失去、叹息、死亡，仿佛只有如此，才能为自己争得最后一块墓地……"

拒绝为消费而活，拒绝被同一化，在路上重新燃烧生命——时间流过半世纪，舞台从美国切换到中国，相似的叛逆与追求，在又一代年轻人中兴起。这也是我试着走近一个个在路上的先行者，致力书写这些故事的缘由之一。我想知道远方究竟有多远，什么才是在路上的人生，一个人为什么为山川河流甘愿燃烧……

但，任何一个野蛮生长时期，总不乏用一种虚荣抗击另一种虚荣。面对各种"赶时髦"，甚至名利化乱象，究竟什么才是在路上的真谛？穿过一段段独一无二的旅程，近4年，我记录着一个个在路上的故事，也越来越发觉真正的道路，不止于旅程本身。

感动无数人的夏伯渝，所走过的，岂止是8848米珠峰的攀登路。长达43年，面对伤残，一次次挫折，山下的不止追求，才是他真正走过的路。永远长眠的严冬冬，让人念念不忘的，也并非自由登山本身，更是他对自由人生的选择——人生不是只有仕途经济一条路，面对社会主流价值观，如何坚持走向真正的自我？

"把山川翻越，把河流掠过，也将山川河流终归于生活。"更耐人寻味的是，最初不愿回归现实的谷岳，在走遍世界后，却说"别把旅行太当一回事"。并没有谁会真的抛下一切，一生去旅行。即便是环球旅行者，最终也要回到生活之中。

最让我感慨的还有，那些你艳羡的在路上的人，在抵达一个个远方之后，也一样陷入新的困惑。旅行并非万能解药，远方也不是最终归宿。无法回归生活的在路上，最终会成为一种放逐，甚至另一个牢笼。

基于热爱，选择以山为家，但最初的杨春风依旧茫然。一年年在雪山带队，不知未来会飘去何方，直到他认清"带动更多人登山，就是自己最大价值体现"，才仿佛终于找到了目标与使命，开始执着向上。"领会攀登的意义，面对生活"，诚如其言，道路更通向生活。无论攀多高、走多远，最终指向的应是一种自己认为值得的人生。

人生才是更长的旅行。这一场短短数十年的地球之旅，行走在路上，朝着必然的终点，我们别无选择。唯一可选择的是，你为什么而活？走怎样的路，才真正不枉此生呢？

发现自己，成为自己，从最初的"向外走"到"向内走"，让另一股力量，牵引着你从远方重回茫茫人海，更清晰认清自己此生的方向，或许才是更重要的内心引力。

从向外走，到向内走，我也在进行着自己的人生过渡。这几年，虽不断涌来广告、投资等美丽泡沫，甚有某著名团队抛来邀请，可以边工作边环球旅行，我并不为所动。尽管周游世界曾是年少的梦，但此刻，正埋头书写的自己，何尝不正在路上？

当盲人曹晟康"听"完文章后说："我落泪了，你是最懂我的记者，想在黑暗中给你一个热烈的拥抱。"当文字另一头的一位读者说："母亲失明，自杀未遂。我把文章读给她听，妈妈落泪了，说会好好活下去。"感谢遇见这一个个在路上的奇迹，并有幸把他们的故事真正带给更多人，犹如火把，在人心间传递……这大概，才是我人生最棒的旅程，以至于快忘了曾渴望出走的冲动。因为远方此刻就在心里，条条道路通向更深远的世界。

蓦然回首，所有的走不下去，其实都是借口。保持着追求姿态，即便扎根生活，一个人也能活得天辽地阔。但漫漫长路，最难的莫过于坚持。挣扎在黄河漂流的宏大叙事中，我总会想起一位黄漂前辈当年的焦虑："这黄河怎么就这样长？感觉怎么漂，也漂不完……"这一度也像是我的心声。在一气呵成的故事背后，有着无数次抓狂、动摇，想要放弃。但一想到那群非法漂民，最终漂抵黄河入海口，只为对得起他们所选择的事，自己为什么不能？

在路上，不只是你一个人在孤独泛舟。无论远方，还是红尘，每一条追求之路都是道阻且长。每当陷入低潮，夏伯渝闪闪发亮的眼睛，严冬冬坚持纯粹的追求，罗静、杨春风面对命运雪崩的向上，闪米特单人迎向万里黄河的孤勇……曾遇见的一个个人物，总会带给我更多前行的力量。这是一种传递，我很幸运也很荣幸，如若曾把它带给过你。

文字这一头，真心感谢你的偶然驻足，一起融身这一场在路上的聚会。文字另一头，千百条道路上，有人正在出发，有人正在彷徨，也有人正从远方缓缓归来……而无论走多远，回到人生的广原，我们都有更长的路要走。有缘相逢的旅人啊，愿你看清，自己真正的道路在哪儿。更愿你明白，当你能像走向远方一样去走漫漫人生路，真正的在路上，在结束时，才刚刚开始了。

本图书由北京出版集团有限责任公司依据与京版梅尔杜蒙（北京）文化传媒有限公司协议授权出版。

This book is published by Beijing Publishing Group Co. Ltd. (BPG) under the arrangement with BPG MAIRDUMONT Media Ltd. (BPG MD).

京版梅尔杜蒙（北京）文化传媒有限公司是由中方出版单位北京出版集团有限责任公司与德方出版单位梅尔杜蒙国际控股有限公司共同设立的中外合资公司。公司致力于成为最好的旅游内容提供者，在中国市场开展了图书出版、数字信息服务和线下服务三大业务。

BPG MD is a joint venture established by Chinese publisher BPG and German publisher MAIRDUMONT GmbH & Co. KG. The company aims to be the best travel content provider in China and creates book publications, digital information and offline services for the Chinese market.

北京出版集团有限责任公司是北京市属最大的综合性出版机构，前身为1948年成立的北平大众书店。经过数十年的发展，北京出版集团现已发展成为拥有多家专业出版社、杂志社和十余家子公司的大型国有文化企业。

Beijing Publishing Group Co. Ltd. is the largest municipal publishing house in Beijing, established in 1948, formerly known as Beijing Public Bookstore. After decades of development, BPG now owns a number of book and magazine publishing houses and holds more than 10 subsidiaries of state-owned cultural enterprises.

德国梅尔杜蒙国际控股有限公司成立于1948年，致力于旅游信息服务业。这一家族式出版企业始终坚持关注新世界及文化的发现和探索。作为欧洲旅游信息服务的市场领导者，梅尔杜蒙公司提供丰富的旅游指南、地图、旅游门户网站、App应用程序以及其他相关旅游服务；拥有Marco Polo、DUMONT、Baedeker等诸多市场领先的旅游信息品牌。

MAIRDUMONT GmbH & Co. KG was founded in 1948 in Germany with the passion for travelling. Discovering the world and exploring new countries and cultures has since been the focus of the still family owned publishing group. As the market leader in Europe for travel information it offers a large portfolio of travel guides, maps, travel and mobility portals, Apps as well as other touristic services. Its market leading travel information brands include Marco Polo, DUMONT, and Baedeker.

DUMONT 是德国科隆梅尔杜蒙国际控股有限公司所有的注册商标。
DUMONT is the registered trademark of Mediengruppe DuMont Schauberg, Cologne, Germany.

杜蒙·阅途 是京版梅尔杜蒙（北京）文化传媒有限公司所有的注册商标。
杜蒙·阅途 is the registered trademark of BPG MAIRDUMONT Media Ltd. (Beijing).